AUGMENTEDSKY

TAIYO FUJII

オーグメンテッド・スカイ

藤井太洋

文藝春秋

オーグメンテッド・スカイ

装丁　中川真吾

I　南郷高校蒼空寮

食堂のテーブルに置いたタブレットには、県道から分かれた急坂の桜並木を登る生徒たちが映し出されていた。はらはらと落ちる桜の花びらを額に貼り付けた少年たちは、みな一様に大荷物を抱え、親に連れられて、あるいは親を連れて歩いてくる。

鹿児島県立南郷《なんごう》高等学校の理数科に合格し、親元を離れて蒼空《そうくう》寮で高校生活三年間を送る新入生たちだ。

タブレットの正面に座り、後輩になる少年たちを見守っていた二年生の倉田衛《くらたまもる》は食堂の時計を見上げた。

「やっと来たね。平川駅の下りは、十二時三十五分だったっけ」

「やっど」と、わざとらしい鹿児島弁で答えたのは、奄美の島言葉を話すはずの結城《ゆわえじょう》一郎《いちろう》――ユウキだった。「たった八百メートルに十五分もかかっとらあよ」

マモルとユウキに続いて、タブレットを囲んでいた同学年の寮生たちも口を開く。

「はげぇ、可愛《かなしや》いかねえ！」

「全く《やらぃよ》だ。俺《おい》らもあげん可愛《かえ》がったっとかい？」

「お前《ウラ》は生意気《ふていさん》かったがなあ」

だろう。

「お前《わい》に言わるっとかよ」

「ともかくよ。はげぇ、我きゃぬやっとぅ後輩ぬできゅんちな（うわあ、俺らもようやく後輩持ちかよ）。信じられんがな」

待ち侘びた後輩たちの姿に顔をほころばせる二年生たちは、思い思いのお国言葉で照れ臭さと喜びを分かち合う。坂を登ってくる新入生たちも、きっと同じように色々な鹿児島の言葉を話すだろう。

南郷高校は各学年八クラス、二〇二四年度の生徒数は九百五十四名に達する大型高校だ。一組から六組までの普通科には鹿児島市内に住む生徒たちが通ってくるが、学区制限のない残りふたクラスの理数科には、鹿児島市外と離島から成績優秀な中学生たちが集まってくる。

競争率が三倍に達することもある入試をくぐり抜けてきた地方の秀才たちが暮らすのが、高校の敷地内に建つ男子寮、蒼空寮だ。二棟ある三階建の居室棟に合計三十一の部屋があり、理数科生徒のおよそ三分の一にあたる九十三名の生徒たちが集団生活を送っている。

マモルたちは理科棟の屋上にあるコンピューター制御の天体望遠鏡を通学路に向けて、新生活への期待に頰を上気させた新入生たちの姿を見下ろしていたのだ。

先頭を歩いてきた生徒と、その横でしきりに何かを話しかけている母親が、校門を通り過ぎた。坂を登り始めたばかりの生徒まで数えると、七組はいるだろうか。

ちょうど絵になる頃合いだ。

「望遠鏡、動かしていい？」

マモルは、テーブルの向かい側で大きなノートPCを操作している道直規《とおるなおき》に声をかけた。

「いま？」

ナオキは、不満そうに頬を膨《ふく》らませる。

「ちょうどいい感じなんだ。先輩から新入生の写真を撮っとくよう頼まれてるんだ」

ナオキは、食堂の入り口に近いテーブルで、ノートＰＣを覗き込んだり、ＶＲゴーグルをかけて何やら作業に没入している三年生グループに顎《あご》をしゃくった。

「あっちで飛ばしてるドローン借りてきなよ」

「じゃあ、お前が兄貴に頼んでくれる？」

「兄貴いるの——あ、いた」

ナオキが目を丸くする。グループの真ん中でＶＲゴーグルをかけて両手を忙《せわ》しなく動かしているのは３０３号室の道一《とおるはじめ》先輩だった。どうやら、複数のドローンをまとめて操っているらしい。

しばらく様子を窺っていたナオキがため息をつく。

「……無理か。ＶＲ甲子園の制作、ヤバいぐらい遅れてるもんな」

「だろう？　望遠鏡、借りていい？」

三年生たちは、再来週の土曜に県大会が行われる「ＶＲ甲子園」の準備に没頭しているのだった。最大五分間の３Ｄプレゼンテーションを競い合うＶＲ甲子園で、蒼空寮は全国大会のベスト８入りを果たしたこともある。

今年の三年生たちは、ドローン撮影した映像を使って実写さながらのＶＲ南郷高校を披露する予定だった。全ての教室を歩き回れるオープンワールド型のプレゼンテーションは野心的だが、その準備がかなり遅れている。

「わかった」と、ナオキがノートPCを操った。「望遠鏡のコントロール、タブレットに渡した。どうぞ」

言い終えるのと同時に、タブレットの画面に望遠鏡の操作パネルが現れた。マモルが矢印をとんとんと叩くと、わずかに遅れて理科棟の屋上に設置してある天体望遠鏡が動く。

普段はその目的通り夜空に向けて星を観測している望遠鏡だが、昼間は地上に向けて、映像を録画していることも少なくない。錦江湾の向こうで煙を噴き上げる活火山、桜島は格好の素材だ。

いい映像が撮れた日は、寮の下級生たちがコマごとに映り込む鳥や虫、変な形の雲、チラリと光る船の反射などのゴミを取り除いてから、蒼空寮のアカウントでストックフォトにアップロードする決まりになっている。最新型ではないが、高価な望遠鏡を使わせてもらっている上に、毎日のように撮影しては作業する手間暇をかけているおかげで品質は悪くない。月に二千円分ぐらいは売れていて、寮生活を楽しく、快適にするために使われている。貯めた金は、宅配ピザとおやつ代に消えていく。

マモルが角度を調整していると、学校指定の体育用ジャージに身を包んだ喜入梓《きいれあずさ》が画面を覗き込んできた。

「こんな写真撮って、何に使うの？　寮の広報？」

梓は一学年八十人の理数科に五人しかいない女生徒の一人だ。

誰が伝えたのか知らないが、マモルたちが入寮する一年生たちを望遠鏡で観察していることを知った梓は、女子専用下宿の暁荘《あかつき》から、普段着のままでやってきた。

男子寮の蒼空寮には、食堂まで女子を入れてもいいルールになっている。かつては女子用の部屋もあったので女子トイレもあるし、エアコンも効いていて学校の高速無線ＬＡＮも使えるので、暁荘に寄宿している理数科の女生徒たちは、自習にやってくることが多いのだ。

　もっとも、勉強をするでもなく入り浸っている女子は梓ぐらいしかいないのだが。

「教えてよ。何に使うのよ」

「説教用のネタだよ」

「ネタ……？」

「スマホ見ながら歩くなとか、靴をぞろびって（引きずって）歩くなとか、腕時計は校則違反だ、とか」

「アホらしい」と、梓は盛大なため息をついた。「あんたたち、今年も説教《アレ》やるの？」

　声を上げた梓に、三年生たちが振り返った。

「そうだよ喜入さん」

「伝統だからさ。見守っててよ」

「寮生みんなかっこいいだろう？　説教で鍛えるおかげだよ」

　梓は一段トーンを上げた声で「そうなんですねー」と答えると、振り返って鼻の上に皺《しわ》を寄せた。

「あんたたち。二十一世紀になって何年経つと思ってるわけ？」

「二十四年」

「そんなこと聞いてるんじゃないし、だいたい、数え方間違ってるでしょ。西暦は序数」

「あ、そうか。二十三年だ」

「そうじゃなくて、時代遅れだって言いたいわけ。威張り散らして何の意味があるの、って言ってるの」

マモルは目を逸らした。

坂を登ってくる新入生たちは、今夜、手厳しい通過儀礼を受ける。

三年生の風紀委員たちが、新入生を集会室に集めて正座させ、脅し、先輩・後輩の関係を叩き込むのだ。

蒼空寮の共同生活は同じ学年の生徒が生活を分かち合うルームシェア形式ではない。ルーツが旧制高校のバンカラ寮なのか士官学校なのかは知らないが、三年生と二年生、一年生が同じ部屋に入り、下級生が上級生に従う形式だ。当然のことながら、そこには厳しい上下関係と規律ある生活が求められる。

起床は朝六時。大音量の音楽で叩き起こされた寮生たちは、校庭まで全力疾走して、五十回の腕立て伏せとスクワットで体を温め、掛け声と共に八百メートルの運動場を二周走る。

決して軽くはない運動を終えたら、次は朝食だ。食事の後は二年生が洗濯などのハウスワークを行っている間に、一年生は食器を片付け、寮を清掃してから登校する。ゼロ校時から八校時まで続く理数科のカリキュラムを終えて帰寮するのは十八時。そこから早い夕食をとって風呂を浴びると、二十四時までは私語の禁じられる学習時間だ。

集団生活どころか、自分で配膳をしたことすらない者も多い十五歳の子供たちにとって、寮の生活はあまりにも厳しい。

そんな厳しさに耐えられるような変化を起こすのが、説教なのだ――ということになっている。

自分にも他人にも厳しさを求める風紀委員たちが、集会室に集めた新一年生たちを怒鳴り、竹刀で壁を叩いて、恐怖で、上下関係と、生活の規律を叩き込むのだ。

口の悪い梓が、永遠に続く運動部の合宿を旧軍の士官学校の額縁に入れたような――などと形容する寮の伝統だ。気持ちのいいたとえではないが、中学を卒業したばかりの新入生を散々いびった末に、士官学校で唱和していたという「五省《ごせい》」を絶叫させるのだから反論のしようがない。

マモルは、能天気な顔で坂を登ってくる新入生の写真を撮りながら言った。

「時代遅れなのは認めるけど、でも、手は出してないよ」

「当たり前じゃないの！」と梓。「自衛隊だって殴らないんだから」

梓の両親は、ともに自衛隊員だ。男子よりもミリタリーに通じている部分も多い。

「だから俺たちだって手は出さないんだってば」

マモルは弁解したが、梓は食い下がった。

「まさか今年も、アレ読ませるの？　五省」

「やるよ」

「五省」は帝国海軍の士官学校で使われていた訓示だ。同部屋の風紀委員、塙《はなわ》に命じられたマモルは「至誠《しせい》に悖《もと》る勿《な》かりしか、言行に恥づる勿かりしか、氣力に缺《か》くる勿かりしか――」と墨書された額を集会室に掲げてきたばかりだ。

梓は「馬鹿じゃない？」と笑った。「五省なんてね、旧軍でも十年くらいしか使ってなかった付け焼き刃のスローガンだよ。今年も中国から来る留学生がいるんじゃなかった？　由来とか聞かれて平気なの？　三年生にも中国の人、いるよね」

「呉《ご》先輩は、日本人だよ」

「そんなの書類だけの話じゃん。呉さんのご両親は中国生まれだし、志望校だって清華大学でしょ」

「まあ……ね」

マモルは隣部屋の202号室の三年生、呉健民《けんみん》先輩の、何を考えているのかわからない顔を思い出した。一年間、ひとつ屋根の下で同じ釜の飯を食ってきたというのに、話したことは一度もないのだ。

「だいたいさ」と、梓が意地悪な顔で身を乗り出してきた。「今の五省の額、誰に書いてもらったか知ってる？」

「そんなん松田先生に決まってるがな」と、物知り顔で答えたのはユウキだった。「なに流か知らんけど、確か六段とかだろ」

「違いまーす」

梓が顔の横で手を振った。マモルも頷いて正解を伝える。

「猪狩《いかり》先生だよ」

「まじで？」ユウキは目を丸くする。「なんで脳筋に書かせるわけ？　ほんとに？」

「そう。あれを書いたのは体育の猪狩先生。ありがたみがなくなるから、一年には言うなよ、ユウキ」

あだ名で呼ばれたユウキは顔をしかめる。奄美出身者に多い一文字姓の「結《ゆわえ》」と名前の「城一《じよういち》郎《ろう》」をつなげて書くと、誰でも「結城《ゆうき》、一郎」だと勘違いしてしまう。あだ名を禁じられたマモルたちの世代でも、教師や先輩がそう呼び始めると定着してしまうのだ。

「わかった。でも、マモルも一年の前でユウキはやめてくれんかい」

「わかった。でも、三年は止められないだろ」

ユウキは、音を立てて右の拳を左の掌に打ち付けた。

「やめさせればいいだけじゃがな」

平均身長が百六十五センチに満たない与論島の古里中学校バレーボール部をたった一人の活躍で県大会ベスト8に導いた彼の身長は百九十センチを超える。八十五キロの身体を軽々と動かす発達した筋肉と、柔道でこさえたギョーザ耳は迫力満点だ。去年の三年生たちですら、ユウキに向き合う時は腰が引けていたほどだ。だが、上下関係をぶっ壊すユウキの振る舞いを見逃すわけにはいかない。

マモルはユウキの胸を指差した。

「お前こそ、一年の前で三年を脅すなよ。それこそ示しがつかん」

「わかっとらあよ」と、面白くなさそうに肩を揺すったユウキは、五省の額がかかる集会室の方に顔を向けた。「しかし、あの額が猪狩っちゅうのは、下がるやあ。達筆で読めんち思ってんば、ただ下手くそだったわけな」

PCにかがみ込んでいたナオキがくすくすと笑う。

「コロナの時のドタバタで無くなった五省の額を書き直すとき、教育委員会は松田先生に頼んだってさ。だけど松田先生、組合員だろ。軍国主義の片棒なんか担げるか！　って激怒して、頼みにきた委員会を追っ払ったんだって。兄ちゃんが佐々木《ささき》先生から聞いた話」

「佐々木さんが見てたわけな」

寮監の佐々木隆一《りゅういち》の名前にユウキは納得したらしい。

今年三十四歳になる佐々木は、南郷高校の理数科が鹿児島県で一、二位を争う進学校だった頃の卒業生だ。筑波大学に進学した佐々木は東京大学の大学院と理化学研究所を経て、スイスのCERN（欧州原子核研究機構）に赴任して国際チームのサブリーダーを務めていた俊英だ。

しかしコロナ禍のために国から出ていた研究費が止まり、帰国したところで職を失ってしまったのだという。それを拾ってくれたのが、かつての名門にテコ入れをしようとしていた鹿児島県の教育委員会だった。

秀才の誉《ほまれ》高い佐々木の薫陶を受ければ、寮生たちも規律を取り戻すだろう——という希望を抱いていたらしい。

しかし佐々木本人は厳しさとは無縁の指導者だった。彼は寮生の学習や規律を自治に任せたのだ。門限破りを注意することはないし、異性・同性交遊の相談にもよく乗るという評判だった。寮監室のテレビチューナーや、フィルターのかかっていない無線LANを寮生に開放し始めたのも佐々木だし、VR甲子園を紹介し、寮生総がかりの3Dプレゼンテーション制作体制を作り上げたのも彼の功績と言えるだろう。

「その話、塙さんからも聞いてるから間違いないよ。風紀委員の打ち合わせで佐々木先生が教えてくれたんだって」

マモルも補足した。マモルがこれから一年間暮らす201号室の三年生、塙典雄《のりお》は風紀委員長なのだ。

ユウキが大きな拳でテーブルをごつんと叩く。

「お前《ワイ》は、何故《ないごて》さん付けしよっとよ。先輩つけんか」

そのぎこちない鹿児島弁に、マモルと周りの二年生たちが思わず噴き出した。

腹を抱えて笑っていた梓は、ユウキの肩に手をかける。

「お願い、お願いだから、ユウキ、もうやめて。無理に鹿児島弁話すことないじゃない」

「なんば笑《わら》よいな。はげえ、梓まで。傷つくばい」ユウキがぶすりと頬を膨らませる。「島言葉で叱るやり方がわからんからよ。ビシッと締めらんばいきゃしゅんが」

「大丈夫だよ。黙って腕組んでるだけで怖いんだから」

「こうな」

ユウキは不機嫌な顔で腕を組む。

「そうそう、それで十分だよ。筋肉すごいな」

「慰めてるわけ？」

笑いながら、マモルは植え込みの向こうをすがめ見て席を立った。

「そろそろ新入生の第一陣が上がってくるぞ。さ、動こうぜ。ナオキも立って。お前玄関の担当だろ」

ナオキはノートPCを畳んで立ち上がる。

「あー、面倒くさいな。掃除かあ」

「疑《ギ》を言《ゆ》うな（文句を言うな）」

鋭い鹿児島弁でナオキに言ったのは、泊宏一《とまりこういち》だった。

「俺《おい》がどげんトイレ掃除気張《きば》ろうが、お前《ワイ》が手ぇ抜かしたら、どげん意味があっとよ。マモル、

「お前《ワイ》は？」

「俺は食堂」

「そうだった」と宏一。「マモルは怖くねえからな、適材適所やらあ。ユウキは？」

ユウキは背もたれにかけていたタオルで口元を覆った。これから寮生たちは、息子と離れる保護者たちに集団生活で得られる良い面を見せつけるのだ。

自室の片付けすら親に任せていた子供の親は、きびきびと動き回る二年生と、敬語を使う三年生の姿に感銘を受けるだろう。マモルの母もそうだった。昨年の同じ日、説教のあとで「寮をやめたい」と訴えたマモルに対し、母親は「立派な先輩たちじゃないの。もう少し頑張ってみたら？」と諭《さと》したのだ。

いそいそと掃除に向かおうとするマモルたちを梓が笑った。

「ほんとわざとらしい。おかあさーん、寮生に騙されてますよー、って教えてあげようか」

「お願い、やめて」

「やらないよ。でも来年はもっとマシな方法考えなよ――わ！」

腰に手を当ててマモルを見下ろしていた梓が、タブレットを凝視していた。

「どうかした？」

「見てみて。この子かっこいい！」

マモルがタブレットを覗き込むと、一人の少年が校門を通り過ぎるところだった。

黒いキャップを被ったその少年は裾を引きずりそうなカーゴパンツを穿いて、くたびれたダッフルバッグを担ぎ、リラックスした歩調で坂を登ってくる。バッグの横にはグラフィティ風の書体で「ＰＵＮＫ」と書かれていた。スケートボードか、壁に落書きをするための缶スプレーが入っているような感じだ。

手脚は長く頭も小さい。まるでモデルのような彼が歩く姿は、他の一年生とはまるで違って見えていた。一瞬、マモルは普通科の生徒が遊びに来たのかと思ってしまった。だが、バッグの大きさを考えると、そうではない気もする。

梓は画面から目を離さずに言った。

「彼も入寮生？」

「……多分」

「誰だろうな」

テーブルを回り込んで画面を確かめたナオキが首を傾げると、ユウキがぱちんと指を鳴らす。

「安永《やすなが》じゃがなあ」

「えっ！　孟子《たけし》くん？」とマモル。

ユウキの言うことが本当なら、この少年はマモルの部屋に入ってくることになる。

画面をじっと見つめたナオキがうなずいた。

「間違いないどぉ。この間、テレビで見たからや」

「ねえ、誰なの？」

焦《じれ》ったそうに聞く梓に、ユウキがにんまりと笑う。

「唾つけとけよ。あれは去年まで大臣やってた安永公平《こうへい》の息子よ。息子もまた生意気そうじゃがなあ」

周囲の二年生たちも口々に同意した。確かに、安永の顔には、ふてぶてしいと思われても仕方がない落ち着きが感じられた。

他の二年生たちには知らされていないが、安永は小学生でいじめのために不登校になり、シンガポールのイギリス人ばかりが行く寄宿学校の中学を出ている。不登校経験がある代議士の息子で帰国子女、ということになるが、弱々しいお坊ちゃんを想像していたところに現れた安永は映画で見るような「ストリート系の少年」だった。塙も実際に彼を見れば驚くだろう。

「はじめにガツンとやらんばや！」

ユウキが拳を掌に打ち付ける。

「やめてユウキ。俺がちゃんと教育するから、構わないで」

梓が目を輝かせた。

「安永くんって、マモルの部屋に入ってくるの？」

「そうだよ」

「じゃあ合コンしよう。うちの下宿とマモルの部屋で」

マモルは肩をがっくりと落とした。

「無理だよ。一年は、一学期の間は不要な外出禁止なの」

「そういうの流行らないって。あんたたちの伝統って人権侵害することしか考えてないじゃない」

梓が叩いた軽口にマモルはびくりとした。

マモルは寮の伝統のおかげで変わった。もちろんいい方にだ。夏休みに帰省したマモルが家の掃除を勝手に始めたとき、母親は驚いて声をあげたほどだ。敬語も使えるようになったし、料理も不器用ながら自分でやるようになった。だがその「成長」は、上下関係を叩き込まれた一年前の説教で始まったのだ。

三年生たちがあげる怒声を安永はどう受け止めるだろう。

「とにかく彼、紹介してね」

食堂から去っていく梓に手を振りながら、マモルはタブレットに映し出される安永の姿を見て、初めて見た時の違和感の理由に気づいた。

親がきていないのだ。

タブレットを片付けようとすると、宏一がぼそりとつぶやいた。

「梓も固えなあ。人権とかよ。どっちかちゅうと可哀想《げんねえ》だろ」

「人権だろ?」

「そんなんじゃ、安永をちゃんとした寮生に教育できねえぞ」

「まあ、なんとかやってみるよ」

マモルの言葉を宏一は鼻で笑った。

「説教の配信も頼んど」

＊

学習机に置いたマモルのノートＰＣを、部屋に集まってきたユウキとナオキ、そして宏一が覗き込んだ。

画面には、二十畳敷の和室が３Ｄ映像で映し出されている。食堂や風呂のある本部棟の集会室だ。普段は床の間の壁に据え付けた大型ディスプレイで実家とのビデオ通話を行ったり、押し入れに詰め込んだサーバー群とＶＲゴーグルを使ってＶＲ甲子園の試聴会を開いたりしているメディアセンターだが、今日だけは様子が違う。

床の間にはディスプレイの代わりに「五省」の額がかかり、ＰＣ用品が置いてある棚の前には、無骨なスチールのロッカーがずらりと並んでいた。

マモルは高い位置から全体を見渡せるような位置に仮想カメラを動かした。三十名余りの一年生たちが正座をして顔を伏せ、床の間を背に正座をしている寮長、志布井《しぶい》の話に耳を傾けているところだった。

マモルは一年生たちのジーンズの尻ポケットに、スマートフォンが入ったままなのに気づいた。

「始まったばっかりみたいだね」

そう言うと、ナオキが音量調整をするファンクションキーに手を伸ばした。

「なんだ、ミュートになってるじゃん。マイク置いてあるよ」

「ちょ、待てよ――」

マモルがそう口にした瞬間、スマートフォンのメッセージ着信音とスチールのロッカーを叩く生々しい音が学習室を震わせた。続けて塙の怒声が、まるでこの部屋で怒鳴っているかのように響いた。

「誰《だい》よ！　スマホ鳴らしとっとは！」

ＶＲ甲子園用に調達した３Ｄ音場マイクで拾った集会室の音が、部屋に据え付けてあるアクティブスピーカーから、集会室と同じ音量で響いたのだ。どうやら、スマートフォンをマナーモードにしていなかった一年生がいたらしい。

マモルはアプリを消音する方法を探そうとしたが、すぐには思い出せずノートＰＣのディスプレイを畳んで接続を遮断した。しかし手遅れだった。

廊下から、紙の束が投げつけられる音がして「こら二年！　何《なん》しよっとか！」という怒声が響いたのだ。

声の主は二つ向こうの２０３号室の三年生、鷲尾《わしお》だ。学習時間に音を出していいのは三年生だけなので「申し訳ありません！」と大声で返すわけにはいかない。マモルが「謝りに行ってくる」とため息をつくとナオキが肩に手を置いた。

「俺が行くよ。鷲尾さん、昨日の試験で失敗して気が立ってんだ」

「いいの？」

「音出したの俺だし。どうせマモルをダシにするから」

「おい、ちょっとひどくないか」

にやりと笑ったナオキはスリッパを脱いで靴下だけになると、僅かな音も立てずに学習室の引き戸を開けて、一年生の時に身につけた抜き足差し足で廊下を走っていった。

「スピーカーぐらい確認しとけよ」と、宏一がため息をつく。

誰だってミスぐらいすると言い返したいところだが、完璧超人の異名をもつ宏一がスピーカーの音量を確認し忘れるはずもない。マモルはスピーカーの出力つまみを捻《ひね》ってからノートＰＣ

を開き直した。

画面に「再接続中……」という文字が現れると、太い腕を組んだユウキが身を乗り出してきた。

「時間かかるやあ。いいところ見逃すがな」

「もうちょっと待って。一回接続が切れると――」

「わかってるがな」と言いながら、ユウキは部屋を見渡した。「マモルの部屋、歓迎会は盛り上がらんかったわけ？」

「そんなことないよ。なんで？」

「片付いてるからよ」

ユウキの言う通り、四畳半の学習室は新入生の歓迎会をしたのが嘘のように片付いていた。

「塙先輩が説教の準備に出てったら、自然と片付ける流れになったんだよ」

宏一がマモルを睨んだ。

「お前《ワイ》は、一年に説教のことバラしたんじゃなかろうな」

「いいや」マモルは首を振った。「俺も塙先輩も、これっぽっちも匂わせないようにしてたよ。だけど、安永は知っててね。イニシエーションはこの後ですかって聞いてきたんだ」

「さすが帰国子女」とユウキ。「マモルはイニシエーションの意味わかった？」

「いや、辞書引いた」

「ばっか。英語Ⅱで習ったばっかりじゃがな。期末にも出たど」

「いいじゃないかよ」

「よくねえよ」と宏一が口を挟む。「イニシエーションなんて普通科だって知ってる単語だろ」

マモルは口を尖らせて画面を睨む。そんなマモルに、慰めるような口調で「暗記すりゃいいんだよ」と厳しいことを言った宏一は、まだ空っぽの安永の学習机に顔を向けた。

「しかし意外だな。坊ちゃんのくせにそういう鼻は利くってわけか」

ユウキがノートPCに映し出された集会室を指差した。

「音、少し出せん？　今、その安永が説教されてるどぉ」

慎重にスピーカーのつまみをひねると、志布井寮長の声がスピーカーから流れ出してきて、マモルの背筋は自然に伸びた。説教や朝礼で散々叱られていたので条件反射のようなものだ。

「――安永くん。私は、寮のやり方が古風なのはわかっている。だが、まだ生計を立ててもいない、十五歳から十八歳の未熟な生徒たちが、道を踏み外さずに集団生活を送るためには、個々人の成長と同時に、規律が必要なんだ。わかるか」

緊張した面持ちの安永が頷くと、平手でロッカーを叩く音が響いた。

「返事は！」

鶏のような声で叱り飛ばしたのは、川内《かわうち》先輩だ。小柄だが、目つきと鹿児島弁の柄の悪さでは誰にも引けを取らない。

「はい――」

「声が小せえ！」

安永が返答し終えるのを待たずに川内が被せる。

「はいっ！」

「返事は良《よ》かど、志布井が何言《なんゆ》たか分《わ》こちょっとかぁ？」

「え？　はい――」

「え、じゃねえ！」川内が再びロッカーを叩く。「お前《ワイ》がよぉ、寮長がどんだけ丁寧に話しとっとかわかっとっとか。それを、え？　どげんかしとらせんか？　何《なん》黙っちょっとよ！」

「きついの来たな。川内監獄《ジェイル》だ」

宏一が苦笑いすると、ユウキも肩を揺すって笑った。

「ええと」と口ごもる安永にもう一度怒声が飛んだ。

「志布井が『ええと』とか言《ゆ》うたか？　お前《ワイ》は聞いとらんかったとか？」

「ごめんなさい！」

「子供か！　申し訳ありませんでしたやろが！　やり直せ！」

「申し訳ありませんでした！」

大声で返答した安永の声に、ユウキが「へぇ」と声を漏らした。

「安永、意外と肝が据わってんな。それとも川内先輩が手心しちゅんかい」

「そうでもないよ」とマモルは画面を指差した。「隣の一年――富浦《とみうら》なんか、もう泣きそうにしてるじゃない」

「だからだよ」と宏一。「泣かれると面倒くせえから、太《ふて》そうな衆《シ》をカタに嵌《は》めてんだよ。川内先輩は、ああ見えて相手の反応を結構見てんだ」

見てりゃいいってもんでもないだろう――と言いかけたマモルは、慌てて「そうか」と補い、自分の変化に気づいた。昨年の自分なら、川内がやってみせる「心遣い」に素直に感心していたはずだ。

二年生になり、部屋の後輩ができたせいだろうか。マモルは、大声で――しかし落ち着いた顔で川内に答えている安永を見つめて、自分の変化と関係があるかどうかを確かめようとした。

その時、音もなく戸が開いてナオキが戻ってきた。

「おまたせ。マイクも綺麗に入ってるじゃない。ちょっとごめんね」

ナオキは両手を耳の後ろにかざすと、スピーカーに顔を向けたまま狭い学習室を一周した。

「よしよし、三次元音響に問題なし、と」

「鷲尾さん、怒ってた？」

マモルが聞くと、ニヤリと笑ったナオキは再び引き戸を音もなく開けて、廊下に置いてあったコーラのペットボトルを掲げた。

「これもらったよ。有望な二年は説教のやり方をよく見とけってさ」

「有望って何の話だよ」

ユウキがため息をつく。

「わからんわけ？　次の風紀委員と寮長よ」

「ああ、それか」

ユウキが鼻息を吹くと、宏一はさもありなんと頷いた。確かにこの二人は風紀委員候補の双璧だ。

三年生すら怯《ひる》ませるユウキがマッチョ枠で塙の跡を継ぐのは確実だ。そして宏一の、自分にも同級生にも厳しく当たる姿勢は、今の寮長の志布井のストイックさに通ずるものがある。

風紀委員といえば、二年生の中で頭抜けたＩＴ技術を持つナオキも候補の一人だ。ＰＣやネット利用と切っても切り離せない寮生活のセキュリティマスターとしても、ＶＲ甲子園制作の中心人物としても、ナオキは外せない。

そして三人ともに成績優秀だ。寮の存在意義は、鹿児島の地方出身者に大学進学の道を作ることなのだから、成績優秀でなければ人はついてこない。

「五十九期の委員は、お前らにかかってる感じだな」

ユウキは歓迎会のために用意された紙コップを人数分並べると、ナオキから受け取ったコーラを注いだ。

「マモルもいいとこ行ってんだけどやあ」

「はあ？　いや、無理だよ」

「まずは成績あげんばよ」

ユウキはコーラをマモルの前に置いて笑った。

マモルがぶすりと口を尖らせると、コーラを飲みながら宏一が慰めた。

「優しい先輩も必要やっど」

宏一は説教を映し出している画面を指差した。

「今日の説教は安永が標的やらい。応えとらんかんしれんどん、帰ってきたら慰めてやれよ」

＊

寮長の志布井が校庭に並んだ寮生の前を駆けていく。

「ランニング始めます！　蒼空うーっ、ファイト！」

「ファイト！」

マモルも、他の寮生たちも続く。

「ファイッ！」

初めて朝のランニングに加わる一年生たちも昨夜の説教が効いたらしく、声を嗄《か》らすようにして張り上げていた。目の前で体を揺らす安永も、他の一年生ほど必死そうではないが、大声で「ファイト」を唱和していた。

桜は散り始めているが、標高百五十メートルの高台にある南郷高校は天気予報よりも一度か二度ほど気温が低い。午前六時、太陽は錦江湾の向こうに横たわる大隅半島に隠されていて、校庭の隅には朝靄《あさもや》も漂っている。湾にどっしりと浮かぶ桜島の、樹木の生えていない剝き出しの裾野は青黒い夜の色に沈んでいた。

朝を感じさせるのは、わずかに輝く山頂と、鈍い光を放つ空だけだ。そんな錦江湾を背にして寮生の前を駆けていく志布井の姿は、シルエットだけが強調されていた。

「校庭二周！　ファイッ！　一年から！　ファイッ！」

列を越えて駆けていく志布井の背後に一年生がわらわらとついていく。足並みの揃わない一年生に、横を走っていた塙が怒鳴る。

「階ごとに並ばんか！　最前列は新館一階。１１１号室の丸橋《まるはし》くん！」

「は、はい！」

色白の腕をあげた一年生を塙は指差した。

「今日はお前《ワイ》が新館一階の当番やっど。先頭に行け。次ぃ、新館二階。１１２号室の富浦くん、居《お》っか？」

「……はい」

すぐ後ろから上がった声にマモルは驚いた。振り返ると、小柄な一年生が目を泳がせている。どうやら別の階の列に紛れ込んでしまったらしい。

「富浦くん、前に出て」とマモルは声を掛けたが、富浦は小刻みに首を振って後退《あとずさ》った。説教が効きすぎてしまったらしい。

「富浦くん、どこに居《お》っとよ！」

塙が怒鳴る。マモルは富浦の隣に立って囁いた。

「ここです。行きます、って言って。大きな声で」

頷いた富浦が声をあげようとした瞬間、川内の鋭い声が飛んだ。

「富浦っ！　ずんだれとか（だらしないぞ）！」

富浦はすがるような顔でマモルを振り返った。自分の部屋の安永ならしっかりしろと叱りつけるところだが、富浦は風紀委員の川内の部屋の一年生だ。マモルの指導は川内の顔を潰すことになってしまう。

「大きな声で返事して。川内先輩、怒ってないから」

富浦は頷くと「ファイッ！」と大声を出した。

そうじゃない――とマモルは目を覆う。ここです、だ。案の定、川内はピントの外れた返事を叱り飛ばした。

「誰《だい》がファイ言えちゅうたよ。早《は》よこっ来《こ》!」

「ああっ……」と声を漏らして縮こまった富浦に、マモルは「返事っ」と囁いた。

「はいっ! 行きます」

答えた富浦は、やっとのことで呼ばれた場所へと駆けていく。富浦が新館二階の一年生の先頭に立つと、他の一年生たちは要領が分かったらしい。残りの一年生たちは自発的に列を作って走り始めた。

安永も旧館二階の一年生の先頭に立って走っていた。ハーフカットのパンツからスラリと伸びたふくらはぎには筋肉の陰影がはっきりと刻まれている。昨夜の歓迎会ではスケートボードをやっていたという話だったが、こんな筋肉がつくスポーツなのだろうか。

一際大きな「ファイッ!」の声に振り返ると、ユウキが自分の部屋の一年生の真後ろで大声をあげているところだった。種子島から来た新入生だったはずだ。メガネの下で、大きな目が見開かれているのが見てとれたが、無理もない。ユウキに追い立てられているのだから。

顔を戻そうとした時に、ユウキの体型が気になった。入寮したばかりの頃は、もっと筋肉の形がはっきりしていたというのに、新入生を追い立てている彼の体はふやけて見える。安永のふくらはぎのようなキレは感じられない。どうやらユウキは、一年の寮生活で体が鈍ってしまったらしい。

マモルは逆だ。朝の一・六キロメートルのランニングと腕立て伏せのおかげで、中学時代にはなかった筋肉がうっすらと体を覆うようになった。入寮してからの一年は風邪もひかなかった。

寮生活で体が鈍る者もいれば、健康になる者もいる、ということだ。

違いは体型だけに限らない。集団生活にどう向き合っているのかでも結果は変わってくるはずだ。

そんなことを考えつつ、安永と、他の一年生たちに気を遣いながらランニングと腕立て伏せをこなしていると、いつの間にか朝のトレーニングは終わって朝礼が始まっていた。

まずは部屋ごとの点呼だ。報告は三年生の仕事だが、風紀委員と寮長の部屋だけは二年生が点呼に応えなければならない。

マモルは「201号室、異常なし」と報告する。隣の202号室でも二年生が声を張り上げた。

「202号室、呉先輩が腹痛で朝礼を休んでいます。登校は問題ありません」

はあ、というため息が三年生の間で交わされる。前で腕を組んでいる風紀委員の川内は、苦々しげな表情を隠そうともしなかった。受験が近づくと朝礼を休む三年生は増えるものだが、新学期の初日から休まれると、示しがつかない。幸いなことに、朝礼を休んだ三年生は呉だけだった。

点呼を終えた後、全員の前に立った志布井は、まず三年生に釘を刺した。

「最上級生になった三年生と後輩のできた二年生は、一年生の手本になることを強く自覚してください。登校できるなら、朝礼には出るように。部屋の二年は伝えてください」

言い終えると、志布井はおもむろに頭を下げた。

「それでは、おはようございます」

「おはようございます！」

一年生たちの唱和に朝の空気が震えた。昨日の説教で散々練習させられたおかげだ。

「ようこそ、蒼空寮へ」

まばらに「はい」という声が上がる。

「返事ぃ！」

塙が吠えると、一年生たちは気をつけをして叫んだ。

「はいっ！」

志布井はうなずいて言葉を続けた。

「君たち一年生には、家族や兄弟よりもずっと密接に過ごす仲間ができました。まだ卒業していない私にはわかりませんが、ＯＢの皆さんによれば、寮の三年間で培った交流は一生続くということです」

志布井は列の前を左右に歩き始めた。

「寮は、食事をして、寝て、風呂に入り、勉強をして、自分の時間を過ごすための場所ではありません。人生において、何より重要な大学受験に向き合っている三年生たちと接することで、あなたたち一年生はかけがえのない経験をすることでしょう。まずは寮の生活に慣れ、二年生と三年生がどんな日々を送っているのかをよく観察してください。掃除や洗濯、配膳などは率先して行うように」

マモルは志布井の話に聞き入ってしまった。昨年の二学期から毎朝志布井の話を聞いているのだが、最上級生になったからだろうか、力強く正論を説く姿は去年よりもずっと様になっている。

「そして」志布井は言葉を強めた。「新入生は今日から二週間、私たち三年生の活動に注目してください。私たちはＶＲ甲子園に出場します」

顔を見合わせようとした一年生だが、塙の咳払いで気をつけの姿勢に戻る。

「蒼空寮は、二週間後に行われるＶＲ甲子園の鹿児島県大会で、必ず優勝してみせます。一年生と二年生は、応援と支援をよろしくお願いします」

マモルは反射的に拍手していた。もちろん、他の二年生たちもほぼ同時に。やや遅れて、一年生たちが一際大きな拍手を送る。

桜島の横に昇った朝日が、寮生たちを正面から照らしていた。

＊

集会室の手伝いを終えたマモルが食堂に入っていくと、寮生たちはＶＲ甲子園の観戦をはじめていた。

昭和の終わり頃には百八十名いた寮生が全員やってきて食事を取っていた食堂は、寮の中で一番大きな部屋だ。テーブルのメラミン天板と床のプラスチックタイルは長年の利用ですり減って下地が覗いているところもあるが、乾いた布で同じ場所を二十回拭く一年生のおかげで清潔さは保たれている。

時刻は土曜日の午後一時。いつもならあちらこちらのテーブルで参考書を積み上げた寮生が十名ほど勉強している時間だが、今日はＶＲ甲子園の主要メンバーを除く寮生、八十名ほどが学年ごとに分かれて座っていた。

離れた席で勉強しているのは２０２号室の呉健民先輩だけだ。中国の大学を目指している彼の受験日程は、他の三年生とは違うらしい。

観戦スタイルは学年ごとに違う。ＶＲゴーグルをかけた三年生たちは、入り口に近い方のテーブルに間隔を空けて座り、思い思いの方向に顔を向けている。

　三年生たちの中には、寮監の佐々木先生も混ざっていた。彼は自前のノート型ワークステーションをテーブルに置いて、五十万円はするというグラフィックス《G》・プロセッシング《P》・ユニット《U》拡張ボックスを繋ぎ、三年生たちが使っているのとは違うＶＲゴーグルをかけていた。３Ｄ計算を高速に行うＧＰＵがあれば、ＶＲの臨場感は高まるのだ。

　マモルは一度、佐々木のＶＲゴーグルを使わせてもらったことがある。視界のいいメガネ程度の範囲にしか映像の出ない三年生たちのＶＲゴーグルと違い、視野の隅々まで秒間１２０フレームで更新される８Ｋ映像の実在感には度肝を抜かれた。昨年の蒼空寮チームが作成したＶＲ甲子園のプレゼンテーションを見せてもらったのだが、ゴーグルをかけて前に一歩足を踏み出したマモルは、仮想空間に存在しない「風」を感じたほどだ。

　三年生の奥では、二年生と一年生たちが部屋ごとに集まって座り、天井から吊り下げてあるディスプレイに見入っていた。なんだか多いなと思ったマモルがよく見ると、寮生だけではなく、市内の下宿から通学している理数科の同級生たちもやってきていた。女子下宿の暁荘からも喜入梓が一年生の女子を連れてきて、マモルと同部屋の安永の近くに席をとっていた。

　手を振ってきた梓に手を振りかえしたマモルは、ゴーグルをかけた三年生に混ざってナオキが作業しているのに気づいた。ナオキの前には自分のノートＰＣの他に、大型のディスプレイが三台と、それぞれに接続したＧＰＵボックス、テーブルの下にはタワー型のパソコンが並んでいた。どうやら、この場所で即席のＶＲサーバーを作っているらしい。

「ナオキ、何か手伝うことない？」

「いいや、大丈夫。マモルも席に着きなよ。もう始まってるよ」

「今どこの高校？」

マモルが尋ねると、ナオキはノートPCのプレビュー画面をチラリと見た。

「Aリーグの二校目。高専《こうせん》だ」

「高専？」

「知らない？　霧島の鹿児島情報工業高等専門学校」

マモルは首を振った。中学二年生までは、南郷高校の理数科とどちらに行くか迷っていたほどだ。

「知ってるけど、VR甲子園って、高専も出ていいんだっけ」

「出てるんだし、いいんじゃないのかな。ごめん、そこのLANケーブルを拾ってくれないかな」

ナオキの視線を追うと、床に這わせたLANケーブルの終端がとぐろを巻いていた。

「こいつのこと？」

ケーブルを拾って渡すと、ナオキはコネクターのすぐ近くに結束してあるラベルを確かめる。

「これこれ。集会室のサーバーとつなぐんだよ。せっかくだから、三年生のプレゼンは通信広告社《つうこう》の東京サーバー経由しないで、ダイレクトに見てもらいたいからね」

「通広のサーバー？　VR甲子園に何か関係してるんだっけ」

あきれた、という風に目を丸くしたナオキはLANケーブルをノートPCに繋ぎながら言った。

「何言ってんだよ。通広がVR甲子園の大スポンサーなんじゃないか。独占配信権だって持ってるよ。まあ、ちょっと待ってて。ここが繋がったら、二年のテーブルに行こう。高専のプレゼンはここで見ていきなよ」

「わかった」

三台のディスプレイには、赤と黒のパイプで作られたジェットコースターのようなコースが映し出されていた。曲がりくねったコースの中央には、斜めに置かれた螺旋《らせん》エレベーターが配置されていた。円柱に螺旋状の板を取り付けて壁に押し当てた仕掛けだ。円柱が回転すると、板に載ったものが高いところに持ち上げられていく、一種のエレベーターだ。水を汲み上げるためにアルキメデスが考案したということになっている。いかにも高専らしい仕掛けだった。

エレベーターには、色とりどりの球が入っていて、コースの最上部に運ばれていく。

高専チームは、ビー玉を転がして遊ぶおもちゃをVR空間に作ったらしい。VRゴーグルで見なければわからないが、ボールの直径は一メートルほどあるようだ。

「巨大ボールコースターか」とマモルは呟いた。いい手を思いついたものだ。

VR甲子園で使う3Dエンジンには、物体同士の衝突や反発、重力、摩擦、風などを再現できる物理計算ライブラリが組み込まれている。ゲーム用なので、エンジンの機構みたいな複雑なものは動かないが、ボールコースターぐらい単純なモデルなら確実に動作するだろう。

しかも、スケールと強度は自由自在に決められる。重さゼロで強度は無限という材質でレールを作れるのだから、おもちゃの何十倍かのサイズでコースターを再現するだけで、インパクトのある演《だ》し物になるし、五分間という制限された時間でも見せ場を作ることができる。

マモルのように平面ディスプレイを見ているとそうでもないが、VRゴーグルで視聴しているはずの審査員たちは、高専の演出チームが用意したコース脇のスリル満点の席からこのステージを楽しめるというわけだ。

そこまで考えた時に、アルキメデスの螺旋エレベーターが最初の球をコースの頂上に運び上げ、重い音を立てて球がレールにセットされた。コースが震えて、球がゆっくりと動き出す。VRゴーグルで見ている三年生たちはほうっとため息をついて顔をぐるりと回し、仮想空間を走る巨大な球を見上げていた。

ボールがレールの継ぎ目を越える時、三年生たちはびくんと肩をすくめた。

「おいおい、レールがしなってるよ。弾性体なんて対応してたか？」

VRゴーグルをかけた三年生の一人が呟いた。しかし、ディスプレイで見ているマモルからは、レールがしなって見えるように、コース全体が小さく上下に動いているのがはっきりと見えていた。VR甲子園の物理エンジンで金属がたわむような物理計算を行うのは難しい。だから高専チームは、球の動きに合わせて装置全体を揺すっていたのだ。ディスプレイで外から見ているとその仕掛けはバレバレだが、VRゴーグルで没入していると、重さ何トンかあるボールが地響きを立ててやってくる臨場感を味わえる。

「やられたなあ」

作業を終えたナオキが呟いて、マモルは頷いた。

高専チームの作品は、ただ球体が転がっていくだけのVRプレゼンテーションだ。BGMはフリー素材だし、レールの素材も初期設定のペンキ塗りで美術的には見るべきところはない。だが、巨大ボールコースターという着想と、それを最大限に活かす演出には3Dならではの良さがある。

ひょっとすると、Aリーグで勝ち残る二つのチームのうちの一つになるかもしれない。

「まあ、ウチも負けないけどね」

自分のノートPCを畳んだナオキは、テーブルに並べたディスプレイを覗き込んでから、納得したかのように頷いて、二年生たちの座っているテーブルまで歩いて行った。

安永と梓たちが並んでいるテーブルにたどり着くと、天井から吊ったディスプレイに高専の点数が表示されていた。技術点七で着想点が九、演出点が八、芸術点が六点。四十点満点の三十点だ。辛い評価のようだが、Aリーグの一校目が十六点しか取れていないので、今のところはリーグの一位ということになる。

「いい点数になったなあ」

そう言いながらマモルが席に着くと、安永が椅子を寄せてきた。

「少し聞いてもいいですか？」

政治家の息子で帰国子女という属性のおかげで上級生からは散々いじられているが、入寮してから一週間が経ち、マモルには自分から話しかけることも増えてきた。

「どうしたの？」

安永は、周囲を窺ってから囁くように聞いた。

「倉田先輩、VR甲子園って、日本版のビヨンドチャレンジなんですか？」

「ビヨンド？」

「はい――」

安永が何か説明しようとしたところに、梓が割り込んできた。

「今まで何してたの？」

「三年生の準備を手伝ってた。塙先輩の支度は僕がやることになってたから」

「塙さんも出るんだ。何するの？」

「見てのお楽しみ。梓こそ何しにきたの？」

梓はふんと鼻を鳴らした。

「友達が出るから、いい環境で見ようと思ってね」

「友達？」

「そう。次の永興《えいこう》よ」

「永興って永興学院？　女子の？」

「女子が出るの、おかしい？」

「いや……そんなことないけど」

マモルは言い淀んでしまう。VR甲子園は男子チーム限定の大会ではないので、女子のスタッフや演出家は時折登場する。だが、女子校がエントリーするという話は聞いたことがない。

ふん、と鼻を鳴らした梓は男子ばかりの食堂を見渡した。

「まあ、実際にこうだもんね」

「友達って、同じ中学？」

梓の出身校は大隅半島の小里中学校だ。全校生徒が五十名にも満たない中学校から、梓の他にも県内トップクラスの進学校に行った女子がいたのだろうか——案の定、梓は首を横に振った。

「塾で知り合ったのよ。あ、始まるね」

「後で話聞かせてよ」

そう言ってマモルはディスプレイに顔を向けた。

画面の中央にシステム標準の明朝体で描かれた「永興学院プレゼンテーション」という文字が消えると、スピーカーから水音が響いた。水たまりを歩くときのような音だった。

二歩、三歩と響くたびに足音の数は増えていく。マモルが四人ぐらいかな、と思ったところで画面が輝いて、六名の人影が床に影を落とした——いや、水面だ。

あまりに実在感のある人の姿にマモルの目は吸い寄せられる。現れたのは、身長も体型も異なる同年代の女子たちだった。デフォルメの効いたアバターを見慣れたマモルの目には、実写のようにしか見えなかった。

お揃いのワンピースを着た六人が、滑るような足取りで水の上を歩くと、波紋が遅れてついていく。よく聞き取れない詩のような言葉を交わし、ためらいながら互いの服を触れ合わせたり、歩みを交差させたりしていた。

ダンスというにはあまりにささやかなその動作が描こうとしているテーマは、触れ合いだ。マモルが見とれていると、いつの間にかステージ上から聞こえる足音が、耳に覚えのあるリズムを刻んでいた。

ターンタタタタタンタタタン——これはボレロ、だっただろうか。

全員のリズムが揃うと、水盤に描かれる波紋が正六角形に輝いた。そこから籠目模様と、正三角形の集合体を経てもう一度正三角形に戻っていく。

ため息をついたマモルは椅子に沈み込む。

実写と見まがう３Ｄの人体モデルを高校生が操って、統一されたＶＲプレゼンテーションを作り上げているのだ。打ちのめされたマモルの耳に、安永の声が届いた。

「うわあ、うまいですね」

「……ああ」

「これは、人物を切り抜いて配置してるんですね」

「え？」

マモルは、隣でディスプレイに見入っている安永に顔を向けた。

「あれ、実写なの？　浮いてるけど」

「多分ですけど、あれは実写映像の切り抜きです。グリーンバックだと思います。浮いてるのはミスだと思います。本当は、波紋とつま先をくっつけたかったのかもしれないです」

目を凝らして画面を見つめたマモルは、安永の見抜いた通りだということを確かめた。人物の輪郭に、緑色のノイズがちらちらと走っていた。印象的な永興学院のＶＲプレゼンテーションは、水盤のステージに平面の映像を立たせているだけだったのだ。

他の寮生たちもトリックに気づいたらしく「なんだよ」という声が食堂のあちらこちらで上がりはじめる。

「騙されたなあ」

マモルがそう言うと、安永は「騙してますか？」と言い返した。

「だって平面の映像じゃないか」

「僕は好きですよ。音楽も演出もいいじゃないですか」

「確かにそうだけど、平面の映像じゃないか」

マモルは、たった今、口にしたのと同じことを言うしかないことに気づいて付け足した。

「VR甲子園では勝てないよ」

「そうなんですか？」

「そりゃVRって名前がついてるぐらいだから、3Dの技術を競うわけだし――」

その後が続かなかった。映像は3D空間に浮かんでいるのだ。VRゴーグルで見ていた先輩たちは、生のステージを見ているのと変わらない体験をしたはずだ。

何よりも、永興学院のステージはマモルの心を動かしていた。

「わかった。実際よくできてると思う。点数が出るよ――ええっ？」

マモルは目を疑った。予想していなかった、だが納得するしかない点数がスコアボードには表示されていた。

技術点八、着想点が九、演出点が十、芸術点が十。四十点満点で三十七点の高得点だ。

周囲の二年生たちはディスプレイに身を乗り出して驚きの声を上げていた。三年生たちはVRゴーグルを撥《は》ね上げて「ありえねえよ」と首を横に振っている。

意外そうな顔でその様子を見ていた梓がこそりと聞いた。

「先輩たち、なんで驚いてるの？」

「技術的には見るべきところがないのに、高得点だったからかな」

「技術の方が高く評価されるの？」

マモルは首を横に振った。その考え方が、間違っていると教えられたばかりだ。

「よくできてたと思うよ」

「でしょう」

梓がニンマリと笑うその顔で、彼女の知り合いが関わっていることを思い出した。話を聞かせてもらおうと思った時、後ろの座席に座っていたユウキが立ち上がった。

「おいおいおい、みんなは何を沈んでるわけ？　他のチームなんかどうでもいいがな。俺らは蒼空寮《ワキャ》のステージを胸はって応援すればいいだけじゃがな。ほら、始まるど」

その言葉通り、ディスプレイには見覚えのある、全員で取り掛かってきた３Ｄ映像が映し出されていた。ドローン撮影から三次元合成した３Ｄ地形だ。場所は、南郷高校の最寄り駅、平川駅のホームだった。

ダンスミュージックに合わせてリズミカルに動くカメラが、南郷高校に向かう桜並木に挟まれた坂道を登っていくと、ピロティの丸い柱に支えられた本館が現れる。

南郷高校の３Ｄデータは、蒼空寮の宝物だ。

初めてこのデータが使われたのは三年前、ＶＲ甲子園の第一回大会だ。高低差のある南郷高校の全ての建築をモデリングした３Ｄステージで他校を圧倒し、全国大会でもベスト8に上り詰めた。続く二〇二二年と二三年もモデルの精度を高め、校庭や裏山にあるアスレチックフィールドまで空間を拡張している。全国でも指折りの進学校、サンローラン高校が出るようになったせいで全国大会にこそ出られなくなったものの、蒼空寮の３Ｄモデルは高い評価を受けていた。

今年は、その見た目を大きくアップグレードさせている。ドローンで記録した映像を、マモルたち現在の二年生が、半年がかりでマッピングした。

マモル自身も音楽室と合奏室、そして教員室が三つ葉のように配置された音楽棟の壁を一つ一つバラバラにして、ドローンの映像を当てはめていった。プロジェクトを管理したのは、寮長の志布井先輩だ。気の遠くなるような作業だが、三十人いる一年生が毎日一時間ずつ手を動かせば実現できる。

この、人手をふんだんに使った3Dステージがこのチームの強みだ——そのはずだった。

昨日までは優勝を疑っていなかった。だが、ボールコースターというアイディアを余すところなく見せてきた高専のパフォーマンスや永興学院の胸を打つステージは、VR甲子園が別の次元へと進んだことを物語っていた。

VR視聴している審査員たちは、寮生たちが操る球体に出迎えられて、それぞれに異なる体験をしているはずだ。フーコーの振り子が揺れる本館から図書館に向かうルートや、理科棟の天体望遠鏡と簡易プラネタリウムを体験するコース、裏山のアスレチックをドローン飛行するエキシビションなど、二十種類のツアーを三年生たちは用意した。

要所要所では寮生が操るアバターが挨拶をしてくれる。

審査員たちは、コースを辿る途中で、全ての教室のドアを開けることができて、中を歩き回れることも説明されるはずだった。手のかかり具合は、県内のどの高校にも負けはしない。

だが、高専と永興学院のプレゼンテーションを見た審査員の胸を打つことはない。

それがマモルにはわかっていた。今年は予選落ちだ。

誰もがわかっていたらしい。蒼空寮チームの点数が出たとき、食堂には採点を意外に思うような声も、憤りの声も上がらなかった。

技術点は七、着想点が三、演出点が四、芸術点が五。合計十九点。

蒼空寮はＶＲ甲子園の初戦で敗退したのだった。

＊

Ｃリーグで昨年の鹿児島代表のサンローラン高校チームが、京劇を題材にとった竜退治の演劇プレゼンテーションで三十八点を叩き出したころには、ほとんどの寮生が部屋に戻ってしまっていた。

時刻は十六時三十分。夕方というには明るいが、夕食の十八時までにできることは多くないという微妙な時間だ。準優勝に輝いた昨年、夕食をいそいそと済ませた三年生たちは、国道沿いのピザ屋に繰り出して祝勝会を開き、深夜近くにお土産のピザを持って帰ってきた。だが、リーグ戦で落ちた今年はそんな雰囲気ではない。

がらんとした食堂に残っているのは、ＶＲサーバーを片付けているナオキと三年生がテーブルに置いていったＶＲゴーグルを片付けている宏一、そして風紀委員部屋のマモルとユウキに、彼らの部屋の一年生たちだった。いつものメンバーだ。

マモルとユウキは制作チームの反省をまとめて寮のブログにアップロードする役目をおおせつかっていたのだが、一時間前に始まった反省会が終わる気配はない。

時計を見たマモルは安永に声をかけた。

「安永くん。さっき、なんか言ってたよね。ＶＲ甲子園は日本の――なんだっけ」

一瞬だけ怪訝《けげん》な顔をした安永は、すぐに思い出したらしく「ああ」とうなずいた。

その瞬間、マモルの目の前で、テーブルがバンと音を立てた。

「ああ、だぁ？」ユウキがテーブルを叩いたのだ。「返事は〝はい〟やっどが！」

「はい！」

安永がぴんと背筋を伸ばすと、腕組みをしたユウキはマモルに向かってため息をついた。

「お前《ワイ》が言い方をちゃんとさせれんば、苦労ばすっとはタケシばどぉ」

どうやらユウキはヘンテコな鹿児島弁で押し通すつもりらしい。

「今ぐらい構わないだろ。そんなことで怒んなって」

「やってん――」

「だからあ」マモルは口を挟んだ。「そんな鹿児島弁ないから、普通にしろよ。島言葉でも十分怖いんだから」

ふん、と鼻を鳴らしたユウキが椅子をぐっと引いて腰を下ろす。八十五キログラムの体重が食堂の椅子を軋《きし》ませると、安永が身体をすくめる。

「ほらみろ。それでいいんだよ」

マモルは、まだ何か言いたりなそうなユウキを遮るように身を乗り出して、安永に聞いた。

「で、何の話？　日本がどうとかいう話」

機嫌が悪そうなユウキをそっと見てから、安永は慎重に口を開いた。

「VR甲子園はビヨンドチャレンジの日本版なんですか、と聞きました」

「はあ？」ユウキが口を挟む。「甲子園の国際版でもあるわけ？」

「ええと――すみません。ＶＲ甲子園の国際版があるかどうかじゃなくて、ビヨンドチャレンジの日本版なのかどうか聞いたんですけど」

安永はスマートフォンを取り出して、無効になっている無線ＬＡＮのアイコンを指差した。

「スマホを繋いでいいですか」

一年生が校内の無線ＬＡＮアカウントを取得できるのは、六月の図書館講習を受けてからだ。マモルは首を横に振って自分のスマートフォンを取り出した。

「検索なら俺がやるよ。キーワードは？」

「Beyond Challenge VRです。スペルは――」

「いい、大丈夫」

突然の英語に面食らったが、英語キーボードに切り替えると、なんとか綴りを思い出した。入力しているとユウキが画面を覗き込んだ。

「スペル教えてやろうかと思ったら、ビヨンドの綴りは覚えてんだな」

「当たり前だ」

チャレンジまで入力すると、検索予測項目がずらりと並んだ。マモルが検索候補を選ぶと、スマートフォンのＷｅｂブラウザには「Loading」の文字が現れる。

その背後には、見覚えのある歯車が回っていた。カメラの利用許可を出すと、歯車の表面に寮の食堂とマモルの顔が映り込む。どうやらこの画面からＶＲになっているらしい。ＶＲゴーグルをかけてアクセスすると、歯車が目の前で回り始めるのだろう。

マモルは歯車を指差した。

「これ、ＶR甲子園のアプリアイコンどぉ」

ユウキが、ＶR甲子園のウェブサイトを表示したスマートフォンを掲げて、画面をスクロールさせた。

「ほら、開発環境のダウンロードのところに出てるアイコンと同じじゃがな。だけど、ビヨンドちなんかどこにも書いてないがな」

「ほんとだ――いや、ありますよ」安永は、歯車の右下に書いてある文字を指差した。そこには小さく「Powered by Beyond VR Inc.」と記されていた。

「はげぇ。気づかんかった」とユウキ。「でもよ、それでビヨンドチャレンジってなんなわけ」

安永は、マモルのスマートフォンに顔を向けた。

「飛んだページ、そろそろ開いていませんか？」

その通りだった。スマートフォンのブラウザには、すっきりした幅の広い書体で「Beyond Challenge」と掲げられたＷｅｂサイトが表示されていた。

安永が、マモルに断って画面に触れると再び歯車が回って、今度はすぐにＣＧで描かれた近未来的なスタジアムの画像が現れた。

「これですね。ビヨンドチャレンジ２０２５。来年の大会の出場者を募集しています」

「これもＶＲのプレゼンを競うコンテストなわけ？」

「たぶん、ほとんど同じです。小さなルールは違うかもしれませんけど、U18なら五分のプレゼン時間なんです。同じですよね」

ユウキが首を捻る。

「日本大会の優勝チームが出られるわけ？」

「いや、多分違います」

「違う大会ってこと？」

「そうじゃなくて――」

安永は、スマートフォンの画面を大きく下にスクロールさせて、「Registration（登録）」の見出しもタップした。画面には、参加チーム名を入力する欄が表示されていた。

「ビヨンドチャレンジは、誰でも参加できるんです。もう、登録が始まってますね」

「この、五千二百五十七ってのが参加校？」

「学校縛りじゃなかったかもしれませんけど、そうですね。優秀校には、一チームにつき六人まで奨学金が出ます」

「……賞金が奨学金？　しみったれてるがな」

落胆の声を上げたユウキを、安永は不思議な顔で見上げた。

「嬉しくありませんか？　フルサポートですよ。生活費も込みで」

「そんなに借りたら利子で死ぬがな」

「……奨学金って、返さなければいけないんですか」

「当たり前じゃがな！」

今度は、安永が目を丸くする番だった。

「ええっ？　返すのって、ローンですよね」

「奨学金だって返さんばいかんに決まってるがな――」

「結くん」

耳慣れない声がユウキの声にかぶさった。

マモルはすでに坊主頭の声の主がこちらに歩いてくるのを見ていたが、この声が彼のものだという確信を得られなかった。何せ一年間で一度も口をきいたことがないのだから。

「呉先輩、どうされましたか?」

マモルの言葉を無視した呉は、ユウキが斜め上を振り返るとにこりと笑った。

「結くん、間違っているのは君だ。学資ローン奨学金なんて呼ぶのは、いけない。給付型奨学金なんていう言葉があるけれど、奨学金は貰うものだよ」

「……そうなんですか」

ユウキが頷くと、呉はマモルとユウキ、そして安永を見渡した。

「ビヨンドかあ」

「はい。今、彼に——安永くんに教えてもらいました。ご存じなんですか?」

聞いたマモルに、呉は頷いた。

「もちろん。初代大会のチャンプは、炭酸ガス吸収プラスチックの研究開発プロジェクトまで支援してもらってる。二億ぐらいもらってるんじゃなかったかな」

「二……億?」

ユウキが目を剝く。呉は、天井から吊り下がっているディスプレイに顔を向けた。VR甲子園はDリーグまで終わったところだった。

「佐々木先生には、VR甲子園なんてやめてビヨンドにしようって話をしてたんだけど」

マモルは思わず食堂を見渡した。ビヨンドとやらに出るかどうかはともかくとして、多くの寮生が打ち込んでいる活動に異を唱えると、三年生でも居心地が悪くなってしまうだろう。

「VR甲子園、勉強になりますよ」

「賞金ぐらい出せよ、と思わない？」

「……ええと」

マモルが口ごもると、呉はゆっくりと三人を見渡してから言った。

「もしもビヨンドに出るなら手伝うよ」

＊

丸い銀縁メガネのブリッジを眉間に押し当てた呉は、小脇に抱えていた参考書とノートをテーブルに置いて、マモルたちの正面に回り込んだ。寒くもないのに羽織っている綿入れの袖からは、全く筋肉のついていない細い腕が伸びていた。三月までは朝礼で腕立て伏せをしていたはずだが、思い切り手抜きしていたのだろう。

マモルが呉について知っていることは多くない。

トレードマークの坊主頭を、部屋に残してあったバリカンで刈っているという話は有名だ。日本と中国の二重国籍を持っていて、鹿児島市内に住んでいる姉が美人らしいという話だ。はっきりしているのは、友人らしい友人がいないということぐらい。

だが、三年生であることに変わりはない。

呉が椅子に手をかけた瞬間、マモルは席を立って椅子の向きを呉の座る椅子に向けてから腰掛ける。もちろん椅子の脚で床を鳴らすことはしない。脚を投げ出して座っていたユウキも、巨体を感じさせない素早さで立ち上がって椅子を呉の席に向けた。

わずかに遅れて、安永も立ち上がる。だが、入寮して間もない彼は、椅子の扱いに慣れていなかった。

「ゆっくり。椅子が鳴るよ」

安永が動きを止めた時は遅かった。鉄製の脚が床に当たった。すかさずユウキが叱責する。

「注意が足りんど」

「はいっ！」

気をつけの姿勢で声をあげた安永に、呉は顔をしかめる。

「僕の前では、そういうのいらないから」

マモルは、再び「はいっ！」と答えそうな安永に先回りして言った。

「座っていいってさ」

安永を腰掛けさせながら、マモルはこの場をどう乗り切ろうかと考えていた。

呉が新学期の初日から朝礼をサボるほど寮の縦社会を嫌っていることや、VR甲子園の存在意義に疑問を投げかけるのは構わない。もしもここが呉の部屋なら、彼と対話をしてもいいし、同意できるところがあれば、頷いてもいいだろう。

だが、ここは誰もが出入りする食堂だ。三年生を軽んじるような振る舞いはもちろん、寮生の多くが自由時間の全てを注ぎ込んで取り組んでいるVR甲子園を貶《おとし》めていると思われてしまえば、どこで何を言われるかわからない。

三年生ならどんなことを口にしてもいい。二年生も、肩身が狭いぐらいで済むだろう。だが一年生が、寮のしきたりや伝統に挑戦的な態度をとっているかのように見られてしまうのはまずい。

特に安永には、その危険を冒して欲しくなかった。

マモルは入念に選んだ言葉で、呉に、その距離感を伝えた。

「申し訳ありません、安永はまだ慣れていないので、話を聞くだけにさせてください」

呉もマモルの意図を理解したらしく、膝を組んで背もたれに寄りかかった。周囲の目を気にして、偉そうに見せかけてくれたわけだ。

「ありがとうございます」

礼を言ったマモルは、こちらから話を切り出すことにした。

「三年生に、ビヨンドチャレンジを持ちかけたんですか？」

「みんなにじゃないよ。一人か二人。だけど僕――いや、俺は出られないから、そんなに真剣に誘わなかったんだけどね」

「それは」

言いかけた言葉をすんでのところで止める。国籍の問題があるからですか、と言いかけたのだ。

「どうしたの」

こうなってしまっては、聞かない方が失礼だ。

「あの……外国籍があるからとか、そういう理由ですか」

「国籍？」

「いえ……だから、先輩が入ると日本チームにならないとか、そういう制限があるんでしょうか」

呉は丸いメガネの向こうで目を丸く開いて、口をぽかんと開いた。それから爆笑した。

「倉田くん、面白いなあ。もっと前から知り合っときゃよかったよ」

顔がかっと熱くなる。それほどおかしなことは言っていないと思うのだが、何か根本から間違っているのかもしれない。小さな顎を撫でた呉は、天井を見上げた。

「どこから話せばいいんだろうな。ビヨンドチャレンジは国別対抗じゃないんだよ、チーム対抗だ。そのチームのメンバーが違う高校の生徒だろうが、日本人だけだろうが、混成チームだろうが関係ないんだ。安永くんだっけ、君は知ってるよな」

「はい」と安永は頷いた。「ハウスでお世話をしていた職員の息子さんが、現地の高校生と一緒にビヨンドチャレンジに参加しました」

「安永くんはシンガポールから来たんだっけ」安永が頷くのを待たずに、呉は続けた。「ハウスキーパーということは、フィリピンの方だよね」

「はい。ビデオ会議で連絡を取っているという話でした」

「リモートのチームもありなんだ」

マモルが頷くと、マモルのスマートフォンを取り上げた呉が参加資格のところを指差した。

「ほら、U18の参加資格は、年齢だけだよ。学生である必要もない。アメリカだと飛び級で大学に入った十八歳も出てたりするからな」

「それは、卑怯ですね」とユウキ。

「卑怯と言えば卑怯だね」

薄い唇をゆるめた呉は、参加資格のところをじっと見つめていた。マモルはその横顔を見て不思議に思った。ここまで制限が緩いのに、どうして出られないのだろう。

ふと顔を上げた呉は、マモルに言った。

「俺は十九歳なんだよ」

マモルは息を止めてしまう。隣のユウキも、大きく目を見開いていた。そんな先輩二人の様子を、安永は不思議そうに眺めている。三人を見渡した呉は苦笑いして言った。

「知らなかったのか。意外とプライバシーは守られてるんだな。僕――いや、俺は留年してるんだよ」

「初めて聞きました」

呉はユウキに顔を向けた。

「結くんの部屋の三年は誰だっけ」

「川内先輩です。３０１号室です」

「哲郎《てつろう》か。あいつは知ってるよ。もちろん塙もね」

呉は声のトーンを下げた。

「寮の説教でやられちゃってさ、一年生の前半、学校と寮を休んだんだよ。表向きは語学留学したことにしてるけどね。今の三年生の先輩なんだ」

マモルは内心で色々と納得した。好き勝手に振る舞う呉を風紀委員たちが叱らないのは、彼が先輩だったからなのだ。

「そんなわけで、僕はビヨンドチャレンジには出られない。まさか一般部門に寮を引きずりこむわけにはいかないしね」

「一般部門は、厳しいですね」安永が頷いた。「確か去年の優勝チームって、クァンタムベースのサークルじゃなかったでしたっけ?」

「それは一昨年。去年はフロットデスクのVR部門じゃなかったかな。グラミー賞のチームだよ。まあいいや。とにかく、康太《こうた》は誘ったんだけどな」

「康太——」一瞬、マモルは誰のことを言っているのかわからなかったが、目を見開いたユウキの反応でわかった。「志布井先輩にはお話しされたんですか」

「まあ、彼も結構真剣に考えていたらしいけど、結局VR甲子園に出ることにした——お、噂をすればなんとやら、だ」

呉が食堂の入り口に向かって手を振った。振り返ると、志布井が腰に手を当てて、誰かを探すように食堂を見渡していた。この数日、明け方まで演出の調整を行ってきた彼は、目の下に隈を作っていたが、不思議と憔悴《しょうすい》している感じは受けない。

志布井は、マモルたちの席に目を止めた。

＊

「健民さん、こんなところに居ったとか。反省会はなんで来んか。お前《まは》ん話を待ちょおったとに」

ゆったりとした鹿児島弁でそう言った志布井がテーブルに手をついた時、マモルは、ポカンと開けていた口を閉じた。志布井の鹿児島弁を聞いたのは初めてだったかもしれない。何より、呉にむけるフランクな態度に驚かされた。驚いたのはマモルだけではなかったらしい。志布井を塞《ふさ》ぐような位置に座っていたユウキも、慌てて椅子をずらして志布井のために場所をあけた。

「僕《おい》ん話？」

初めて聞く呉の鹿児島弁は、地方出身者の多い寮ではあまり耳にすることのない、おっとりとした市内の言葉だった。

呉はその言葉のリズムに合わせたかのように、しなやかに手を顔の前で振った。

「そがん持ち上げんでよかよ。大《て》したことやってなかとが」

「バカ言いよらさんな」と、志布井が苦笑いを浮かべる。「道《とおる》が彫投げたドローンのフォトグラメトリ（光を用いた測距装置で空間を３Ｄスキャンする手法）なんかよ。お前《はん》がほとんどやっとらしたどが。みんな健民さんには本当に感謝しとっとよ」

「僕《おい》が手ぇ出せたんは、たまたまよ。中国語のサイトに書いとったからな。英語で書かれてれば道が自分で済ませよらあ」

どうやら呉は、校舎の建築の３Ｄデータを取り込むために用いたドローンの制御と撮影プログラムを書いたらしい。リアルな校舎データは蒼空寮チームの核となる部分だ。呉が肩をすくめると、志布井はねぎらうようにその肩を叩いた。

「何《なん》ば言《ゆ》か、自慢してよかど。審査員もフォトグラメトリは褒められとらした」

軽く頭を下げた志布井は、テーブルの参考書に目を止めた。

「健民さんの試験、もうすぐだったよな」

「六月七日よ」

「あとひと月半《ひと》しか残っとらんがな。ラストスパート?」

「頑張っとっけど」呉は言って「理科数学歴年真題」と題された参考書を手の甲で叩いた。「苦手科目を克服する時間はあるかな。最後の二問は捨てる」

「見ても構ん?」

東京大学を目指す志布井は、手持ちの問題集を一通り終わらせている。今は卒業生が後輩に残していった参考書や問題集を求めて部屋を渡り歩いているのだ。呉が頷くと、参考書を手に取った志布井はにやりと笑った。

「数学は、わぜぇ易しかね。こんなん中学生の数学やっど」

「その辺はね。後半は難しいよ」

「どい――」志布井は勢いよくページをめくった。どうやら、一問ごとに長い解説がつく参考書のようだ。「二問目は高校一年レベルか。三問目は共通テストぐらい。どんどん難しくなるんだな。おお、この記述問題は……難しか。じゃどん国公立の理系よりは楽――でもないか。七問目はなかなか――東大、京大の二次より――いや、なんだこれ」

志布井が広げたページをチラリと見た呉は「多項式絶対ガロア群の証明だね」と答える。

「群論かよ……大学数学やらあ」

「中国は、全部の大学が同じ試験を受けるからな」

「マジか」と志布井。「地方大学と清華大学で同じ試験使うんか」

「だからこんなことになる」呉は参考書を顎で指した。「清華大学とか北京大学に行く学生に合わせると零点ばかりになるし、高校数学の内容で出題すると優秀な学生の差がわからない」

なるほど、と頷いた志布井は、他のページも眺めてからため息をついた。

「俺《おい》だと六問まで。最後の問題も時間かければ、式の展開だけは点数もらえるかもしれん。あいがっさま（ありがとう）。健民さんは？」

「さっき言っただろ。最後の二問は捨てるよ」

「それじゃあ志望校には届かんちゃろが」

「僕は出身国アファーマティブで二割もらえるらしい。それなら勝負になる」

知らない単語に戸惑ったマモルがユウキの顔を見ると、志布井が笑った。

「日本は下駄履かせてもらえんのかよ」

呉はうなずいた。

「日本とネパール、ミャンマー、ラオス、アフガン、アフリカ諸国とロシア。あとは内戦やってたりする国からの留学生は全科目で二十パーセントも上乗せしてもらえる」

「なんで日本が入っとうと？」

「制度を変えたら合格者が激減したんだと。でもチャンスやから、使わせてもらうよ。こんな機会でもないと国際ランキングで十位の大学には入れん」

「それもそうか」志布井は笑った。「まさか、ここで健民さんに抜かるっとはよ」

彼の志望校、東京大学が世界大学ランキングのベスト五十から転げ落ちたのは、昨年か、それとも一昨年だっただろうか。蒼空寮でも国外の大学に行こうとする者は珍しくない。三年生では呉の他に、ドイツとシンガポールの大学を志望する者がそれぞれ一人ずついて、部屋の下級生たちに英語の会話を強制しているし、マモルと同じ二年生では八名、一年生だと十五名ほどが国外の大学を検討しているはずだ。

呉は残念そうにしている志布井に言った。

「だから、ビヨンドチャレンジに出ときゃよかったんだよ。注目を集められれば、学校の奨学金がもらえるぐらいの下駄にはなるんだから」

志布井は首を横に振った。

「買い被んな。俺《おい》は精一杯《せいいっぺ》やったっとよ。気張れよ、健民さん」

呉に会釈をした志布井は、マモルに顔を向けた。

「倉田くん」

「はいっ」

マモルはバネが弾けるように立ち上がると、踵《かかと》を揃えて気をつけの姿勢になった。一年間叩き込まれたおかげで椅子の脚を鳴らしたりすることもない。ユウキも座ったままだが、背筋を伸ばしていた。

志布井の顔からは、呉と話している時の柔らかさが消えていた。

テーブルに手をついて立ち上がる仕草も、真っ直ぐに伸びた背筋も、去年の九月からずっと見つづけてきた寮長の姿だった。ひょっとすると志布井は、寮長という役回りを、かなり意識的に演じているのかもしれない。

志布井は、食堂の入り口に顎をしゃくった。

「集会室に行こう」

「は……いっ」

背筋を冷たいもので撫でられたような気がする。

一体何をしでかしてしまったのだろうか。

自分のことならいいが、寮の中でもかなりゆるい方針で教育している安永のことだろうか。いや、その教育方針は部屋長であり、なおかつ風紀委員でもある塙先輩が決めたようなものなので、マモルが叱られる筋合いはない。

志布井は言った。

「倉田くん、説教じゃない」

こころなしか、その声は柔らかに感じた。

*

志布井について廊下を歩いたマモルは、玄関ホールの奥にある集会室に向かって一礼し、スリッパを脱いで、集会室前の引き戸の外に並べた。つま先を部屋の外側に向けて、閉め切られている右端に。

引き戸の中には下足を脱ぐための小上がりもあるのだけれど、そこを使っていいのは三年生だけだ。

マモルがスリッパを並べるのを確かめた志布井は、音もなく戸を開けて会釈をすると、スリッパをぴたりと揃えてから襖《ふすま》を開けて集会室に入っていった。

小上がりの前には、志布井のものも含めて六足分のスリッパしか並んでいない。VR甲子園の反省会を終え、風紀委員だけが残っているということらしい。一人で風紀委員に呼び出されたのは、二度目だ。

マモルは、襖ごしに集会室に声を張り上げた。

「201号室、倉田衛です！」

「入って」

「失礼します」

正座をしたまま襖を開いたマモルの顔にはムッとした熱気が吹き寄せてきた。部屋の後方に組み立てた即席のサーバーラックから吹き出されてくる熱風なのだが、先ほどまで議論を交わしていたVR甲子園制作チームの言葉が今も残っているかのように感じられる。

マモルが掲げた五省の額は大型のディスプレイにその場を譲り、額は床の間の脇に立てかけてあった。

その正面には志布井が片膝をついて座り、向かって右には塙があぐらをかいていた。左にはやはりあぐらをかいた川内が細い目でマモルをじっと見つめていた。

三人を囲むようにして、剣道三段の大山《おおやま》と、いつも二人で行動している柳園《やなぎぞの》と永山《ながやま》が、長身を窮屈そうに折りたたんで腰を下ろしていた。

何か言われるまでもなく、マモルは志布井の正面に腰を下ろす。もちろん正座だ。

説教ではない、という言葉は正しいようだった。一年生の冬、マモルは一人で説教されたことがある。あのとき正面に座っていたのは志布井だけで、他の風紀委員たちはみな、後ろからマモルを叱責していた。最近になって塙が教えてくれたところによると、一年生たちから見える位置に立つと、サインやアイコンタクトが使えないので不便だという。

説教ではないことに安心したとはいえ、緊張せずにはいられない。少しでも楽になるかと重ねた足を組み替えると、志布井が声をかけた。

「倉田くん」

「はいっ！」

少しうわずったマモルの声に、風紀委員たちが苦笑いを返す。

「そう緊張しないで。説教じゃないから」

「……はい」

「大切な話ではあるけど、足は崩していい」

片膝を立てていた志布井が、あぐらをかいた。

「わかりました」

正座を解こうとすると、志布井から質問が飛んできた。

「安永くんの教育には手を焼いてないか？」

マモルは正座をやりなおした。

「彼はよくやっています。少し生意気なところはありますが素直ですし――」

「そういうことじゃなくて」志布井は手を振って遮った。「塙と話し合って決めた怒鳴らない教育は、やりやすいかどうか聞きたいんだ」

思わず塙の顔を確かめてしまう。

「俺《おい》を見なさんな。お前《わい》の報告をせえ」

「はい」

志布井に向き直ったマモルは背筋を伸ばした。

「怒鳴らない教育は、うまくいっています」

「具体的に、聞かせてくれんか」

今まで微動だにしなかった大山が口を開く。

「どううまくいっとうか、教せたもんせ」

「安永は一年の仕事を全部できるようになりました。掃除、配膳、風呂の背中流し、学習時間の補助もです。敬語は苦手みたいですが、苦手なだけです。必要な時は敬語を使おうとします」

川内が身を乗り出した。

「安永じゃなければどげんなっとか」

ここでマモルは返答に窮した。安永はできすぎだった。一言二言で指導の意味を理解して、自分なりにその背景についても考えを巡らせていることがわかる。反抗的でもなかった。もしもユウキのような「怖い」一年生だったら、同じように対応できたかどうかわからない。

「わかりません」

川内がさらに問いを重ねる。

「よく考えてみ。いうことを聞かんかったら、どげんすっか」

「相談します」

「誰によ」

「塙先輩、風紀委員の皆さん、佐々木先生とか、同級生——あと、本人と話します」

川内は大山と頷き合って、黙っている柳園と氷山を振り返る。二人は口々に言った。

「俺に異論はないよ」「俺も」

異論——？

マモルがその意味を考えようとした時、志布井が言った。

「じゃあ、決まりだな」

風紀委員たちが口々に「よかど」「おう」と同意の声で応じると、志布井はマモルに向き直った。

「倉田くん、君が次の寮長だ」

「はい？」

「六月一日に発表する。それまでは誰にも言わないように。正式な就任は、知ってると思うけど九月一日。準備を始めてくれ」

「ちょ——ええ？　寮長ですか？」

志布井は頷いた。

「やり方は任せる。わからないことは、なんでも誰にでも聞いていいが、まずは補佐役の風紀委員長を決めるといいかな」

「そうだな」と塙。「どうせユウキ——結《ゆわえ》だろう。新入生と二年生の規律はあいつに任せればいい。あとは、VR甲子園のキャプテンを一人、生活面を見るやつ一人、勉強見るやつ一人ってところだ」

塙は、志布井を親指で指した。

「寮長とVR甲子園のキャプテンを兼ねると、ああなるぞ」

「分けらるっと良《よ》かけどな」志布井の顔には笑みが浮かんでいた。先ほど呉と話していたよりも砕けた鹿児島弁だ。「こん衆《し》は、ビヨンドチャレンジを目指しとうよ」

「本当《まこつ》か！」

川内が眉を顰《ひそ》める。

「誰《だい》が吹き込んだとよ」

「健民さん。あれにビヨンドん話ば聞いとっとよ。あとは安永か。彼が中学ん時にビヨンドをちょっと齧《かじ》っとったとよ」

なるほど、と風紀委員たちが頷いたのでマモルは驚きの声をあげた。

「ビヨンドチャレンジのことを、ご存じなんですか」

「検討したからな」と志布井は頷いた。「去年のチームを立ち上げる時に、健民さんが勧めてくれたんだ。かなり熱心に勧めてくれたんだけど、俺たちは、五千のチームの一つになるよりも県のトップを目指したわけだ。結果がついてこなかったのは、悪かったたな」

「言《ゆ》な！」

大山は正座から片膝立ちに変わっていた。中庭で練習している居合の所作だ。大山はマモルをチラリと見てから立ち上がった。

「こん衆《し》がVR甲子園に出っかビヨンドに出っか、俺《お》ん構《か》むこったねえ。好きにせえ。もう良《よ》かか？」

大山はマモルと志布井、そして部屋に小さく頭を下げてから出ていった。

「大山先輩、ありがとうございます！」

慌てて頭を下げたマモルに、川内が声をかけた。

「大山が一番《いっちょん》へこんどっとよ。話聞きに行くとよか」

「はい」

「俺も、どっちをやったって構わんと思うけど。まあ、頑張って」

よっせ、といいながら立ち上がった川内は手を振って出ていった。柳園と永山の二人も後を追う。集会室の入り口で二人は振り返り、柳園がマモルに親指を立てた。

「何でも聞きに来いよ、マモル。いくらでも付き合うぞ」

「お前はまず受験勉強やっどが」

それを聞いた永山は、柳園の首に腕を回して小上がりに引き摺り込んでしまう。「三角関数を教えろ」だの「英語のリスニングが――」だのと言い合う二人の声が遠ざかっていく。

志布井が立ち上がって、脇に置いてある「五省」の額を抱えた。

「これは俺が倉庫に持っていくよ。来年は、使わなくて良くなってるといいな。こいつは――」

志布井は額を拳の背でこんと叩いて笑った。

「楽だぜ。塙みたいな怖い風紀委員が一人いればいい」

「げんねえな（ひでえな）！」塙が膝を叩く。「康太、お前は締め付けを俺《おい》んせいにすっとかよ！」

「だめ？」

「だめに決まっちょっどが！」

笑った志布井は、マモルに顔を向けた。

「裏側なんてこんなもんだ」

「……どうすればいいんですか？」

「倉田くんならそれを決められると思ったから、寮長になってもらうんだよ。この後は、俺から色々と連絡することになる。メールは見落とさないように」

志布井が集会室を出ると、残されたのは、塙とマモルの二人だけだった。

「足、崩して良かど」

「はい」

正座していた足を崩すと、忘れていた痺れが襲ってきた。ふくらはぎを揉んでいると、塙も立ち上がった。

「ユウキで良かか？」

「え？」

「風紀委員長よ。早い方が良かど」

「あ、そうですね。ユウキなら、委員長を任せられます」

「まだ食堂におっとだろ。呼んでくっど」

「はい、お願いします」

風紀委員長はユウキで間違いないが、あと三人も決めなければならない。志布井の助言に従うのならＶＲ開発のキャプテンと、生活、勉学に関する担当委員が一人ずつ必要になる。自分の雑な性格からすると、事務仕事をこなしてくれるスタッフも必要だろう。

考え込んでしまったマモルに、出ていきかけていた塙が声をかけた。

「あんまり深刻になんなよ。相談せえ」

「はい」

塙が襖を閉める。

集会室に一人残されたマモルは、志布井が座っていた場所に腰を下ろして、振り返った。二十畳の集会室にはサーバーのたてるファンの音だけが響いていた。この古臭い和室に、来年の一年生が集まる時、マモルは床の間の正面に座っている。その時どんな第一声を放てばいいだろう。

スリッパを揃えさせるか、それともスマホはマナーモードにしたか——違う。生活指導はユウキか宏一に任せてしまった方がいい。

マモルが見せなければならないのは——なんだろう。だめだ。考えがまとまらない。

「ユウキが来てから考えよう」

マモルはつぶやいた。

Ⅱ　寮長

　マモルが平川駅のホームに降り立つと、クマゼミの合唱が出迎える。十日間の夏休みを過ごした実家から九駅。四十五分間の「汽車」の旅はここで終点を迎える。七分丈のカーゴパンツから伸びたふくらはぎを南国の日差しが炙《あぶ》り、陽炎のたつ車体を乗り越えてきた海風は、熱風となって背中に襲い掛かる。

　機材の入った重いバックパックを地面に下ろすと、顎を伝って地面に落ちた汗が硫黄臭いディーゼルエンジンの排気ガスと混ざり合う。

　夏の匂いだ。

　マモルは懐かしい匂いを胸いっぱいに吸い込んで、黄色い車体を振り返る。現代社会のＳＤＧｓに関する小論文でこの列車のことを「汽車」と書いてしまい、副担任に修正された時のことを思い出した。蒸気機関車を思わせる「汽車」を、エコロジーをテーマにした小論文に使うのは不適切だというのだ。

　しかし、汽車は汽車だ。厳密に言えば違うのは知っているが、他に呼びようがない。電車であるはずもないし、列車と呼ぶには短すぎる。鉄道では意味が変わってしまうだろう。

　深呼吸で気分を切り替えようとしていると、マモルの前に五人の一年生が並んだ。同じ車両で指宿《いぶすき》方面からやってきた彼らは、寮長の見ているところで粗相をしたくないからか、マモルから離れた端の席に固まって座っていたのだ。

「倉田先輩、お先に失礼します！」

せえの、とタイミングを合わせることもなく声がぴたりと揃うのは、一学期間の寮生活で鍛えられたおかげだろう。一人だけ「倉田寮長！」と言った一年生がいたが、すぐに震える声で「倉田先輩」と言い直していた。

短い夏休み、実家に帰った彼らは、自分だけの部屋で目を覚まし、親が配膳してくれた食事を食べ、高校生活を謳歌する中学時代の同級生たちと遊んできている。朝の六時に大音量の音楽で叩き起こされることもないし、風紀委員に怒鳴られることもない。床に這いつくばって雑巾掛けをしたり、風呂にデッキブラシをかけたり、便器をピカピカに磨き上げる必要もない。そんな十日間を過ごしてきたのだ。意識はすぐに集団生活に切り替わらない。

「まあ良《よ》かよ。間違えんなや」

「はい！」

マモルは、素直に頭を下げた一年生に申し訳ない気持ちになってしまう。

先輩を呼ぶ時には必ず、苗字に「先輩」と付ける。いくら敬意を持っていても「さん」付けは馴れ馴れしいし、役職名はよそよそしいというのがその理由だが、実社会で通用する礼儀作法なのかどうかはわからない。

蒼空寮のルールは、たった一人の人間が考えたものなのだ。

夏休みに入る前、帰省の準備をしていたマモルは寮監の佐々木に呼び出されて、寮長になるための心得を教えてもらった。寮長の立場で知った相談の内容や、個人的な秘密は、卒業した後も他人に明かしてはならないという守秘義務や、正しさよりも公平さ、公正さを考える癖をつけよというアドバイスをくれた佐々木は、最後に寮の伝統について教えてくれた。

南郷高校の敷地の片隅に建てられた蒼空寮は外国の大学にあるハウスをモデルにして作られたのだという。三階建ての寮はフロアごとに学年を分けて、同級生が切磋琢磨するようなスタイルだった。教育委員会が定めた寮規も自治を重視したものだ。県で最初にブレザーの制服を導入した南郷高校に、教育委員会は大きな期待を抱いていた、ということだ。

しかしその目論見は新入生が入ってくる前に崩れ去ってしまった。

市内から一時間以上かけて通学しなければならない南郷高校に、中学生たちは魅力を感じなかったのだ。

地方から進学できる理数科には優秀な生徒が集まったが、競争率が一倍を下回った普通科生徒のモラルは低かった。禁止されていたバイク通学が横行し、くわえタバコで歩き回る生徒も珍しくなかったという。近くの工場から盗んできたシンナーで小火《ボヤ》騒ぎが起こるに至って、教育委員会は方針転換を決めた。

学内に武道場を作り、剣道と柔道を教える格技講師を雇って、厳しい生活指導を始めたのだ。人気のあった制服には制帽が追加されてしまい、ブレザーに帽子という奇妙なスタイルは市内で失笑を買うようになってしまった。

寮にもその余波はやってきた。寮監を買って出た体育の講師が、出身の体育大学の寮のルールをそのまま持ち込んだ。佐々木は「つまりうちの伝統は、柔道四段の筋肉が考えたルールなんだよ」と笑い、いくら変えてもいいと言ってくれた。

しかし思いつきで変えていいものでもない。

マモルは、鷹揚《おうよう》に頷いた。

「も良かど。帰《け》っ時《とつ》は走んなよ」

「はい！」

指導するときはなぜかきつい鹿児島弁になってしまうが、これもなんとか直したい。そんなマモルの内心に気付くはずもなく、一年生たちは足早にホームを出て行った。

七月の頭に寮長が発表されるまでは一年生たちと話すことも多かったのだが、今やマモルに話しかけてくれるのは安永しかいない。

ため息をついたマモルはバックパックを持ち上げようとして、あまりの重さに重心を崩してしまう。

「くそっ。頼めばよかったな」

マモルは思わず愚痴を漏らす。寮のＶＲ機材なのだから、一年生に運ばせてもよかったのだ。

真新しいバックパックには、私物のノートＰＣとＡＣアダプターの他に、寮長のためのＰＣと周辺機器が入っている。家を出る前に量ると二十五キログラムもあった。

小学生ほどもある重さのバッグだ。どう気合いを入れようか考えていると、頭上から「おーい、寮長！」と声をかけてくるものがあった。

線路を跨ぐ橋の上からユウキが手を振っていた。真っ赤なタンクトップに、黒いランニングパンツのユウキは、手すりにもたれかかり、分厚いクランチチョコをかけたアイスバー――ブラックモンブランの袋を指先で摘んでいる。

ランニングからの帰り道に、安藤商店でアイスを買ったのだろう。

「見とったど。寮長の初仕事。いい感じに一年になめられとるがなあ」

思わず顔が赤らんでしまう。

「怖くするのはユウキ一人で十分だ」

がはは、と笑ったユウキは、跨線橋《こせんきょう》の手すりを飛び越えて、ホームの裏手にある土手を駆け降りてきた。

ホームまで降りたユウキはアイスの封を開けると、肘を曲げて力こぶを盛り上げてみせる。その腕からは一学期に感じたゆるさが消えていた。ハリのある筋肉には、筋がはっきりと浮き上がっている。

「怖いのはまかせていいどぉ」

「夏休みに鍛えた？」

ユウキはにんまりと笑った。

「わかる？　十日で五キロ絞ったわけよ。毎日ササミを二キロ食って、ダンベルとチューブで二時間のトレーニングよ。風紀委員長だから一年の誰にも負けるわけにはいかんだろ」

どうせ誰も歯向かわないよ、と思ったマモルは、嫌味のひとつも言いたくなった。

「勉強そっちのけか」

「は！」ユウキがバカにしたように目を丸くする。「マモルが、我《わ》んの心配してくれるわけ？　いいどぉ、期首試験で勝負しよか？　マモルは古文の百人一首やった？　わんは全部、活用まで覚えたど」

「ちょ――ちょっと」

「何賭ける？　一科目でもお前《ヤー》に負けたら、逆立ちで朝礼やったるわ」

「賭けない。絶対、一科目も勝てないから」

ユウキは笑いながらアイスバーを齧った。

「情けないやあ」

そう言いながら、ユウキはアイスのクランチが地面に落ちないように手を皿にして口の下に添えていた。粗雑に振る舞っているが、それがただの演技だということがはっきりわかる。彼は与論島で一番の秀才なのだ――そこで思い出した。

「なんでもう帰ってんの」

「マルエーの入港は朝八時だからや。川内さんが三年生の赤本採点会をやるから来いち言われてよ」

「フェリーが朝着くのは知ってるよ」

ユウキが口にした「マルエー」は沖縄と鹿児島を結ぶ定期航路のことだ。朝の七時に那覇港を出るフェリーは正午に奄美群島の与論島、二時に沖永良部《おきのえらぶ》島、四時に徳之島の亀徳《かめとく》港を経由して、夜の八時すぎに奄美大島の名瀬港に入港する。そこからフェリーは、一晩かけて終点の鹿児島港に入港するのだ。

ユウキの実家がある与論島からだと実に二十時間を超える船旅だ。もちろん飛行機の方が便利だが、安価なＬＣＣは朝晩の不便な時間にしか飛んでくれない。便利な時間に飛んでいる大手の航空会社の運賃は、ユウキに言わせると「距離あたりの単価が世界一高い」らしい。

そんなわけで、島から来た寮生たちは申し合わせてフェリーに乗って島と鹿児島を行き来している。朝早く入港した後は繁華街の天文館通《てんもんかんどおり》で買い物を楽しんでもいいし、イオンやバッティングセンター、ボウリング場にシネコンが集まっている与次郎に足を伸ばすのもいい。

島から帰ってきた寮生たちは、そんなふうに一日遊んでから、門限の十八時ぎりぎりに帰寮するのが常だった。特に外出が自由にならない一年生にとって、鹿児島で遊べる帰寮の日は貴重な一日だ。

マモルはいきなり不安になった。同じ便で十人ぐらい帰ってきているはずだ。

「一年は？」

不安は的中した。ユウキは目を泳がせたのだ。

「我《わ》んについてきちまってよ」

「何ごて（なんだと）？」マモルは声のトーンを上げた。「一年ば連《つ》いて帰《け》ったとか？」

「違うって。わんのせいあらんどぉ。一年が勝手についてきただけよ」

言い訳をするあたり、少しは悪いと思っているようだった。マモルはわざとらしく、一年生たちが去っていった坂の上を見つめて言った。

「げんねぇなかねぇ（かわいそうに）、彼《あい》ら《た》十月まで外出届出せないのによぉ。怖《こ》ええユウキが貴重ね休みば取い上げっせぇよお（あいつら十月まで外出できないのに、ユウキが貴重な休みを取り上げちまうんだから）」

「悪い。悪かった。今夜の説教で手加減せばいいかい」

「風紀委員長が贔屓《ひいき》かよ。まこ見事てかね（ほんと立派だねえ）」

普段は使わない、きつい鹿児島弁の嫌味だが、ユウキには通じる。島から来た寮生は中学校時代に教師の鹿児島弁で指導されているのだ。

「わーかった、悪かった。俺が悪かったよ」

「遊んで帰れ、ぐらいのこと言ってやりゃあよかったのに」

「だから、悪かったって」

ため息をついたマモルは、ふと思いついたことを口にした。

「なあ、一年の自由外出を、九月から認めることにせんか？」

「はあ？」と、反射的に口を歪めて不満をあらわにしたユウキだが、ふん、と鼻を鳴らすと落ち着いた様子で口を開いた。

「いいんじゃないかい。我きゃも外出届をさばくるのは面倒だればや。そもそも、十月になった理由は聞いた？」

「ないね」

マモルは首を横に振った。五十年以上も前に生まれたルールだ。寮長と風紀委員は、矛盾していたり、時流にあっていなかったり、衛生的でなかったりする「伝統」を修正していく役割もある。

「志布井さんと佐々木先生に確かめるけど、ないと思う」

「じゃあ、いいんじゃないかい」

「悪いけど、ユウキから他の風紀委員に提案してみてもらっていい？」

「なんで自分で言わんわけ？」

「俺が言ったら、とっかかい決まろうもん（いきなり決まってしまうじゃないか）」

「ああ、そうか」

「誰か反対するようだったら、俺の思いつきやって言えばよか。そのまま通るようだったら、ユウキの手柄にせばよかよ」

人に手柄を譲れというのは、数少ない志布井からの教えの一つだ。

寮長の権力は想像以上に強い。何気なく言ったことがすぐに決まってしまう。ちょっとした質問が、二人目、三人目と伝わっていく過程で確定事項に変わってしまうこともあるのだ。

「いいわけ（いいの）？」

「いいよ。別に反対ってわけじゃないんだろ。実は一年のことをよく考えてる、ってことにしてもいいんじゃない？」

ユウキは、目を丸くしてマモルの顔を見直した。

「いきなり寮長らしいがなあ」

「持上《もっちゃ》ぐんな（おだてるな）」

「ありがとや。じゃあ――」ユウキは拳を掌に打ちつけた。「今日の説教はがつんがつんやっていいわけじゃや」

「まあね」

マモルは苦笑して頷いた。

ユウキが体現する厳しさは、少なくとも今の蒼空寮には必要だ。

他の方法はあるかもしれないが、今の寮は「伝統」と「説教」で自治を行っている。

マモルも自分が上級生になったらこんな馬鹿げたことはやめさせようと思っていたが、二年生になって、一年生たちの無軌道ぶりに対応しているうちに限界を思い知らされた。

敬語ができないというレベルではない。会話の最中にぷいと席を立つぐらいは可愛いものだ。最低限の身辺自立ができない一年生には悩まされた。

一番驚いたのが、入寮してから一ヶ月の間、同じトランクスを穿き続けた一年生だ。自宅では風呂から上がると新しいものが用意されていたので、下着を自分で毎日替えるという発想がなかったのだという。

「片付ける」ということが全くできない一年生もいた。家では常に母親がやってくれていたらしい。他にも、朝の歯磨きと洗顔の習慣がない者、学習時間に大声で歌い出す者、言われなければ靴下を履くのを忘れてしまう者、食器に顔を突っ込んで飯を食う者、便器の外にこぼしてしまった汚物をそのままにしている者など、数え上げればキリがない。

ほとんどは部屋の二年生が注意をするだけで直るのだが、そうでない時は三年生の風紀委員が口を出す前に、ユウキたち強面《こわもて》の二年生が出ていくことになる。

教えなければならないのは、生活習慣だけではない。スマホとタブレットで育った新入生には、PCに触れたことがない子も少なくない。ナオキはそんな一年生を集めて、キーボードやマウスの使い方、データやファイルという概念から教えている。

つまらない喧嘩も日常茶飯事で、そんなトラブルの仲裁も二年生の役割だ。風紀委員長の部屋の二年生ということで、マモルも呼ばれることが度々あった。厄介なのが出身地に対する差別意識と被害者意識だ。

映画ファン同士でSF映画について話していたとき、知識で圧倒された内地《ないち》出身の――そもそも「内地」という言葉をマモルが知ったのは寮に入ってからなのだが――一年生が口にした「島に映画館なんかないくせに」という一言が、島から来た一年生を激昂させた。

ネットのあるこのご時世に映画館のあるなしで特権意識を持つのも幼いし、言われた島の子も、冷静にそれは差別だと伝えればよかった。しかし、この言い合いは周囲の一年生を巻き込んで、三対二の摑み合いの喧嘩に発展してしまったのだ。頭に血が上ったひとりは、同郷のユウキに羽交締めにされても、泣きながら内地の子に摑みかかろうとしていた。

ほとほと疲れたマモルは部屋に戻って塙に愚痴をこぼしたが、にやりと笑った塙は「お前《ワイ》ら教《おし》かすっとも、えいやっとのさんかったいよ（お前らの教育も、たいがい難儀だったぜ）」と、チョコレートを一つくれた。

とにかく今日は説教だ。ここで一度引き締めてから、外出解禁を早めるアナウンスを出すとしよう。

遠くからパアンという警笛が聞こえてきた。線路の向こうを見やると、マモルが乗ってきた指宿枕崎線と坂之上駅ですれ違った、下りの汽車が小さく見えた。

「いこうか」と言ったマモルにユウキは頷いた。

あの汽車にも帰寮してくる一年生が乗っている。寮長と風紀委員長がいると、居心地が悪いに違いない。

「ユウキ、悪いんだけどカバン持ってくれる？」

「いいよ」と言ってユウキはバックパックを楽々と背負った。「VR甲子園の機材か。いいトレーニングになるのによ」

「俺がやると体を壊すだけだよ」

マモルが、かつて改札があったパイプの間を通り抜けて、無人駅用の検札装置に交通カードを触れさせると、後を追ってきたユウキが小さな声で言った。

「呉先輩のこと、聞いたか?」

「なんかあったの?」

五月の中旬、201号室にやってきた呉は、入試のためにしばらく寮を休むと塙に伝えた。中国の大学に入るための統一試験「高考《ガオカオ》」を受けるためだという。六月の筆記試験は大阪の特設会場で、七月初旬の面接は自宅からリモートで行われることになったらしい。

試験を受けるだけなら学校や寮を休む必要はないのだが、面接で中国語を選んだ呉は、市内の姉のアパートで中国語漬けの二週間を過ごすつもりだと塙に言った。

マモルが呉の姿を目にしたのは、その日の朝食が最後だった。

翌日、普段と同じように登校した呉は寮に帰らず、通学生たちと一緒に下校していったのだ。二つの試験日が過ぎ、南郷高校が短い夏休みに入っても、呉は戻ってこなかった。その時点では、学校や同部屋の二年生にも連絡がなかったはずだ。

VR甲子園とビヨンドチャレンジのどちらに挑むか迷っていたマモルはLINEでも連絡してみたが、メッセージには既読がつかなかった。

最悪の事態を想像したマモルはユウキの顔を覗き込んだ。

「何か聞いたんなら、教えてくれよ」

ユウキは頭をかいてから、苦々しい表情で口を開いた。

「呉さんは、大学行くち（大学に行くんだと）」

「マジで？　精華大に通ったの？」

「いや、別の理系の学校よ。中国の国内ランキングは七位。世界大学ランキングだと六十位ぐらいで、東大よりは上だったはずよ」

「そうか。無理だったか」

「そりゃ無理だろ。世界中の秀才が集まんだから」

「でも、五十八期生のトップだよな——」

言いかけたマモルに、ユウキは声をかぶせた。

「卒業すればや。卒業せぇば、呉さんは我きゃぬ誇りになる（卒業すりゃ、俺らの誇りになるな）」

「しないの？」

「せん。昨日学校やめた」

吐き捨てるように言ったユウキは、県道から分かれた坂道を歩き始めた。

「中退扱い？」

「そうみたいよ。川内さんから聞いたんだけどや。昨日、呉さんが久しぶりに寮に来て、荷物をまとめて帰ったんやって」

マモルは首を傾げる。

「大学に行くのに、中退したわけ？」

ユウキは、マモルを見下ろしてニヤリと笑った。

「やっぱりや。呉さんと一番仲のいいマモルでも、わかってなかったわけじゃがな。試験通ったら、いつ入学するわけよ?」

「あ」と、マモルは声を出して思わず足を止めた。

「考えてなかったろ」

その通りだ。六月の試験は、九月入学のためだ。ビヨンドのことで相談に乗ってもらうときに高考の話も聞かされていたというのに、入学の時期については考えもしなかった。

「呉さん、来月には大学生になるわけよ。歳はもう十九歳だからや」

「卒業見込みがないと、大学受験はできないんじゃないか?」

「それよ。呉さんは、一年生の時に、休学して高認《こうにん》とってたって」

中卒で大学を目指す人が受ける、高等学校卒業程度認定試験だ。一年生の時に不登校になった呉は、自分が寮に戻らないことも考えていたというわけだ。

なるほど、と頷いたマモルは再び坂を登り始めた。

「呉さん、準備してたのか」

「ちゅうこと」

「だれかに相談してたのかな」

ユウキは首を横に振った。

「志布井さんだけみたいや」

振り返ったユウキは、錦江湾の向こうに浮かぶ桜島に顔をむけ、しみじみとした口調で言った。

「今頃は北京で部屋探しちゅんあらんな（今頃、北京で部屋でも探してんじゃないの）」

マモルは思わず噴き出してしまった。ときどきユウキは、とんでもないボケをかましてくれる。

「中国は反対側だよ。桜島の向こうにあるのはハワイだ」

「はげぇ（まじか）！　マモルぅ、誰にもいうなよ――お、噴いたかい」

ユウキが目を細めた。視線を追うと、桜島の頂上に小さな煙の塊があるのがわかった。

「噴いたな」

煙の塊は急速に膨れ上がる。

「バカタレが」

呟いたユウキが、車道の真ん中に出て坂を見下ろした。立ち止まってこちらにお辞儀する人影を見つけたのだ。

「走れ！」

ユウキは吠えた。

「灰《へ》が降っど（火山灰が降るぞ）！」

声と同時に空気が震えた。噴火の衝撃波が伝わってきたのだ。

風はこちらに吹いていた。十分も経てば錦江湾を渡ってきた火山灰が寮にパラパラと降りかかる。

その前に、一年生はベランダの洗濯物を取り込んで、室内の洗濯紐に移さなければならない。

誰がやってもいいのだが、一年生にやらせるのが寮の「伝統」だ。

怒鳴られた一年生たちは一瞬うろたえたが、噴火の衝撃波で我に返ったらしい。煙を噴き上げる桜島を確かめると、大きな鞄に振り回されながら、一目散に坂を駆け上がってきた。

「走れ走れ！」

腕をブンブンと振り回すユウキに答えるように、先頭に立って駆けてきた一年生は息を切らしながら叫び返した。

「ユウキ先輩、ありがとうございます！」

「誰がユウキか！」

怒鳴られた寮生が目を見開く。ユウキの苗字を忘れてしまったらしい。その背中を、後ろから駆けてきた二人目の一年生がどんと叩いた。

「結《ゆわえ》先輩、ありがとうございます！」

「結先輩、申し訳ありません！」

名前を言い直した彼は、坂を駆け上がっていった。

傍に寄ったマモルも「急げよー」と声をかけるが、「ざっす（ありがとうございます）」としか返事が返ってこない。寮長かたなしだ。だいぶ遅れて走ってきた三人目が、ようやくマモルに気づいてくれた。

「倉田先輩、ただいま帰りました」

112号室の富浦だった。入寮した頃はろくに走ることもできず、朝のランニングではマモルに追い立てられていたのだが、今日は荷物でいっぱいの四角いバックパックを揺らしながら、なんとか追いついてきた。

「ちょっとは走れるようになったな」

「はい！　先輩の——寮長のおかげです。ではお先に失礼します」

足踏みをしながらマモルに頭を下げた彼に、ユウキが再び怒鳴る。

「急げ！　灰で汚らすっど（火山灰で汚れるぞ）！」

一年生たちはさらにスピードを上げて、坂を駆け上がっていった。

「ユウキの鹿児島弁、上手になったなあ」

「当たり前よ。休みの間はトレーニングしながら、鹿児島弁のユーチューバーを聞き続けてたからやあ。戻ったら風紀委員長だれば（戻ったら風紀委員長だからな）。お前《ウラ》は、なんも準備してないわけ？」

「そんな暇ないって。引き継ぎで精一杯だよ」

「はっげぇ（全くよお）」と言って肩をどつこうとしたユウキだが、ふざけていた表情はすぐに消えた。デリカシーがないように見えるユウキだが、察しは悪くない。今マモルが口にした「引き継ぎ」が、寮長だけに知らされる個人情報のことだとわかったのだろう。

「やばいのあった？」

「まあ、九十人もいるんだから色々あるよ」

厳しい規律で暮らす寮生だが、所詮は高校生だ。隠れて酒を飲むものもいれば、寮のコンテンツフィルタリングを破って海外のポルノサイトやポーカーなどのギャンブルサイトにアクセスしているものもいる。噂程度だが、投資や、仮想通貨の採掘をやっているものもいるらしい。

引き継ぎ中には、極めてプライベートな告発も含まれていた。三年生が同じ部屋の一年生に性的な嫌がらせをしている問題は、志布井と一緒に片付けることになっている。小便器を避ける一年生が性同一性障害らしいと伝えてくれた部屋の三年生とは、これから話し合う予定だ。

しかし、三年生同士が同性愛の関係にあるという告発は、正直なところ、そんなことを問題に思って報告した仲間がいることに愕然としてしまう。同級生だが、彼とはもう口もききたくない気分だ。

「でも、こればっかりは俺が直接やるしかない。難しいときは言うよ」

「分かった。で、呉さんの話どうするよ。まだ話を聞いてない三年もいるみたいど」

「三年の方がショック大きいよな。まずは塙さんと志布井さんと相談かな。あとはＶＲ甲子園のキックオフね」

「メンバーはもう決めた？」

「ナオキに任せてる」

ＶＲ甲子園のために、蒼空寮では３Ｄ部品や背景などを制作する美術班、それを仮想現実のプレゼンテーションで動くようにするＰｙｔｈｏｎを用いたプログラミング班、そしてＡｍａｚｏｎのクラウドサービスなどを駆使して開発をサポートするインフラ班などの小チームを作っている。風紀委員は、このチームを監督する立場だ。

今年は寮長の志布井が自ら監督になり、ほぼ全ての寮生に何らかの仕事を割り振っていたが、マモルに彼と同じことができるわけもないので、スタッフ集めはナオキに任せることにした。兄が三年チームの技術長だったおかげもあって、ナオキは二年生の中で最もＶＲ甲子園の技術に通じている。

「そうだったそうだった。それでナオキを風紀委員にしたんだった。そういえば、ＶＲ甲子園の部長会議かなんかなかったかい。カレンダーに入っとったど。我《わ》んも出るわけ？」

「来週の全県部長会議ね。ユウキには出てもらうよ。ルールの変更があるみたい」

「わかった。ビヨンドとかいう国際大会はどうするわけ」

「どうしようか。ちょっと無理かもなあ」

ユウキは苦笑いした。

「迷ってた割には素直やらい」

「呉さんがいないとね」

「仕方ないか。まあ、おいおい考えればいいっちゃ。一年はどうする」

「任せる」

「よっしゃ」

バックパックを背負い直したユウキは、拳を掌に打ち付けた。

「手加減しろよ」

＊

「失礼します」

小さな声とともに、学習室の壁を叩く小さなノックが聞こえてきた。勉強の邪魔をしないために、戸ではなく、コンクリートの壁を叩くのが「伝統」だ。

蒼空寮のレイアウトは新館も旧館も共通している。東西に長い建物の中央を廊下が貫いていて、南側には学習室、北側には寝室がずらりと並ぶシンプルな構成だ。部屋数は旧館が九つで新館は六部屋ある。

学習室も寝室も広さは四畳半。寝室には畳を敷いた二段ベッドが二つ作りつけてあり、学習室には引き出しのついた学習机がある。学習机の中央には仕切り板が取り付けてあって、互いの学習を邪魔しないようになっている。

マモルの席は入り口から向かって右の奥。左奥にあたる背後の席では、必勝の鉢巻をしめた塙が鬼のような形相でノートに向かっていた。

マモルはそっと立ち上がり、引き戸から廊下を確かめ、音を立てずに引き戸を開けた。築四十年を超える寮の引き戸にはガタも来ているが、徹底した掃除と週に一度のロウ塗りのおかげで滑るように開くのだ。

廊下に立っていたのはナオキの部屋の一年生、山﨑《やまさき》だった。

「失礼します、倉田先輩」

山﨑の声は緊張に震えていた。夏休み明けの説教で豹変したナオキからきつく叱責されていたせいだろう。マモルが「どうぞ」と促すと、過呼吸気味に息を吸った山﨑はうわずった声で答えた。

「道《とお》先輩から伝言です。集会室の、ビデオ会議の準備ができたそうです」

すぐ行くよ、と返しかけたマモルは、すんでのところで思い直した。このままだと彼は、集会室に戻って伝言したことをナオキに伝えなければならない。

「山﨑くんから伝言してもらったことは、ナオキに言っておく。部屋に戻っていいよ」

山﨑は「ありがとうございました」と頭を下げて、怪訝な顔のまま廊下を去っていった。

学習机に戻ったマモルが息をつくと、背後で塙が振り返った。

「パシリを減らすのは良かね。今んはナオキんとこの一年か」

「はい。ちょっとナオキが怖いみたいで。ちょっと怖いのを抜くように言っておきます」

「そいが良か。怖いのは一人か二人で十分やっど」

塙は、マモルの学習机で開いているノートPCを見てにやりと笑った。

「今日はVR甲子園の全県部長会議か。アップデータ配布するはずやっど。容量は空いてるか？去年は会議の最中に足りなくなっせえ、困ったからよ」

「それを聞いてたので、増設して1テラ空けてあります。大丈夫だと思います」

始まってまだ四年しか経っていないVR甲子園は、毎年のようにルールが変更される。全県部長会議では、ルール変更などの伝達事項と部長間の交流の他に、開発ツールの配布が行われる。会議に出席してルールの講習を受け、最新版の開発ツールで過去に作ってきたファイルが開けるかどうかを確かめ、寮のサーバーに配布物をアップロードしておくのは寮長と風紀委員の大事な仕事だ。

志布井や塙たちが挑んだ第四回大会では、初めて人物を撮影した映像を使ってもいいことになった。三位の栄誉に輝いた永興学院は、そのルールを利用して水面で踊るダンサーを描いたのだ。

マモルがノートPCを畳んで小脇に抱えると、塙が興味深そうな顔で見上げた。

「次のVR甲子園はお題が出っとか？」

「資料には、そう書いてありました。詳しいことは会議で説明があるみたいなんですけど、貧困とか飢餓、エネルギー、あとは持続可能な消費と生産とかをテーマに作るみたいです」

「マモル、よかったな。選択の社会科で現代社《げんしゃ》会取っとって」

「現代社会ですか？」

首を傾げたマモルに塙は眉をひそめた。

「おいおい、わからんとか？　のさんがなあ（だめだなあ）。貧困も飢餓もＳＤＧｓのキーワードやらい。持続可能で気づかんでどうすっとよ」

「あっ！」

どこかで聞いた組み合わせだと思っていたが、確かに塙の言う通りだ。噂に聞いていたＶＲ甲子園のテーマは、二〇一五年の国連サミットで採択されたＳＤＧｓ――Sustainable Development Goals、持続可能な開発目標そのものだ。確か、貧困や飢餓の撲滅、健康・福祉、教育、ジェンダーの平等などの大きなゴールが十七個あり、それぞれのゴールを細分化した百六十九個のターゲットが設定されている。国際社会が共同で向かうべき未来、ということになっていたはずだ。

「ありがとうございます。気づきませんでした」

「大丈夫かよマモル。ＳＤＧｓは、現代社会《げんしゃ》のサービス問題じゃろが。たった十七項目覚えりゃ共通テストで十点取れるなんてうまい話は、日本史や世界史にはなかど」

「あー、ええと……」

「寮長とＶＲ甲子園にばっかいかまけんで、勉強もせえよ。寮長がビリケツ競うようじゃあ、一年はついて来ん」

「はい」

「とにかくよ。まだ二年の夏やらい。先んことばっ考えて気張い過ぎんな」

塙は、伸びをすると机に向き直り、猛然と鉛筆を動かし始めた。

＊

マモルが集会室に入ると、部屋の後ろであぐらをかいていたユウキが畳を叩いた。

「遅えぞ、マモル」

怒声に弾かれるようにして、先に着席していた泊宏一が振り返った。宏一はナオキが選んだＶＲ甲子園担当の風紀委員だ。

「いいがな、ユウキ。間に合ってるんだから」

「五分前の精神、寮長が守らんでどうするよ。ほれ――」

ユウキは、首をねじまげて、自分の真上にある時計を見た。

「はげぇ（おっと）、間に合っとったがな。でも寮長は真っ先に入っとかんとよ」

マモルだけに向けたユウキの顔は、言葉の厳しさとは逆に笑っていた。他人のミスを論《あげつら》いがちな宏一に先んじて怒ってみせることで、彼を牽制してくれたのだ。ありがとう、という言葉を飲み込んでマモルは言った。

「ごめん、マシンの用意に手間取って。有線はある？」

「こっちこっち」

ナオキが指差したのは、床の間のビデオ会議セットだった。

高さの変えられるラックにはＶＲ甲子園の第一回大会で県内優勝した時の副賞にもらった五十インチの４Ｋディスプレイと、ビデオ会議用の配信ターミナル〈ＳＷＩＦＴＳ《スイフツ》〉が取り付けてある。高解像度の魚眼レンズカメラと〈ＳＷＩＦＴＳ〉のアプリを組み合わせると、話す人が何人いても、歩き回ったりしても配信する画面の中央に捉えてくれる優れものだ。集会室を予約すれば誰でも使えるので、電話がわりに家族とビデオ通話する寮生も多い。掃除の行き届いた和室からビデオ通話してくれる息子の姿は、ここ数年でＺｏｏｍに慣れた家族たちにも評判がいい。

ディスプレイの前には低い長机があり、机の右端には大型のノートＰＣを開いたナオキが座り、反対側の端では宏一がどっかりとあぐらをかいて座っていた。中央の席はマモルのために空けてあるのだろう。

宏一の前には、ノートＰＣの代わりに大学ノートが広げて置いてあった。有名な宏一ノートだ。鹿児島県の北西部にある薩摩川内《さつませんだい》市からやってきた宏一は、入寮したばかりの頃から最難関の理系大学、東工大を目指していると公言し、それに見合うだけの猛勉強を続けてきた。一学期で使った大学ノートを積み上げると身長よりも高くなる、という誇張された噂は褒め言葉というよりも低い身長をからかうものだが、二年生の中で最も熱心に勉強していることだけは誰もが認めていた。

彼の勉強好きは、コンピューターにも及んでいた。自分のＰＣを持ったのは蒼空寮に入ってからだが、ナオキと一緒にＶＲ甲子園を手伝いながら学んだＬｉｎｕｘの知識は寮生随一と言われるほどにまでなった。三年生のＶＲ甲子園チームも彼が設置したインフラに頼っていたほどだ。

宏一は、真ん中の座布団をぽんと叩いた。

「寮長は真ん中で頼んど。どんと構えとけ。舐められんなよ」

「わかった」

素直にそう答えて座ったマモルだが、内心では苦笑していた。初戦で敗退した南郷高校蒼空寮を注目する人がいるとは思えない。マモルは机に伸びていたＬＡＮケーブルを引き出してノートＰＣに挿し、顔が隠れないように斜めに置いてから画面を開いた。

「ライトとアングル調整するよ」

ナオキがどこからか取り出したリングライトでマモルの顔を照らし、〈ＳＷＩＦＴＳ〉の仮想カメラを調整し始める。ディスプレイにはマモルとナオキ、そして宏一が並び、その色合いが鮮やかに変わっていく。

「マモルはそのまま、あ、いや、ノーパソちょっと右にずらして。宏一はちょっと外側に座る──そうそう、その位置で。ちょっとカメラ動かすよ」

ナオキがＰＣを操作すると、アームが伸びて、カメラがわずかに下からマモルたちの顔を捉える位置に動いた。寮生のビデオ会議に対するこだわりは強い。個人では用意できない照明やカメラなどの機材を自由に使えるからという理由が一番大きいのだが、洒落《しゃれ》た格好で街を歩く機会が少ないからだろうとマモルは考えている。仮想空間で使うアバターを自作する寮生も珍しくない。

ナオキが画面のコントラストを強めて照明を斜め前に変えた。

「ちょっと怖くない？」

マモルが言うと、ナオキは首を振った。

「いやいや、これぐらい強そうな方がいいんだよ。マモルの顔を上から撮ると、ちょっと弱っちく見えるんだよな」

「弱いって、なんだよ」

とりあえず反論の声をあげたが、それ以上は何も言えない。確かに、眉毛と目尻が下がり気味のマモルがカメラを見上げると、頼み事をしているように見えてしまうのだ。

ディスプレイをチラリと見た宏一が、部屋の奥にいるユウキを振り返った。

「ユウキはどうする？」

「俺は入らないでいいか？　勉強しながら聞いてるよ。なんかあったら、教えて。そろそろ始まるんじゃないか？」

「時間だね」

ナオキの言葉と同時に、ビデオ会議のウインドウが画面に広がった。五十インチの大きなディスプレイに五行五列の顔が並んでいく。

先頭のサムネイルには日焼けした男性が映っていた。ツーブロック気味にサイドを刈り上げたその男性は、キビキビした動作でカメラの左右に何やら指示を出している。いかにもやり手風だ。体にピッタリとしたスーツの襟には通信広告社の社章と、デジタル庁が配っているＤＸサポーターのバッジが輝いていた。ビデオ会議のアカウント名には「コミッショナー：竹山《たけやま》」と書いてあった。

竹山は、通信広告社と、〈大和システムズ〉をはじめとするスポンサー企業、そしてＶＲ甲子園のロゴが市松模様に並ぶパネルの前にいた。ひょっとしたらバーチャル背景かもしれないと思ったが、デジタル合成にしては髪の毛の「抜き」が自然すぎる。ビデオ会議にこだわる蒼空寮にいると、そういうことだけはよくわかるようになる。

竹山の隣にはＶＲ甲子園のロゴだけのコマが四つ並んで、最上段を埋めていた。一段目は、竹山ひとりということだ。

蒼空寮は一番乗りに接続したらしく、二段目の一番左に並んでいたが、すぐに三段目の中央あたりに追いやられてしまった。蒼空寮がいた場所には、「サンローラン高校：海発《かいほっ》」と書いてある接続中のアイコンが表示された。

県大会の成績順ということか――とマモルが思ったところで、サンローラン高校の枠は、長髪のピアス男子の映像に変わった。全国区の進学校に校則らしい校則がないということは知っていたが、カメラを通して生で見ると、自分たちの生活との違いを思い知らされる。

サンローラン高校の右に現れたのは、準優勝の鹿児島情報工業高等専門学校だ。作業室のような部屋が映し出されると、坊主頭というよりもスキンヘッドといった方がいい男子が横からひょいと出てきて、画面を睨んだ。きっとサンローランのチャラい部長を睨んだのだろう。三コマ目はまだ接続中のままだ。学校名を書くよう指示されているのに、名前の欄には「Nono Yukita」と表示されたままだ。四コマ目は城山高校、五コマ目は竜南高校が並んだ。

部長会議に参加した学校は全部で四十二校らしい。その中の二十校が一画面目に並んでいた。

「並び順を固定してるのか」とナオキがつぶやいた。「配列固定プラグインだな。サブスク高いんだけど、会社は使うんだな――お、女子だ」

ナオキの言葉通り、接続中だった三コマ目のサムネイルにはメガネをかけた女子生徒が映っていた。ビデオ会議に慣れていないらしく、近すぎるカメラを見上げている顔が、逆光で暗く落ち込んでいる。おそらく、ノートPC――それもタブレット一体型のインカメラで接続しているのだろう。すぐ上に並ぶ竹山の映像の完璧なライティングと比べると、いかにも不健康に見えてしまう。

ナオキがキーボードを叩いた。

「寮長、あの子とチャットしていい？」

なぜ許可を求める？　と思う間もなくナオキはキーを叩いてダイレクトメッセージを送っていた。

初めまして。南郷高校の道です。表示名を［高校名：代表者の苗字］にしておくように、とのことです。

目を見開いた女子生徒は、メガネを顔に少し押し当てると、チャットが表示される画面の下あたりをじっと見てから、はっとした様子でキーボードを叩いた。

ありがとうございます。

「手ん速かなあ」宏一がからかうような声をかけた。「しか、道て書いて『とおる』とは読めんやろ」

「うっさいわ、いきなり名前書いて引かれたら悲しいがな」

「お前、あげんが良かと？」

「違えよ！」とナオキ。「VR甲子園に出るような女子なら話が合うかもしれんじゃないか。あん子から、別の出会いを手繰り寄せられるかもしれんだろうが」

マモルはマイクがミュートになっていることを確かめて胸を撫で下ろした。

確かに彼女は「かわいい」タイプではない。短く切った真っ黒な髪の毛はショートボブと言えなくもないが、おかっぱ、と呼んだ方がしっくりくるし、部長会議のように他人の目がある場所に体育のジャージで出てくるあたり、洒落っけもないらしい。顔立ちは――素朴、ということにしておこう。校内で見かける普通科の女子のような華はまるで感じられない。

「まあ期待はしてないよ――お！」

ぼやいたナオキが、変わった表示名に目をむいた。

「こん子、永女やらい。雪田《ゆきた》さんか」

「まごて（マジか）？」

宏一も声をあげる。そのトーンには期待がたっぷり含まれていた。永興学院といえば、鹿児島を代表する女子校だ。小高い丘の上の洋風瓦の校舎に通う女生徒とお近づきになりたい男子高校生は後を絶たない。

マモルは、四月の大会の時に聞いた話を思い出した。

「雪田さんが梓の友達なのかな」

「梓の？」

宏一が渋い顔をする。下手に手を出して、男まさりの梓に突っ込まれることを想像したのだろう。

「じゃあ、こん子も小里中から来よっとか」

「いや。塾で知り合ったって言ってた。四月のＶＲ甲子園はその子が頑張ったみたいだよ」

「カメラ使《つこ》た手抜きか」

「手抜きじゃないだろう。あれはいいプレゼンだった」マモルはディスプレイを指差した。「それより、まっすぐ座ってくれないかな。他の高校も見てるんだし」

「そうよ」と部屋の隅からユウキ。「風紀委員がずんだれとったら、一年にも示しがつかんど。集中せえ。始まるど」

ユウキの視線を追った宏一は、後ろについていた手を前に収め、変な声をあげた。

「うおっ！」

ディスプレイに顔を戻したマモルも、画面いっぱいに映し出された竹山に思わずのけぞってしまう。８Ｋ向けの映像を配信しているらしく、スーツの生地の糸まで見えそうなほどの解像度だった。

「迫力あるなあ」

「８Ｋで60フレーム出てるぞ」と、ナオキはぼやいて、自分のノートＰＣをチラリと眺めた。「この映像だけで寮のインターネット帯域を半分使ってやがるよ。バックアップの５Ｇ回線起こしとくわ。マモルは話聞いてて」

頷いたマモルが画面に向かうと、会釈した竹山が第一声を発した。

「鹿児島県のＶＲ甲子園参加校の皆さま、初めまして」

部長たちがめいめいに頭を下げる。運営が決めたらしい、マイクのミュートされていない何人かの「初めまして」と応える声がスピーカーから流れてきた。

「わたくしは全国ＶＲ甲子園運営委員会のコミッショナー、竹山です。今日は、皆さんと直接お話をすることができてうれしく思っています」

竹山はここで言葉を切り、砕けた口調で続けた。

「直接というのはおかしいですね。リモートです。原稿チェックをさぼってしまったな。ただ、VR甲子園に出る皆さんにとっては、もうビデオ会議の方が現実だったりしませんか？　アバター使いたかったな、とか」

生徒たちが軽口に応じて笑うと、スピーカーからは笑い声が流れてくる。と、即座にナオキが吐き捨てるように言った。

「ひでえ」

「どうしたの？」

「今の笑い声、録音《ゲラ》だ」

「今の笑い声、演出なの？」

「そう」ナオキが参加者パネルを表示させた。「いまマイクが有効なのは二校しかないのに、明らかに六、七人ぐらいの笑い声が聞こえた。女の声も聞こえたろ。彼女、笑ってるか？」

その雪田は、顔をこわばらせていた。ぐいぐいと距離を詰めてくる竹山に戸惑っているらしい。

ため息をつくと、ナオキは笑った。

「四十校が同時にマイク入れると、ノイズもひどいし、生コンで泳ぐみたいに遅延するから演出したんだろ。どうせ竹山さんは東京スタジオにいるんだろうし」

やりすぎではないかと思ったマモルだが、宏一は単純に感銘を受けたらしい。

「高校生相手にそこまでやるか。すごかね。さすが元締めやらいよ」

ふてぶてしい顔に戻ってしまった宏一に注意しようかと思ったマモルは、意地悪を言いたくなった。

「実は竹山さん、ＣＧだったりして」

「ありうるな」

マモルの意図を察したナオキが頷くと「まじかよ」とつぶやいた宏一が、粗《あら》を探そうと身を乗り出した。長机に肘をついているさまは、いかにも話に聞き入っているといった風だ。そんな宏一に反応したわけでもないのだろうが、竹山は作り物めいた真っ白な歯を見せて笑った。

「まあまあ、まだ先は長いので気を楽にしてください。足を崩しても構いませんよ」

四段並んでいる顔がざわりと動く。みんな緊張していたらしい。めいめいに身体を揺らす部長たちの動きが一段落したところで、竹山の背後は過去の優勝校の映像を集めたビデオクリップに変わっていた。

冒頭に出てきたのは、第一回大会の県内優勝校、南郷高校の３Ｄ映像だ。竹山は、背後を振り返った。

「そういえばこの作品は、鹿児島の映像でしたね。それでは、始めさせていただきます。昨年もお話しした内容ですが、今回が初めての高校もいらっしゃるでしょうし、代替わりもしているでしょうから最後までお付き合いください。ＶＲ甲子園の理念からご説明いたします」

息をついた竹山は、ゆっくりと話し始めた。

「新型コロナウイルスの流行によって学びの場が縮小したとき、政府関係者と国内の企業が連帯し、高校生の皆さんにヴァーチャルリアリティのプレゼンテーション大会を提供することを決めました。これから間違いなく重要になる３Ｄ映像技術を涵養し、国際的な視野も広めるためです。

ＶＲ甲子園はその後、参加校を増やし、今年の四月に行われた地区大会には、全国で合計二千五百校が参加しました」

言葉を切った竹山は、生徒たちを見渡すかのように視線を横に動かして続けた。

「ＶＲ甲子園を通して、皆さんは日本のＶＲ産業に大きく貢献することになります。機材の購入や視聴者の啓蒙はもちろんのこと、来年四月の地区大会に出場するための試行錯誤は、それ自体が何物にも代え難い資産となります。また、出来上がったプレゼンテーションを、ご学友や先生方に披露することで、周りの意識を変えていくことにもなるでしょう。本当に、ご協力、ありがとうございます」

正面に向き直った竹山は、テーブルに両手をついて一礼した。

「今回の大会では、３Ｄや通信に関する技術的な変更もさることながら、皆さんの作るコンテンツについても大きな変化をお願いしなければなりません。詳しい説明はこの後に行いますが、ひとことで言うと、社会について考えていただきたいのです」

半分ほどの部長たちが頷き、残りの半分は怪訝な顔をした。マモルは頷いた方だが、宏一は眉を顰めてマモルの方を向いた。

「何か知っとうと？」

「資料、渡してただろ。お題が出るんだよ」

マモルは印刷しておいた資料を宏一に滑らせる。どうやら、同じことが他校でも行われているらしい。小さなサムネイルの中では、不安げな顔を見せる部長の顔が目立った。竹山はそんな様子を苦笑いしながら眺めていた。

「配布した資料には目を通しておいてほしかったな。今年のテーマは——なんですか？」

竹山はある一点を凝視していた。どこを見ているのか、マモルにはすぐわかった。永興学院の枠で挙手のアイコンが点滅していたのだ。雪田本人も、顔の横に手のひらを添えてアピールしていた。

竹山は短く言った。

「永興学院の雪田さんですね、なんですか？」

一瞬だけ、ざっ、とノイズが流れた。

「——してジェンダーを外したんですか」

「ジェンダー？」

竹山の声からは、先ほどまで部長たちを笑わせていた明るさが消えていた。誰の目にもはっきりとわかる変化だったが、雪田は屈託なく質問を投げかけた。

「ＳＤＧｓの第五目標です。ジェンダー平等を達成し、すべての女性及び女児の能力強化を行う、です。どうしてＶＲ甲子園で選べるテーマから、この項目が消えているんですか」

「消えている、というのはどういうことでしょう？」

「……どう？」

雪田が口ごもる。カメラに笑いかけた竹山は、目線を画面の外に投げた。

「ちょっといいかな。背景をパワポに変えて、四ページ目を出して」

小さく「はい」と言う声が入ったかと思うと背景が切り替わり、わずかに小さくなった竹山が画面の右下に動いた。

竹山が「第五回VR甲子園　鹿児島大会」と表示された背景を見上げ、指をくいくいと動かすと画面が何度か切り替わって「プレゼンテーションのテーマ設定」と題された画面が現れた。内容は配布資料に書かれていた八項目の箇条書きだ。

「資料と同じ内容です。次回の第五回大会から、VR甲子園ではテーマ性のあるプレゼンテーションで競い合っていただくことになります――ここまではいいですか？」

雪田は不満そうだったが、竹山は、箇条書きを一つずつ指差しながら読み上げていった。

「今回、皆さんが選べるテーマは次の八つです。エネルギー、経済成長と雇用、インフラ・産業化・イノベーション、持続可能な都市、あるいは消費と生産、あるいは技術革新。最後が海洋、または陸上の資源の活用。この中から――」

「ですから！」

雪田が竹山を遮った。自分でもその激しさに驚いたのか、口を押さえ彼女は、「ごめんなさい」と頭を下げてから、カメラを正面から見つめた。そしてゆっくり、教え諭すかのように言った。

「それはSDGsの目標ですよね。VR甲子園では、どうしてテーマを全部使えないんですか」

「日本の高校生に適切なテーマを選ばせていただいたからです」

「適切……ですか？」

「はい。適切なテーマを選びました」

雪田は首を横に振った。

「ビヨンドチャレンジでは、十七の目標から自由に選べます」

「そうですね」と頷いた竹山は、カメラに身を乗り出した。「しかし、雪田さん。あなたの周囲に耐え難い貧困はありますか？」

目を見開いた雪田がわずかにカメラから顔を遠ざける。その様子を確かめた竹山は、画面を見渡しながら続けた。

「皆さんにも考えてもらいたいことです」

竹山は参加している部長たちを見渡すように顔を横に動かした。

「皆さんの中で、飢餓を経験した方はいらっしゃいますか？　健康保険に加入していない方は？　教育を受けていない人はもちろんいませんし、戦時下で学業に支障を来している方もいらっしゃいません。そういう話を、又聞きで語るのは恥ずかしくありませんか？」

竹山は声を強めた。

「このような、厳しい問いに関するテーマを語るには、より切実に危機に向き合っている方々の方がいい。難民キャンプや、紛争下の国々、今もまだ飢餓に襲われる地域もあります。女性が学校に行けない国もありますし、男女雇用機会均等法に相当する法律がない国もあります。そういう方々の声を盗んではいけませんから、テーマを絞り込ませていただいています」

小さな画面の中で部長たちが納得したように頷いた。例外は、不満そうな雪田と、サンローラン高校の海発だ。薄笑いを浮かべたまま竹山の話を聞いていた海発は、呆れたように肩をすくめた。

雪田はなんとか食い下がろうと口を開いたが、竹山が手をカメラの前に差し出すと、雪田のマイクは消音された。

「申し訳ない。もう少し話させてください。私たちがビヨンドチャレンジのことを広く伝えていないのは、ビヨンドチャレンジの商標を利用できないからです。優勝校は国際大会にも出ていただいていますよ。ルールには互換性がありますからね」

ここまで竹山の話に頷いてきた部長たちも、ビヨンドについては初めて聞くものがほとんどだったらしい。カメラの外と話したり、スマートフォンで検索したりする姿が目についた。

宏一も同じだったらしく「ビヨンド、知っとうたか？」と聞いてきた。

マモルはマイクが消音されていることを確かめてから答えた。

「ＶＲ甲子園の国際大会みたいなもんだよ。優勝すると奨学金と生活費が出る。億もらった人もいたらしいよ」

「マジか！」と宏一。「狙う価値あるな。マモルはよく知ってたな」

「呉さんと、安永くんに聞いたんだ」

「タケシか。さすが帰国子女だ。色々知ってんな。で、どんなもんよ」

「出てもいいかと思って調べてたんだよ。呉さんに手伝ってもらえるはずだったんだけどな」

「じゃあ無理やな。しゃあない。ＶＲ甲子園で頑張ろうや。テーマはエネルギーでいいか？」

「なんでエネルギー？」

「俺んちが喜入《きいれ》基地だから。親父はオイルマンで、原発事故の後に越してきたんだ」

マモルは思わず宏一の顔を覗き込んだ。喜入中学校の出身だということは知っているが、親が石油備蓄基地に勤めているとは思っていなかった。口ぶりからすると、鹿児島出身でもないということだ。

「後で話聞かせてよ。さ、会議会議」

マモルがそう言って画面に顔を戻すと雪田の顔に何か別の表情が浮かんでいた。決意とも、不快さとも違う何か。メガネのせいでわからないが、眉間と顎の先にもシワが寄っていた。

あれは怒りだ。竹山も不穏な表情に気づいたようだった。

「雪田さん、まだ何か？　どうぞ、遠慮なく」

雪田のマイクがオンになる。竹山は、何かをぶつけられる覚悟を決めたようだった。

「ジェンダー平等は、私の問題なんです。選べないんですか？」

私の、には今まで聞いたことのない力がこもっていた。

「はい」竹山は躊躇《ちゅうちょ》なく頷いた。「皆さんに相応《ふさわ》しいテーマは、すでに選ばせていただきました」

「わかりました」

雪田は頷いて、会議から退出してしまった。

「雪田さん――仕方ありませんね」

竹山は、画面外のスタッフに、録画を永興学院にも送るよう命じてから笑顔をカメラに向けた。

「皆さんも、ぜひ率直な声を聞かせてくださいね。では始めましょう。まずは第五回を迎えるVR甲子園の概要です。動画をご覧ください」

竹山の声を合図に、今までロゴしか映っていなかった二番目のフレームが画面いっぱいに広がった。スーツ姿の女性が現れるとVR甲子園への登録を促すプレゼンテーションが始まった。

画面の脇の小さな帯に押し込まれたコマの中で竹山は部長たちの顔をじっと見つめていた。あれだけ糾弾されて、退席されてもなお会議を進めてしまう。これがVR甲子園の姿勢ということらしい。マモルはノートの端に「雪田さんに連絡、梓の伝手《つて》で」と書きつけた。

一度は諦めたビヨンドチャレンジのことを、考えた方がいいかもしれない。

Ⅲ　雪田

全県部長会議から一週間後の土曜日、マモルは鹿児島市随一の繁華街、天文館通の停留所で市電を降りた。車道の中央に横たわる芝生敷きの市電のレーンで足を止めたマモルは首を回《めぐ》らせて、他の寮生がいないかどうかを確かめる。

今日は梓と落ちあって、全県部長会議で見かけた永興学院の雪田部長に引き合わせてもらうことになっていたのだ。マモル自身は雪田との面会を寮の仕事だと割り切っているが、女子生徒との接点がほとんどない寮生が見ると、同級生に頼んでミッション系女学校の寄宿生とのデートをセットアップしてもらった、ということになってしまう。帰寮すると「永興の友達を紹介してもらってよ」とか「合コン企画してよ」などという寮生が殺到するのは目に見えていた。雪田との面会が続くようだと、次の面会を盗み見する者も出てくるに違いない。

そんなわけで、マモルは土曜の寮のルーチンワークは塙と安永に頼むと、受付の外出ボードに「市内で知人と面会」とだけ書いて、寮生が「外出汽車」と呼ぶ便よりも三十分早い指宿《いぶすき》枕崎線に乗って平川駅を出たのだ。念には念を入れて、同じ平川駅から行く梓には、さらに早い便で来てもらっている。

対策を重ねたマモルは梓に笑われた。「マモルがデートしたっていいけど、ありえないよね」

ということらしい。腹立たしい話だが、モテ期と無縁の十六年を送ってきたのは間違いない。

梓との待ち合わせは、天文館通に折れてすぐのところにあるカラオケ屋の前だった。先に到着していた梓は、マモルもよく行く書店の紺色の紙袋を重そうに提げていた。

「本買ってたの？」

「そうそう。ちょっと買い過ぎちゃった」

地面に下ろして口を開けてくれた紙袋の中には、東京工業大学と横浜国立大学、筑波大学の今年版の赤本と、予備校の問題集がびっしりと入っていた。宿題をこなすだけで精一杯のマモルには信じられない話だが、梓やユウキたちのように国公立の名門大学を狙っている理数科生たちは、息を吸うように宿題をこなして、市販の問題集にも手をつけている。書店の袋ははち切れそうだった。

「こんなに買うならネットで買えばいいのに。カード持ってないんだっけ？」

校則では禁じられているが、実家を離れて暮らす寮生や下宿生の中にはクレジットカードやモバイル決済のアカウントを親から持たされている者も多い。マモルも父親の家族カードを持たされていた。限度額は七万円だが、寮生活だと月に一万円も使わないので、カードを持っていない友人たちの支払いを立て替えることがあった。

「まさか」かぶりをふった梓は、モバイル決済のアプリが表示されたスマホのホーム画面をこちらに向けた。「普通の本はネットで買うけど、問題集は無理。解答の解説が大事だけど、そういうのはネットで確認できないからね」

「解答の解説……」

マモルが首を捻ると梓はため息をついた。

「わかんないかなあ。学校の参考書とか最悪でしょ。特に微積。解説が手順の説明にしかなってなくてさ。あんなんだと、問題を解くためにしか使えないじゃない」

「……いや、問題が解ければいいんじゃない？」

「わたしは、わかりたいの」

「そういうもんか。なるほど」

頷くと、梓がぷっと噴き出した。

「なんで笑うんだよ」

「マモルが寮長に選ばれた理由がわかった気がする」

「俺はわかってないよ」

マモルは口を尖らせた。四月に志布井から次期寮長だと言われてから五ヶ月、実際に寮長になってから二週間が経つが、いまだに自分がどうして寮長に選ばれたのかわかっていないのだ。マモルの動揺を見てとった梓はくすりと笑う。

「走るのも速くないし、背も高くないし、志布井さんみたいなイケメンじゃないし、ユウキみたいな腕っぷしもないよね。成績だって――ええと、悪くはないよね」

「てがましかな（うるさいなあ）」

きつめの鹿児島弁で応じると、梓も大隅半島の言葉で返してきた。

「教《お》かさんと（教えてくれないの）？」

「理数科の真ん中ぐらい」

マモルは見栄を張った。学内の中間・期末試験でも外部の民間模試でも、マモルは名前が貼り出される三十位以内に入ったことがない。二年生になってからの順位は八十人の理数科中で六十位から七十位あたり。もう少し順位が落ちると、普通科の進学コースと大差なくなってしまう。いずれにせよ、全教科で十位以内をキープしている梓が興味を持つ順位ではない。案の定、梓は「へえ」と頷いた。

「寮の役員には成績関係ないからね」

付け足したマモルの言葉に梓は首を傾げた。

「でもさ、みんな成績いいよね。ユウキもナオキも宏一もトップ争ってるし。三年生なんて志布井さんの東大が目立ってるけど、塙さんは鹿大の医学部だし、川内さんも九大だよね」

「もちろん、そりゃ、成績はいい方がいいよ」

そんなつもりはなかったが、なんだかいじけた声が出てしまった。そんなマモルの心情を察したのか梓は慰めるように言った。

「ひがまないの。さっきも言ったけど、マモルにはいいところあるんだから」

「うそつけ」

鼻を鳴らしたマモルに梓は首を振る。

「あるってば。さっきさ、わたしが言ったこと信じたじゃない。そういうもんか、なるほどって」

「言ったっけ?」

「言ったよ。わたしが微積をわかりたい、っていう話。マモルはするっと信じたでしょ」

「嘘なの？」

「嘘じゃないよ。でも、マモルはまず信じようとするじゃない」

そういうもんだろう、と思ったマモルに梓は続けた。

「ユウキなんかまず反論から入るでしょ。ナオキは自分の言葉に翻訳しようとするし、宏一はまるで聞いてないいじゃん。そういう相手だと相談にならないんだよね」

「ああ、確かに」

自分のなにがいいのかはわからなかったが、三人について梓が言ったことはわかる。

「まあ、頑張るよ」

マモルは梓から本の袋を預かると両手でぶら下げて、雪田と待ち合わせているかき氷屋へ向かった。後ろをついてきた梓は天文館通を珍しそうに眺めていた。せっかく外出が自由にできる下宿に住んでいるというのに、街に出ることはほとんどないらしい。シネコンのある大きなブロックを通り過ぎたところで梓は首を傾げた。

「〈むじゃき〉ってこんなに遠かったっけ」

「あと一つ横道を越えた先だよ。天文館公園のすぐ手前。行ったことないの？」

マモルは紙袋の長い紐を肩に通して、通りの奥を指さした。雪田とは、かき氷屋の〈むじゃき〉で会う約束だ。

「一回だけ。中三の夏期講習のあと、市内の子に連れてってもらったんよ。マモルは？」

「高校生になってから二回。一階の喫茶店と、二階のファミレスと」

「二階って……上があるの？　なんよ（どうしたの）、その顔」

「いや、知らないと思わなくてさ。〈むじゃき〉のビルは一階が白熊《しろくま》専門の喫茶店。二階がファミレス。地下は鉄板焼きで、四階は居酒屋だよ。どの店でも白熊が出るんだけど、今日行くのは二階」

「詳しかねえ」

「まあね」

小学生の頃の夏休み、お盆が近づいてくると、マモルは父が経営しているホテルの一角にある実家から追い出されて、市内にある母方の祖母の家に預けられていた。いつもは玄関先の掃除やリネン運びなど、ホテルの仕事を手伝わせていた父も、夏休みだけはマモルを家から追い出した。曰《いわ》く「忙《せわ》しなっせえ、子どもん手伝いでは捌《さば》くいきらんからよ（忙しくて子どもの手伝いでは回らないからだ）」とのことだったが、裏に別の理由があるのを知ったのは、中学校に上がってからだった。夏休みの繁忙期、ホテルは十数名のベトナム人やフィリピン人女性を雇っていたのだ。父からは聞かなかったが、片言の英語で話したマモルは、彼女たちが技能実習生たちだということを知った。どうやら父は、研修の名目で、他のホテルに就業していた技能実習生を借り出していたらしい。

中学生にもわかる脱法行為だった。父はそんな行為に手を染めていることを小学生に知られるのが後ろめたかったのか、そうでなければ業務に不慣れな彼らに声を荒らげてしまうのを見せたくなかったのだろう。ともかくマモルは小学生時代の夏休みを、鹿児島市の中心部で過ごしていた。

目が覚めると、早朝の城山公園でカブトムシやクワガタムシを追いかけて、日が高くなる頃には磯《いそ》海水浴場に連れて行ってもらう。錦江湾に浮かぶ桜島を見ながら泳いだり、潮干狩りをやったりして楽しんだ後は海の家でラーメンを食べ、午後は祖母の買い物に付き合って市内を歩き回る。

祖母は、天文館通の奥にある洋品店でおしゃべりをした後、必ず、マモルを〈むじゃき〉に連れて行って、たっぷり果物をのせ練乳をかけたかき氷——「白熊」を頼んでくれた。

〈むじゃき〉の白熊は、マモルの夏のおやつだったのだ。

そんな話をすると、梓は「へえ」と感心して言った。

「お店のオーダーは任せていい？　ノノも一回しか来たことないんだってさ」

「ノノ？」

「雪田ちゃんのこと。下の名前は支乃《しの》っていうんだけど、なんでかな。ノノって呼ばせてるんだよね」

「え？　雪田さんも〈むじゃき〉にほとんど行ってないの？」

雪田の住む寮から天文館通までは、市電一本で来られるはずだ。市街地を走る唐湊《とそ》線には永興学院前という停留所がある。鹿児島中央駅前の五つ向こうにある停留所だが、汽車で三十分もかかる平川駅から来るのと比べれば目と鼻の先だ。

「寮生だよね」

「当たり前じゃない。通えっこないんだから。あと、寮生とかダサいこと言わない。ハウスだよ。外出はあんまりしないみたいだけど——あ、ノノ！」

行き交う人たちから頭ひとつ分高いところでおかっぱ頭がこちらを向いた。メガネも会議の時に見かけたものだ。服装は流石《さすが》にジャージではなく、半袖のフーディーとふくらはぎのあたりで切ったジーンズに変わっていたが、やはり洒落っけはまるで感じられない。

人を踏まぬよう注意しているかのように、長い足を神経質に動かして人の波を通り抜けてきた雪田は、梓とマモルの前で立ち止まって頭を下げた。

「はじめまして。永興学院の、雪田と申します」

「ありがとうございます。南郷高校の、倉田です」

梓が間に割って入った。

「ノノ、こいつはマモルって呼んでいいからね」

後退った雪田が顔の前で手を振った。

「ええっ？　いきなり、そういうのはちょっと……」

「俺も」とマモルが言いかけると、梓が顔を突き出した。

「マモルはだめ。ノノって呼ぶのは、仲良くなってから」

「あたりまえじゃないか」

鼻息を噴いたマモルは、雪田に言った。

「じゃあ雪田さん。お店に入りましょう。予約してるのは二階です。お話を聞かせていただくので、白熊は僕が払います」

初対面なのに自然と言葉が出たことに、マモルは驚いていた。

「感謝しろよ」と梓がささやいて、雪田と笑い合いながら店の方へと歩いていく。

なるほど、さっきのやりとりは、リラックスさせるためだったのか。

持つべきものは友人だ。

＊

「おまちどおさま」

盆に乗ったかき氷に雪田と梓が目を見張る。黒いエプロンを腰に巻いた年配の女性店員が笑いかけた。

「大《ふと》かでしょ（大きいでしょう）。姉《あん》じょさんかた、食べきらすかい（お姉さんたち、食べきれますか）？」

「はい、いただきます」

「じゃあ、こっちからあげようかね」

店員は梓の前にどんぶりのような鉢をごとりと置いた。砲弾型に固められたかき氷には練乳をベースにしたミルクソースがたっぷりかかっている。しかし「白熊」の本質はそこにはない。

梓は、かき氷に添えられた――いや、ブッ刺さっている果物をぐるりと見渡した。かき氷全体にはシロップ漬けのみかんと色とりどりの寒天が散らされていて、正面にはカットしたバナナとマンゴー、そして両脇には大ぶりなスイカとメロンが刺さっている。フルーツパフェというには豪快すぎる盛り付けのかき氷が〈むじゃき〉名物の白熊だ。

名前の由来は、かき氷のてっぺんに置いたさくらんぼと三つの干しぶどうで作った白熊の顔だということになっている。だが、終戦直後からこの店に通っているマモルの祖母は、氷にかけてある練乳のブランドが白熊印だったからだと教えてくれた。

白熊に驚いている梓ににこりと笑いかけた店員は、おや、とマモルの顔を覗き込んだ。

「いつも有難っさげもす」

「こちらこそ、どうも」

「もう二つ、すぐにお持ちしますね。一《いっ》ちょすひこ運べんから（一つずつしか運べないから）」

スタッフは砕けた口調で言うと、厨房のカウンターに戻っていった。

「顔見知り？」と梓。

「まあ、小学生の頃から来てるから」

「さすが薩摩っ子」

マモルはわざとらしくため息をついた。

「そんな呼び方すんの梓だけだよ」

「そんなことないよ。ねえ、ノノ」

突然話を振られた雪田は、メガネの奥で目を丸くした。

「え？　なに？」

「また何か別のこと考えてた。うちらのあたりだと薩摩っ子っていうよね——あ、どうぞ」

先程の店員が、二つ目の白熊を雪田の前に置く。続けて男性の店員がマモルの前にもう一つ置いて、伝票を筒に挿した。

「ご注文は以上でよろしいでしょうか」

はい、と答えたマモルの前で、雪田は眉間に皺を寄せていた。

「どうかしました？」

「薩摩っ子のことを、考えてました。言ってたかな……」

梓が慌てて顔の前で手を振った。

「いいよ、ノノ。たいした話じゃないから。白熊食べよ」

「そう？」

梓はふう、と息をついてマモルに顔を向ける。

「ノノには冗談通じないからね」

「通じるよ」雪田は唇を、への字に曲げた。「考えてただけだよ。薩摩半島の人たちは、私たちを大隅《おおすみ》っ子とか呼ぶかなって。倉田さんはそういう言い方しますか？」

マモルは大隅半島から来た寮生の顔を思い浮かべたが、彼らをまとめた呼び方は思いつかなかった。他の地域の出身者に対して霧島っ子や、国分っ子のような言い方をすることもない。あるとすれば、島んちゅと自称する奄美出身者を「島の子」と呼ぶ程度だ。

「どうかな。親ぐらいの歳だと、大隅モンとか呼んだと思うけど。多分、言わないと思うなあ」

白熊に差し込もうとしたスプーンを宙で止めた梓が、雪田とマモルを見比べる。

「二人とも……まじめだねえ」

「そうか？」「そう？」

マモルと雪田は声を揃える。梓は肩をすくめ、白熊に無造作にスプーンを突き立てた。

「気づいてないのか。溶けちゃう前に食べようよ。ねえ、どげんし食ぶっとよか（どうやって食べるといい）？」

「決まいなんなかけん――せやあかん（それはだめだよ）！」

梓が横っ腹に刺さっているメロンを抜いてしまった。空いた穴にかき氷が落ち込んで、高く盛りつけられた白熊が傾いていく。

「おっとっと」

スプーンをコテのように使って穴を埋めていく梓に、マモルは言った。

「物理法則ってもんがあるだろ。支えがないと崩れるって」

スイカの位置をずらして傾きを止めた梓は、マモルを見下すように顎を傾けた。

「マモルが、私に物理を語いよんね。大したもんだ。試験で一回でも負けたことあったっけ？」

「ないね。一回もない。勝てる気がしない」

マモルはさらりと言うと、さくらんぼを口に放り込む。

雪田が呆気に取られたような顔でマモルと梓を見比べていた。緊張したやりとりを予想したのだろうが、マモルに嫉妬心はない。何せ成績のベースが違いすぎるのだ。

マモルは、干しぶどうのあたりをすくってみせた。

「雪田さんは上から食べるといいですよ。こんな感じに」

梓は「ふん」と軽くマモルを睨んでスイカの上のかき氷を口に放り込むと、二人で話せと言わんばかりに顎をしゃくった。

「雪田さんは、どこでビヨンドのことを知ったんですか？」

「Ｗｅｂで――」

さくらんぼを取り除けながら答えた雪田は、顔を上げた。

「ごめんなさい。なんか広告みたいでした」

「確かに。食べながらどうぞ。じゃあ、なんか見つけた、って感じだったんですか？」

雪田は白熊のてっぺんあたりを削って口に入れてから答えた。

「多分、受験の失敗かなあ」

永興学院が志望校ではないということだろうか、と思ったマモルの表情を、雪田は敏感に読み取った。

「推薦ですよ、失敗したのは推薦入試。推薦入試の小論で失敗したんです」

「どんな設問だったんですか？」

「ＳＤＧｓの十七項目から二つ選んで、それぞれ四百字で意見を述べる形でした」

「永興学院らしいなあ」

メロンの周囲を掘り込んでいた梓が口を挟んだ。

「そうかもね」と雪田。「そこで失敗しちゃったんです」

「それは……間に合わなかったとかですか？」

マモルは肩をすくめた雪田の様子を窺った。失敗と言っているが、結果的に永興学院に入れたのだから傷ついているわけでもないのだろう。

「ただのポカだよね」

メロンを掘り出した梓が、雪田の背中を優しく叩く。

「ノノは、テーマを二つ選んでって言われてたのに、ジェンダー一本だけで答えたんだよね。頭に血がのぼると周りが見えなくなるんだから」

「違うよ」雪田は歯を見せて笑った。「他のテーマをよく知らなかったから自分の話を書いただけだってば」

雪田はマモルに顔を向けた。

「そしたらその後の面接で、シスター・マーガレットにテーマは二つだって指摘されたんです。一般入試で頑張ってねって」

「うわ」

思わず声が漏れる。面接であなたは不合格と言われるなんて話は聞いたことがない。

「永興学院って、その場で不合格とか言われちゃうんですか？」

「あ……」雪田は、ポカンと口を開ける。「いけない、口止めされてたんだった」

「誰にも言いませんよ。それでＳＤＧｓを調べたんですか」

「そうそう。入学したらシスターに勉強したって言おうと思って、ジェンダー平等を英語で検索してたら、ビヨンドのＷｅｂサイトに行き着いたんです」

メロンの果肉と格闘するのをやめた梓が、スマホを開いて不思議そうに言った。

「Gender《ジェンダー》 equality《イクオリティ》でビヨンド出る？　普通、国連だよ」梓は指を勢いよく滑らせた。「ほらあ。どんだけスクロールしてもビヨンド出てこなくない？　いま二メートル分ぐらい流したけど、ずっと国連関係だよ」

梓のスマートフォンを見た雪田は、歯を見せて笑った。

「もちろんそうなるよ。私がスペル間違ってたの。Gender equation《イクエーション》で検索してたんだ」

イクエーションってどういう単語だったろう――と記憶を漁ろうとした時、梓が噴き出した。

「ジェンダー等式か！　それじゃあ見つからないや」

「そうそう。それでね、同じスペルミスしてたビヨンドのプレゼンが引っかかったんだよ」

「なるほど」と梓。マモルも頷いた。雪田は足元のカゴに入れてある自分のバックパックを目で指した。

「後でお見せしますけど、そのとき見た他のプレゼンにハマっちゃって、それでビヨンドに興味を持ったんです」

「タイプミスで、偶然見つけたってわけなんですね。でも、さすがだなあ。英語でどう書くかなんて考えたこともないですよ」

「ちょっと待ったマモル」梓が人差し指を突きつけた。「あんた、英語Ⅱの夏課題やってないね。ＳＤＧｓの十七項目暗記」

「あれ？　そうだっけ？」

「そうだっけじゃないよ。さては英語の期首テスト、赤点だったな？」

「決めつけは、よくないぞ」

冷や汗をかいたマモルがかき氷を大きく口に入れると、梓が鼻で笑った。

「あのテスト、十七項目の暗記だけだったじゃん。手抜きもいいところだよね。平均点は八十九点。意味わかる？」

「……ええと」

「宿題やった人は満点。逆に、暗記しないと一問だって答えられない試験だったんだよ。白状しろ、赤点取っただろ」

「まあ、そんな感じ」

マモルが顔を背けると、梓は雪田の肩を抱いた。

「ノノ、マモルはこういうやつだから、染まらないようにね――どうしたの」

雪田は眉間を揉んでいた。

「氷……慌てて食べたら、キーンってなった」

＊

白熊を食べ終えると、雪田はバックパックからタブレット型ＰＣを取り出した。液晶カバーに薄いキーボードが組み込まれている学習用のモデルだ。永興学院のステッカーバーコードが印刷されているところを見ると、学校で配布された端末なのだろう。マモルが寮長になる時にあつらえたノートＰＣと比べると、メモリ容量で四分の一、ＣＰＵコア数だと六分の一、そしてＶＲ制作に必須のＧＰＵの速度は一千倍分の一ほどの性能しかないコンピューターだ。

雪田は「あれ？　あれ？　おかしいな」と呟きながら、画面をつついていた。「おかしいな。シェアドライブっていうフォルダに保存しておいたんですけど」

「シェアドライブですか？」マモルは尋ねたが、見当はついていた。サーバーの共有フォルダのことだろう。「今って、学校のネットに繫がってます？」

「ネットですか？」

雪田は不思議そうな顔で首を傾げる。基本的なところでコンピューターやネットワークのことをわかっていないらしい。マモルは言い方を変えた。

「シェアドライブって、学校サーバーのことだと思うんですよ」

「そうか！」雪田が目を見開く。「だから実家で見られなかったんだ。学校のネットじゃないとダメなんだ」

マモルは、雪田がわずかなヒントで正解に辿り着いたことに安心した。コンピューターに囲まれて暮らしていても、この程度の推論ができない寮生はいる。

「わかりました。僕ので見ましょう。画面大きいし」

マモルがバックパックからノートPCを取り出すと、雪田が目を見張る。十七インチのディスプレイを持つゲーミングPCは珍しいはずだ。見慣れているはずの梓も、感心したように言った。

「寮長ノートかあ。でっかいねー。重くない？」

「重いよ。四キロある」

寮生たちが作った映像や3Dファイルを確認するには、それなりのマシンが必要になるのだ。

キーボードの端にある指紋認証でノートPCにログインしたマモルはブラウザーを立ち上げる。

雪田がWebサイトで見つけたなら、検索すれば出てくるはずだ。

「検索キーワードは、Beyond SDGsでいいんですよね。プレゼンの名前は？」

「Genocide at my hometown」

ジェノサイド、アット、マイ、ホームタウンだ。キーワードを入力しようとしたマモルだが、キーボードに指を置いたところで手が止まった。即座に梓が茶々を入れてくる。

「ジェノサイドのスペルだろ。G・E・N・O・C・I・D・Eだよ」

「助かるなあ」

マモルがキーボードを叩き始めると、梓はさらに突っ込んだ。

「意味はわかる？」

「当たり前だろ。虐殺だ。僕の村の虐殺――あ、ごめん」

Ｇｏｏｇｌｅ検索のトップに出てきたのは、二人の少女と一人の少年が立つ映像のサムネイルだった。男子が一人混ざっているが「僕の村」にはならない。

「私の村の虐殺、ですね。これですか？」

雪田は頷いた。

青字の「Beyond 2019 Presentation: A Genocide at My Hometown」をクリックすると、ブラウザーが新しいタブを開いてビヨンドＶＲのロゴとＶＲゴーグルを使うか、このままディスプレイで見るかを尋ねてきた。マモルが「Web 3D」をクリックすると、赤茶けた大地に立つ三人の人物が描かれた。

プレゼンテーションは実写映像を用いるようだ。チョコレート色の肌の三人の顔は、真上から照らされる強い太陽光で真っ黒な影の中に溶け込んでいた。カメラがゆっくりと三人を回り込んでいくと、バナナの植え込みに囲まれた低い建物の連なる村がフレームに入ってくる。空はペンキで塗ったかのように青い。アフリカだろう。きっとそうだ。スピーカーから太鼓の音がかすかに響くと、画面の中央に黒い書き文字でタイトルが描かれる。

文字の周りには緑色のフリンジが残っていた。緑色の紙にマジックで文字を書く映像を撮影しておいて、グリーンバックで合成したのだろう。蒼空寮のチームなら、手書き文字を３Ｄ空間に描くスクリブルエフェクターを使ってリアルタイムで処理するはずだ。仕上がりが美しく、高い技術を用いる方法がVR甲子園では高く評価される。

どうやら、このプレゼンテーションは、技術的には大したことはないらしい。

見ていると、三人の背後にモノクロームの群衆が現れた。人数は五十人ほどだろうか。カメラに顔を向けた男は、ナタのような刃物を携えて村を指差し、怒鳴り声をあげているようだった。他の人物たちも、手にはハンマーや鍬《くわ》、ロープなどを握っている。

武器を手にした男たちがガサガサという音とともに動いた時、マモルはこの群衆が切り抜いた写真の寄せ集めだということに気づいた。地面の文字と同じように緑の紙の上に写真を並べて合成しているらしい。緑色の手袋をした手で動きをつけているらしく、忙しなく動く指の影が切り紙に落ちていた。

チープなやり方だが、切り紙の群衆が数人ずつの小集団に分かれて村に入っていく時には気にならなくなっていた。それどころか、マモルの息遣いは、群衆を見つめる三人の揺れる動きに同調していた。

半分ほどの群衆が村に入って行った時、右端に立っていた少女が、有刺鉄線を巻いた棒を持った男の影を指さした。何かを言ったが、英語のはずなのに聞き取れない。顔を画面からあげると雪田が教えてくれた。

「この男が、私たちのお爺さんを殺しに行きます——と言っています」

——殺す?

タイトルの虐殺は、やはりそういうことだったのか——と思った時、聞き間違いようのない言葉がスピーカーから響いた。

「Ｇｏ！」

棒を持った男が仲間を四人ほど引き連れて、村に向かって歩き出す。その時、ワンピースの少女が段ボールで作ったプラカードをカメラの前に掲げた。

〈この時、初めての犠牲者が出ました。村に入ってすぐ右の家で五歳の女の子と、母親、祖母が棍棒で殴り殺されて、山刀で首を斬られました〉

画面上から、切り紙で作った、女性と子供のアイコンが降ってきた。犠牲者を示すインフォグラフィックスだ。ヒラヒラと舞い落ちてきた紙のアイコンが画面の隅に並ぶと、赤子と犬、男性の切り紙アイコンが横に落ちてくる。

アイコンの雨は、犠牲者の雨は止まらなかった。切り紙のアイコンは絶え間なく画面に降り注いで画面を埋めていく。食い入るようにして画面を見ていたマモルが何の気なしにトラックパッドに触れると、マウスポインターの下にあった犠牲者の切り紙がむくりと立ち上がって、胸に表示された年齢と名前を指した。

マリア・ゴンゾ＝アルフレッド　女性　十五歳
首都第二高校に入学する予定だった。日記はインスタグラムに公開されている。

「――これ、３Ｄだったの？」

マモルは思わず呟いていた。撮影したと思っていた切り絵のアイコンは、丁寧に作られた３Ｄ

図形だったのだ。ひょっとして、と思ってコントロールキーを押しながらトラックパッドでドラッグすると、ぐるりと周囲を見渡すことができた。撮影した映像ではない。虐殺の舞台になったこの村は、丸ごと3Dで再現されたVR空間だったのだ。

メニューも現れた。人の形をした切り紙を選ぶと、凶器を携えて村に入った人影を追いかけることができた。

一人ひとりが、ナタや鍬を切り紙の被害者に振り下ろす様子を見ることができた。

マモルが選んだ人影は、村の広場から正面の家に入り、切り紙で表現された女性の頭に、紙のナタを叩きつけた。それからベッドの中に手を伸ばすと小さな人影を引き摺り出して、喉の辺りにナタを振るった。血飛沫《ちしぶき》でも舞ったのだろうか、まるで血を避けるかのように人の影を放り出した男は、戸口から入ってきた腰の曲がった老人の人影を殴りつけて、頭を切り離した。

自由に動くカメラを見つけたマモルだが、いくら動かしても逃げる村人の視点にすることはできなかった。少し動くと、カメラは常に虐殺を行うものの視点に固定されてしまうのだ。逃げ惑う紙きれが散らかっていくのを見ているうちに、マモルは自分の中に湧き上がる嗜虐《しぎゃく》性をはっきりと自覚していた。腹の下で膨れるその熱が、人の命を奪ったのだ。

プレゼンターの意図は明白だった。

誰でも虐殺を行いうることを知らしめたかったのだ。もしもVRゴーグルをかけていたら、叫んでしまったかもしれない。

虐殺が終わったところで流れたクレジットを見て、マモルは自分の目を疑った。隣人による虐殺という重いテーマを、VRならではの手法で伝えてくれたこのプレゼンテーションは、中学生二人を含むたった七人のチームで作られていたのだ。

＊

二杯目のコーヒーが運ばれてきたところで、マモルはため息をついた。

「優秀作を教えてくれて、ありがとうございました」

「すごいだろ、感謝しろよ」

なぜか梓がふんぞりかえると、雪田が噴き出した。

「梓は関係ないでしょ。でも、どういたしまして」

雪田は、マモルのノートPCに映し出されるビヨンドの優秀作品を食い入るように見つめていた。今動いているのはインドネシアの生徒たちが作った、ローカル言語の紹介だ。制服を着た高校生たちが、身の回りのものを指差して自分たちの使う言葉で呼ぶと、言語で色分けされた立体文字が出てきて跳ね回るという単純なプレゼンテーションだ。制服姿の生徒たちは、自分の読める単語を指差して読み上げていく。マモルは高校生たちが四つ、五つの言葉を気負いなく操る様子に驚いた。高校生たちが話す言葉は、頬の中で「ポン」と舌を鳴らす音が入っていたり、「ン」から始まるような音があったりもするので、寮で飛び交う方言よりもずっと幅広い。

登場する生徒の男女比はほぼ一対一。女子生徒の半分はイスラム教徒らしく、髪の毛をスカーフで覆っている。英語しか話さない金髪碧眼の生徒も一人混ざっていた。

雪田が画面をじっと見つめた。

「メンバーの構成も、表現の一部なんでしょうね」

「ああ、そういうことですか」

マモルは頷く。多様な人種と民族の入り混じる文化を表現しているのだろう。プレゼンテーションが一段落したところで、雪田は名残惜しそうに画面から目を離す。

「倉田さんのパソコンだと、すごく綺麗にビヨンドのプレゼンが表示できるんですね。今の、単語が出てくるところで羽が舞ってましたけど、私のパソコンだと文字しか出てこないんですよ」

「オブジェクトパーティクル（物体を粒子のように大量に飛ばす演出）は、結構パワー食いますからね。このマシン、ノートPCにしては、まあまあ力があります」

「ノートじゃないパソコンの方が綺麗なんですか？」

GPUが違う――マモルはそう言いかけて、雪田が何かききたそうに見つめていることに気づいた。

「GPUって、わかります？」

「聞いたことはあります」

「やっとマモルの得意なことが出てきたね」

梓がコーヒーカップを持ち上げるが、マモルは無視して続けた。

「グラフィックス・プロセッシング・ユニットが正式名称で、3Dの計算に使うプロセッサーのことです。僕のPCは、かなり高性能なGPUを積んでるんですよ」

マモルのノートPCに目を落とした雪田は、理解を確かめるようにゆっくりと尋ねた。

「私のにもGPUをつければ、綺麗になるんですか」

マモルは首を横に振った。

「外付けのＧＰＵがあって、繋げられなくもないですけどビヨンドの役には立たないと思います。ＡＩの学習とか、暗号通貨の採掘《マイニング》とかには使えますけど」

「無理かあ……」

口をつぐんだ雪田の表情で、マモルは今まで考えてもいなかったことに思い当たった。

「ひょっとして……永興学院のＶＲ甲子園って、そのタブレットＰＣで作ったんですか？」

「そうですよ」

今度はマモルが言葉を失った。情報の授業をなんとかこなせる程度のスペックしかないタブレットＰＣで、あのプレゼンテーションを作ったと言うのだ。

「ええ。見ます？　時間かかりますけど」

雪田は自分のＰＣをテーブルに乗せて「ＶＲ甲子園」と検索して並んだいくつかのアプリから、ワールドビルダーを選んだ。

タブレットの中からファンが回る音が響いて、〈ＶＲ甲子園ビルダー〉が立ち上がる。そこで雪田はマモルに顔を向けた。

「やっぱり、このパソコンだと力不足なんですね。サンプルのシーンも全然動かなくて」

「そうでしょうね」

マモルは「フォント構築中……」のメッセージが出たまま動きを止めた起動画面を見ながら頷いた。そもそもマモルは、このクラスのタブレットＰＣで〈ＶＲ甲子園ビルダー〉が立ち上がるとも思っていなかった。起動しただけでメモリが不足してしまうはずだ。何をするのにも、ひと呼吸、ふた呼吸と待たされてしまうだろう。

「遅いなあ、もう」

雪田が頬を膨らませる。

「電源、使います？　少しはキビキビ動きますよ」

マモルはモバイルバッテリーを取り出した。急速充電モードでつなげば、倍ほどの速さで動くようになる。

「ありがとうございます。あ、ほんとだ。これでいつも通りです」

いつも通りでこれかと思ったマモルだが、確かに画面には県大会で見たステージが表示されていた。３Ｄ空間に配置した水盤の上に演者の映像を重ねて、足元には波紋が広がっている。シーンのポリゴン数は六十、テクスチャーの数はわずか五個というシンプルそのもののＶＲ空間だというのに、雪田が画面を撫でるたびに、ポインターが砂時計に変わってコンピューターが反応しなくなる。

演者の映像に雪田が触れて、情報ウィンドウが開くと、マモルは唸《うな》った。てっきりグリーンバック撮影した映像を合成していると思い込んでいたのだが、そうではない。黒幕の前で演技している映像を、半透明の水盤に重ねているだけだったのだ。大会の時は気付かなかったが、人物の背後にある水盤の波紋は透けて見えていた。

こんなにシンプルな作りだったのか――マモルは、大事なことを思い出した。

「雪田さん、このＰＣで〈ビヨンドビルダー〉って動きます？」

「動かないです」

「ですよね……」

〈ビヨンドビルダー〉は、寮の制作マシンでも脱落したものが出るほど高いＰＣスペックを要求する。〈ＶＲ甲子園ビルダー〉は、スポンサーの〈大和システムズ〉が学校むけに販売しているタブレット型ＰＣでも最低限の機能が使えるように調整されているのだろう。かろうじて起動するという程度だが、結局は腕次第ということだ。現に雪田は県大会で入賞してしまった。

「ビヨンドが動かないから、ＶＲ甲子園に出てたんですか」

「はい。色々試してみたんですけど、どうしてもビヨンドビルダーが動かなくて。やり方を探しているうちに、サイトの中でブランチ——支部でいいのかな。支部大会の情報を見つけて、ＶＲ甲子園のことを知ったんです」

マモルは、雪田に教えてもらったビヨンドの優秀作を思い返した。世界中から集まってきた作品の中で高い評価を得たものばかりなのだから、内容やメッセージが素晴らしいのは当然だ。英語がほとんど聞き取れなかったマモルにも、参加者たちの切実さが伝わってくる。

しかし、メッセージだけで高い評価を得られないのも事実だ。教えてもらった作品に共通するのは、一つ一つのテクニックがわからないほど高い技術力に支えられたＶＲ表現だった。

一番初めに見せてもらった虐殺のドキュメンタリーなどその最たるものだ。村の実写にロゴを乱暴に合成しただけに見えたプレゼンテーションは、フル３ＤのＶＲ空間だった。山刀や金槌を振りかざす切り紙風の人形は、指でちょいちょいと動かしているかのようにぎこちなく動いていたが、実際はハイエンドゲームでも使われる骨格《ボーン》が入っていた。紙人形を使ったのは、一見して拒絶されるような残虐表現を薄め、閲覧する側が自分のこととして虐殺を捉え直すための時間を用意していたのだ。

あれほど凝ったVRプレゼンテーションを雪田が作るとは思えないが、今の彼女が使っているタブレット型PCでは、ひとつ目の合成を行っただけで全てが終わってしまうはずだ。

「パソコン、用意しましょうか？」

「え？　ビヨンドのリファレンスモデルって結構高いんですよ。十八万円ぐらい」

「ノートは無理です。デスクトップなら、3Dに向いたパソコンを僕が組み立てられます。中身やシナリオも大事ですけど、表現が限られちゃうでしょう」

「ええと、よくわからないんですけど。パソコンって作れるんですか？」

「はい。うちの寮には使わなくなったPCパーツを置いておく部屋があるんです。一個五百円で誰でも持って帰れるんですけど、三千円ぐらいあれば、僕のノートPCよりちょっと落ちるぐらいの据え置きマシンが作れますよ。ディスプレイだけ別に買ってください。中古なら二万円ぐらいでいいのがあるはずです。あと、VRゴーグルも」

「VRゴーグルは、部で買ったのがありますけど――いいんですか？」

「いいですよ。組み上がったら連絡します」

雪田が確かめるように梓を見る。

「いいんじゃない？　寮生、暇を持て余してるし」

「暇じゃないよ」

「嘘だー」

鼻で笑った梓にマモルはそれ以上反論をしなかった。言われた通り、一日に五時間の学習時間を全て学習に使っている寮生はそれほど多くない。休憩時間には「何か面白いこと」を求めて部屋を訪ね歩く二、三年生が廊下をうろついているし、学習時間でも趣味に没頭している寮生の方が多い。だが、そんな事情を知らない雪田はマモルと梓を見比べる。どちらを信用していいのか迷っているのだろう。

マモルは肩をすくめた。

「そんなに暇じゃないですけど、パソコン組むのは楽しいですから、是非やらせてください」

「わかりました」

「その代わり、と言うわけじゃないですけど、ビヨンドのことをもっと教えてください。さっきみたいに、どんなプレゼンが面白かったとかでいいです。寮でもビヨンドの優秀作品見てたんですけど、どうしても技術ばっかり見てしまって」

「技術のことは逆に私が教わりたいです。カメラ出力をVR空間に並べるだけで精一杯なので。それに、テーマも話したいです。本物の危機から声を上げている人と並ぶので……」

雪田は声を途切らせて、優秀作のブックマークに目を落とした。

マモルは全県部長会議で雪田とやり合った通信広告社のVR甲子園コミッショナー、竹山の言葉を思い出した。VR甲子園が排除したSDGsのターゲットを選べないかと聞かれたときの彼の言葉だ。彼は親身そうな口調で「飢餓を経験した方はいらっしゃいますか?」と聞き返したのだ。竹山は上っ面だけを撫でたものになるぐらいなら、いま、日本の学生が直面している問題を取り上げたほうが恥をかかなくていいという程度の意味合いでそう口にしたのかもしれない。

だがその言葉は、雪田に突き刺さっていたらしい。苛烈な女性差別を受けた人の語る口を盗んでいないかと尋ねたようなものだった。

「話し合い、大歓迎です」マモルは力強く頷いた。「でも、まずは作れるようにしちゃいましょう」

マモルは、自分のノートＰＣに映し出されているブックマークの一覧を見てため息をついた。

「今日帰ったら、寮の仲間に見せてみます。怖気付いちゃうかもしれないですけど――おっと、連絡だ」

スマートフォンが震えて、ロック画面にＬＩＮＥのアイコンが表示された。

「いいよ」と、梓。「マモルにＬＩＮＥ飛ばすなんて、寮のメンツぐらいでしょ」

雪田もどうぞと目で促した。

「ごめん。じゃあ、ちょっとだけ――」

指紋認証で画面のロックを解除して、ＬＩＮＥを立ち上げる。メッセージは風紀委員グループに送られてきていた。

ユウキ　：マモル、外出してるとこ悪いけど急いで戻れる？

「ユウキからだ」

「帰りにアイス買ってきて、とか？」

「だといいね――」

返信しようとしたマモルは、次々と現れたメッセージに目を剝いた。

ユウキ　：あとは宏一、集会室に来れる？　バカが寮のサイトにウイルス仕込んでた。
宏一　：なんだと？　誰だよ！
ユウキ　：まだわからん。ナオキと調べる。

緊急事態だ。ため息をついたマモルの手の中でスマートフォンが震え、別のグループに新たなメッセージが届いた。送信者は同じくユウキだが、ナオキと三人のグループチャットだ。

ユウキ　：他の風紀委員にはまだ言ってない。ウイルス仕込んだのは１０６号室、有馬《ありま》彼方《かなた》。
マモル　：カナタが？

そう書いたものの、小柄なカナタがやらかしたことは全然意外ではなかった。
寮生には珍しく鹿児島市内に家があるカナタは、一年生の頃からトラブルメイカーだった。ロールプレイングゲームのコマを作るために焼却炉で錫《すず》を溶かして煙突を壊してしまったり、職員室のラミネーターとプリンターで作ったレアカードを他の寮生のデッキに交ぜてしまったり、自分用のトイレ便座を作るために３Ｄプリンターの樹脂を使い切ってしまったりと、彼がふりまいた迷惑は枚挙にいとまがない。
マモルがため息をつくと、メッセージが増えていた。

ユウキ　：あのバカ、寮のポータルで仮想通貨の採掘してやがったんだよ。
ナオキ　：仮想通貨じゃない、暗号資産だ。
ユウキ　：おんなじだろ。とにかくマモルの戻りに合わせて集会室に呼びつけるから、駅に着いたら連絡頼む。

マモルは「わかった」とメッセージを送ると、スマートフォンの画面をテーブルに伏せた。

「雪田さん、ごめんなさい。すぐ帰らなきゃいけなくなりました。パソコン作る話は、考えておいてください。あと、ビヨンドのことをもっと聞かせてください」

雪田は頷いて、小さなネームカードを差し出した。

「そのメールアドレスでビデオ会議に出られます」

マモルは、メールアドレスだけが書かれたカードを受け取った。

＊

「待った？」

マモルが入ると、床の間の大型ディスプレイを背に立膝で座ったユウキが「おう」と唸って頷いた。

部屋の中央で正座させられているカナタも振り返った。

「おかえりマモル。呼び戻しちゃって悪かったねー」

いつもと変わらない声に盛大なため息をついたのは、部屋の奥の長机に置いたディスプレイから顔を上げたナオキだった。机にはノートＰＣが二台と、卓上用のＰＣが二台、そして床に置くタワー型ＰＣが一台に、サーバーラックから外してきたラックマウントコンピューターが転がされている。

「それは？」

「こいつの採掘ソフトが動いた環境だよ。現場の保全、ってやつだ」

カナタがのんびりとした口調で言った。

「手伝おうか？」

「犯人に手伝ってもらうわけにいくか」

「犯人なんて言うかなあ」

「お前《ワイ》が入れたったろが！　どんだけ手間かけさせてると思ってんだよ」

「ああ、ごめんごめん」

まるで嚙み合っていないやり取りにマモルは内心でため息をつく。責め立てたところでカナタの態度は変わらないだろう。

「カナタ、足は崩して楽にしていいよ。いいよな、ユウキ」

「はあ？」

ユウキは不満そうな顔をしたが、マモルは首を振った。

「怖がらせると本当のこと言わないじゃん。ナオキも怒ってんのはわかるけど、話を聞こう」

鼻を鳴らしたユウキがどすんと腰を落とす。

「それもそうじゃや。カナタ、崩していいっちよ」

「わかった。いやー痺れたな」

足を崩して三角座りになったカナタは、ひょろ長い腕で膝を抱いて、あごを膝に乗せた。

「カナタぁ」とユウキが呆れた声を出す。「少しは態度、どうにかならん？　宏一の前ではもう少し小さくなっとけよ」

「ごめんごめん」

カナタは体ごと揺らして頷いた。周りの空気を読もうとしないカナタにはいらつかされることが多いが、今回はこれでも反省している様子が窺える。

「そういえば宏一は？」マモルが聞くと、ナオキが部屋の外を指差した。

「手ェつけられんぐらい切れ散らかしとったけん、頭冷やしに行ってもらった。後で呼ぶことになっとうよ」

正解だ。頷いたマモルはカナタとナオキを見比べた。

「じゃあ、始めようか。何があったの？」

ナオキが手近なところにあるキーボードを手元に引き寄せた。

「じゃあさっきと同じように、俺《おい》から説明するわ。その後でカナタが説明して」

「要らんだろう」とユウキが顔をしかめる。「さっき二人から聞いたけど、そんなに違ってなかったどぉ」

「全然違う」

カナタがぼそりと言うと、ユウキが畳に拳を押し当てた。

「なんち?」

「やめろよ」とマモル。

勉強なら誰よりもできるユウキだが、PC周りは使えればいいというレベルで学ぶのをやめているらしく、マモルよりも雑なことを言う。時間さえあればコンピューターをいじっているナオキやカナタとはまるで違うのだ。

「今度はカナタから聞くよ。いい?」

「いいよ」とナオキ。

ユウキは不満そうに「公平が好きじゃやあ、ホントに」などと愚痴りながらあぐらを組み直した。

「じゃあ始めて」

促されたカナタは、ユウキとナオキの表情を窺おうともせずに口を開いた。

「まず僕がどうして仮想通貨に興味を持ったのか説明するね。初めておもしろそうって思ったのは小学生の時、御多分に洩れずビットコインからだった。なんでビットコインに興味を持ったかっていうと、日本人が発明者だったから——あ、正体不明なんだよね。でもあの時僕は日本人だと思って、なんかすごく親近感が湧いたんだよね。英和辞典であのサトシさんのパワポを翻訳したりして——」

「ちょ、ちょっと待って」マモルは手をあげてカナタの自分語りを遮った。「俺の質問に答えてくれる?」

「えー?」と不満そうな声を漏らしたカナタに、ユウキがため息をつく。

「えーじゃねえよ。話長いんだよ」

「でも、どうしてって聞くからさ」

「昔の話は後で聞くよ。何をやったか教えて。具体的に」

カナタは不満そうに唇を尖らせたが、気持ちを切り替えるように「ま、いいか」と言うと、長机の端に置いてあるサーバーを指差した。

「〈ココミックス〉のトップページにビットコインの採掘スクリプトを置いて、仮想通貨を掘ってもらった」

なるほど、とマモルは頷いた。寮生活の必須インフラだ。

寮生は〈ココミックス〉で寮や学校行事の日程を確かめたり、ＶＲ甲子園の制作ミーティングを招集したり、集会室のビデオ会議予約などを行っている。洗剤やトイレットペーパーなどの生活必需品の調達も〈ココミックス〉のプラグインを使うので、寮生なら毎日二回か三回はアクセスするサービスだ。

今日も、マモルは〈ココミックス〉で外出届を出していた。

「なるほど。全員必ずみるもんな。採掘スクリプトってどんなもの？」

「〈マインコレクト〉のバージョン５・２」

聞いたことのないアプリケーションの名前に首を傾げると、ナオキが補足してくれた。

「ビットコインを、スマホとＰＣのＷｅｂブラウザーで採掘するスクリプトだ。スクリプトを仕込んだページを開くと、空き時間で裏でビットコインを採掘するんだ。広告の代わりに入れてサイトの運営費を稼ぐために使う」

「どこかで聞いたことあるな」

「実際、捕まった人がいるからね。無罪になったけど」

「サイトの運営費ぐらい稼げるの？」

「当然！」マモルの質問に答えたのはカナタだった。「今の報酬額は三・一二五ビットコイン。九百万円だよ！」

「九百万円？」と聞き直すと、ナオキは苦笑いした。

「まあ無理だね」

ナオキは、ビットコインの仕組みを説明してくれた。

ビットコインにはシステムを動かした人が報酬として新たなビットコインを得られる仕組みがあり、これがビットコインの発行に相当するのだという。無制限に発行する仕組みだとインフレーションしてしまうので、報酬の額面はビットコインの発行額がある段階に達したところで半分になる、半減期という仕組みがある。二〇一二年には二十五ビットコインだった報酬は、三度の半減期を経て三・一二五ビットコインにまで減っている。

一見理不尽な仕組みだが、ビットコインの影響力は増えていくので、報酬額の実勢レートはうなぎのぼりに増えたのだという。二〇一二年末の採掘報酬二十五ビットコインは三万円程度だったが、額面が八分の一になった今年の円での価値は九百万円を超えている。

「だから――」と、カナタが身を乗り出した。儲けようと思ったんだよ、と続けたかったのだろう。しかしナオキはカナタをひと睨みして黙らせた。

「誰でも記帳できるわけじゃないんだよ。ビットコインでは十分ごとに、直前の取引ブロックのハッシュ（ファイル指紋）値と、追加する取引データ、そしてナンスっていう数字の三つを使って新しいハッシュを作る。この時、新しいハッシュの先頭に決まった数だけゼロを並べた人が、一番乗りで報酬をゲットできるんだ」

「ハッシュ……名前はよく聞くけど、どういうもの？」

ナオキが腕を伸ばしてキーボードを叩くと、床の間のディスプレイに黒い画面が映し出された。

```
naoki% echo -n '0' | shasum -a 256 ↵
5feceb66ffc86f38d952786c6d696c79c2d...
```

「5fe から始まってる十六進数が0《ゼロ》という文字のハッシュ。ビットコインで使ってるのと同じやつだ。世界中のどこのコンピューターで作っても、同じ文字からは同じハッシュが出る。ファイルのハッシュが変わっていたら改竄《かいざん》されたってことがわかるから、指紋とか呼ぶこともあるな。で、次に0＋1のハッシュを作ってみるよ。ほら、別の文字列になるだろ」

```
naoki% echo -n '0'+'1' | shasum -a 256 ↵
a56311c62d6ce5d74349 30a8cf15393b16...
```

「まるで違うハッシュになるんだね」

「まあね、同じ文字が出ることはほとんどない。どんなハッシュになるのか予測することもできない」

ナオキはキーボードをトントンと叩いてハッシュを増やした。

```
naoki% echo -n '0'+'2' | shasum -a 256 ↵
4188d7f52104db0be3d6d2250273c378f...
naoki% echo -n '0'+'3' | shasum -a 256
252d65014d4ad038ae8d2817f5c4e57dc98...
naoki% echo -n '0'+'4' | shasum -a 256
065a5a701e56716c05c5f582ec5d66fb336...
```

「ビットコインでは、この０の代わりに、前回記帳した値を使って、付け足す文字を少しずつ変えながらハッシュを作るんだ。ハッシュの先頭にゼロを並べると、帳簿に追記できる。最後のハッシュは先頭に０が出てるだろ。これが０００００って並ぶような、付け足す文字列を探すんだ」

「幾つ０を並べなきゃいけないの？」

「十八個」と、カナタ。

「じゅうは——え？　十八個？」

マモルは目を剝いた。ひとつ０を出すだけなら十六回の試行錯誤で一回は当たりが出るが、二つ0を並べようとすると十六の二乗で二百五十六回。三つなら四千九十六回だ。十八個なら——と考えたところでユウキが口を開いた。

「ゼロが二十個、いや二十一個ってとこじゃや」

コンピューターで計算しようとしていたナオキが手を止めた。医学部を目指す受験戦士はコンピューターを凌駕してしまうことがある。

「要するに数千京《けい》回の試行錯誤が必要ってことよ。でくっわけねえどが（できるわけないだろう）」

吐き捨てるように言ったナオキは、マモルに顔を向けた。

「採掘事業者はハッシュ生成に特化したカスタムGPUを何千個も何万個も調達して、このレースに勝とうと頑張ってるってわけ。連中があんまりGPU買い漁るもんだから、俺らがVR甲子園で使うGPUの値段が何倍にもなってんだよ。そんな連中と競争して、勝てるわけないんだよ」

マモルが頷こうとすると、カナタが食い下がった。

「でも、十分ごとに平等にチャンスが来るんだよ？」

「投資してる連中の何十万台かのスパコンにも、じゃろが」

ユウキが鼻で笑う。

「だけどさあ——」と、まだ何か言いたそうなカナタをジロリと睨むと、ナオキはキーボードに向かった。

「カナタが採掘ソフトを仕込んだのは〈コヨミックス〉のトップページだけ。寮生九十人のうち、三分の二がスマホで見てるページだ。みんな、通知を読んだらすぐ離脱する。平均滞留時間は十秒。その中で一瞬だけ生まれる空き時間を束ねて採掘競争しようとしてたんだ」

カナタは勝ち目のない――というよりも役に立たない採掘ソフトを入れただけなのだ。処分をどうしようかと考えていると、ナオキがディスプレイに〈コヨミックス〉の画面を立ち上げた。

「見た目は変わらないんだな。ちょっと引っかかるか」

「ああ、それは――」

ナオキがＷｅｂサイトのデバッグ画面を開いて、スクリプトの実行ログ画面をスクロールさせていくと、黄色で示される警告の下に、スクリプトの実行が止まるようなエラーが発生したことを示す、赤い矢羽根マークが描かれていた。

「何のエラー？」

ナオキが説明しようとすると、立ち上がったカナタがマモルの横を通り過ぎてディスプレイの前で腕を組んだ。

「あれ？　なんでエラー出てんだ？　〈コヨミックス〉のアップデートには対応してあったはずなんだけど」

「カナタ、お前《わい》はマジで反省しとっか？」と、ナオキ。「ルーターで採掘に使うＩＰアドレスをブロックしたんだよ」

「この野郎。通信を覗き見てんのか？」

カナタが見たこともない表情でナオキを睨んでいた。

「なんだよその言い方――おい、何するんだ」

ものも言わずにカナタは立ち上がり、ナオキに摑みかかろうとする。だが、巨体に似合わない動作で素早く立ち上がったユウキが、ナオキの前に立ちはだかった。

「カナタ、やめれ」

「どけよユウキ」

言いながら回り込もうとしたカナタの襟を、ユウキは何も言わずに摑んだ。反射的に振り払おうとしたカナタの腕をとったユウキは、腰の上にカナタを跳ね上げる。見事な払腰《はらいごし》だ。受身を取ろうとしないカナタの体を空中で抱えたユウキは、カナタが元々座っていた場所に転がした。

「なに、突然キレてんだよ。さっきナオキが、動かんくするち言っとっただろ」

「でもよ！　検閲するなんて聞いてねえよ！」

振り絞るようにカナタが叫ぶ。

「そういうもの？」と聞くと、ナオキが面倒臭そうに首を振った。

「プログラムで弾いただけだ」

「でも検閲だ！」

「カナタ、落ち着いて。ナオキがIPをブロックしたのは、一番簡単だったからだろ？」

「ああ」ぶすっとした顔でナオキがうなずく。「どこにスクリプトを仕込んだのか、わかんなかったし、宏一に見つかる前に止めたかったからな。ルーターのルールを戻せば、ブロックは止まる」

「じゃ戻してよ。自分のコンピューターで採掘するのはいいんだろ」

「他人のコンピューターを使わない、って約束してからだ」

「でも──」

「でもじゃない。みんな迷惑してんだよ」

「迷惑してないだろお？　もともと広告入ってたところに一行書き足しただけだよ」

「ログ見ろよ、〈ココミックス〉開いてるだけで、ＣＰＵとＧＰＵを最大まで使ってるじゃないか」

「開いてぼーっと見てるからだろ。マウス動いたら止まるし、タブで裏に回った時も、スリープ中も動かないよ」

「ウインドウ裏に回したら、ずっと動き続けるだろうが」

「いいや。最前面ウインドウでしか動かない。ほんと、害はないんだって――」

うんざりした様子で間に入ろうとしたユウキを、マモルは目配せで止めた。言いたいことを全部言わせたほうがいい。隠れてスクリプトを仕込んだことを許すつもりはないが、実害はそれほど出ていないのだ。鼻を鳴らしたユウキは、二人に顎をしゃくる。

「マモルが帰る前もずーっとこんなよ。宏一には相手させられんだろ。あいつがこれ聞いたら、手ぇ出るど」

「そうだなあ」

マモルは頷いて、ちょうど話が止まったところで間に入った。

「だいたい状況はわかった。カナタに聞きたいことがあるんだけど、いい？」

「何？」

「なんで、仮想通貨を採掘しようと思ったの？」

目を丸くしたカナタは、不安そうに集会室を見渡してからぼそりと言った。

「金が入るなら、と思って。大学の学費も高いし。一回でも当たり引けば、九百万円ぐらいにはなるから……」

カナタの声は段々と小さくなっていった。嘘をついているわけではないのだろうが、金が全てではないのだろう。

「無理なことはわかってたんだろ？」

カナタが頷くと、襖が開いてタバコの匂いが流れ込んできた。

学校指定のジャージを穿き、ＧＡＰのパーカーを羽織った寮監の佐々木が、集会室の敷居を踏んで立っていた。

「お説教、だいたい終わった？」

＊

集会室の真ん中に腰を下ろした佐々木は、マモルたちに腰を下ろすように求めると、くしゃくしゃになった伝票を二枚、畳に置いた。

「道《とおる》さんに頼まれてた電気代を調べてきた。遅くなってごめんね」

確かに伝票は電気代だ。佐々木は、伝票のシワを押し広げると、二つを並べて金額に指を当てた。

「去年の八月は十六万六千円。今年は十七万円」

佐々木は顔を上げた。

「有馬さんが採掘ソフト入れたのはいつ？」

「休み明けです」

「正確に、何日？」

「二十日の……ええと、夕方です」

「検針は二十七日の朝だった。六日で計算しようか」マモルたちが頷くと、佐々木は続けた。

「六日で四千円だけ電気代が増えた。一日あたり六百六十六円だから、一年で二万四千円ぐらいということになるね」

「ええと、はい。そうですね」

「そんなにかかってないんですね」

ユウキがボソリと言うと、佐々木はニヤリと笑ってカナタに身を乗り出した。

「元は取れた？」

「ええっ？」とマモルは声をあげてしまう。「いや、そういう問題じゃないですよ」

「いいからいいから。有馬さん、寮のハッシュレートは？」

参ったなと思ったマモルの耳に、迷惑がっていることを隠そうともしないユウキのため息が聞こえてきた。ナオキは何かに気付いたのかそれとも興味を失ったのか、長机のノートＰＣのキーボードを叩いていた。

三者それぞれに厄介なことを言い出した佐々木に反応しかねている中で、カナタは初めて居心地悪そうに肩を窄《すぼ》め、マモルたちに救いを求めていた。

マモルはわからないことを聞いてみることにした。

「ハッシュレートってなに？」

口を開こうとしたカナタに覆いかぶせるように、ナオキが口を出した。

「さっき言った、ナンスを出す速度だよ」

佐々木が嬉しそうに顔を突っ込んできた。

「さすが道さん。ナンスの説明終わってるんだ。なら話が早いな。寮にあるGPUで一番強力なのは、志布井さんたちが買ったGPUかな。あれが毎秒120メガハッシュ――一億二千万回。あのGPUで中国の採掘ネットワークに参加すると、電気代には足りないけど一日に百五十円ぐらいバックがあるよ」

「一年で五万四千七百五十円」とユウキが暗算するが、損得は聞くまでもなくわかった。

「丸損ですよ。あのGPUボックス、二十五万円もしたんですよ」

「暖房の代わりにはなる」

「ですよね。でも、佐々木先生……詳しいんですね」

「僕らの歳の技術者にとっては読み書き算盤みたいなもんでさ。CERNにいた頃はスパコンのテストを兼ねてやったもんだ。で、有馬さん。採掘してた間の、寮全体のハッシュレートはどれぐらいだった？」

「……毎秒15メガハッシュ、です」

佐々木が追い討ちをかける。

「空き時間束ねただけだもんな。それで増えた電気代は一万円。赤字だね。真っ赤っ赤だ」

カナタは頷いた――いや、唇を噛んでうつむいていた。何よりも応えているようだ。

「もう少しいけるかと思ってたんですけど」

「いい勉強になったな」

慰めた佐々木を、マモルは思わず咎《とが》めていた。

「先生、そういう話じゃないんですけど」

佐々木はマモルに顔を向けた。

「わかるけど、こういう話もあるってことだよ——まあ待って」

食い下がろうとしたマモルを制した佐々木は、カナタに優しく言った。

「分散コンピューティングは想像よりずーっと効率悪くなるんだよ。でも、やってみなきゃわからない。高い授業料になったけど、増えた分は僕が払っとくよ。僕がやったことにしておいて」

「は？」とユウキ。「先生、それはだめです。このバカがやったんですよ。儲けようとして」

「金のためじゃないよな」

断言した佐々木に、カナタは言った。

「いや、お金です」

「違うよね」と、佐々木は言った。「だってお金が欲しいなら、チャレンジした回数の分だけ小銭を分けてくれる採掘コミュニティに入るけど、有馬さんがやってたのは、十四京分の一のナンス競争でしょ。ゼロに決まってるじゃない。だいたいスマホの分散マイニングじゃあ、ハッシュレートも足りないしね。ジャンク置き場から型落ちのGPUを持ってきて電源入れとけば月に数百円は入ったのにな。電気代は稼げないけど、自分の部屋に置いたPCなら誰も気づかなかった」

佐々木は後ろに手をついて、寝そべるような姿勢でカナタに顔を向けた。

「お金のためじゃないよな」

「はい」

カナタは、観念したようにこくりと頷いた。

「やってみたかっただけです」

佐々木はマモルとユウキ、ナオキを順繰りに見渡した。

「ね？　そもそも悪気はなかったんだよ。電気代も大したことはなかった。これでおしまいにしないか。なんなら、僕が有馬さんに頼んで実験してたってことにしてもいい。仮想通貨に手を出すなんて、いかにも僕らしい」

「いや、それはまずいです」

マモルは反射的に言って、顔の前で手を振った。

「どうして？」

「だって、嘘じゃないですか。だめです」

佐々木が、ため息をつく。

「じゃあ、有馬さんがやったって公開するわけ？」

マモルはカナタの様子を窺ってから、頷いた。

「はい」

「勝手にスマホを使ったんだ。怒る子もいるよ？　三年生との関係もあるし、今日のこの話し合いに入れてもらえなかった宏一くん——泊さんなんか激怒するんじゃないかな」

「嘘つく方がまずいです。やっちゃいけないことをしたら、叱らなきゃダメです。何回も何回も叱ることはないと思いますけど」

「へえ」佐々木はじっとマモルを見つめた。「僕も注意してみることにするけど、有馬くんの様子は注意してみておいてね。寮の自治ってのはそういうことだから」

「ありがとうございます」

佐々木に頭を下げたマモルは、カナタに体を向けた。

「朝礼で発表するけどいい？」

「いいよ」

「そのとき、謝罪できる？　みんなの前で」

「あ……そうか。どうかなあ。やってみる」

マモルは安堵のため息をついた。隠さなくていい、という安心感で全身の力が抜けていく。立ち上がった佐々木はマモルの背中を軽く叩いた。

「じゃあ、僕は部屋に戻るね」

佐々木が襖を閉めると、ユウキが鼻を鳴らす。

「結局人ごとか」

「問題を起こしたくない一心だね」とナオキが評した。「寮生が寮生を処分するのもまずいし、退寮者は絶対に出したくないってとこだろ。佐々木先生は非正規だしな。で、どうするよ。明日か？」

「早い方がいいね」マモルは頷いた。「準備しといて」

「準備？」

カナタが首を傾げると、ナオキは天井を仰いだ。

「これだよ。謝るんだろ。謝罪文とか用意できるのか、ってことだよ。用意しないと俺が発表するぞ。夏休み明けから七日間、カナタが〈ココミックス〉にビットコインの採掘アプリを入れてみんなのスマホで採掘してました。興味本位でした。採掘にも失敗しました。これでいいのか？」

「いいよ、その通りだし」

カナタは頷いたが、ユウキが首を振る。

「なんでわからんか」

「気にしてくれてるの？」

「違う！」

ユウキは苛立たしげに言うと、マモルに顔を向ける。なんとかしろ、ということだ。どうにも調子を狂わされてしまうのだろう。

「なんでもいいから、謝罪してくれないかな」

「ええと、わかった。なんか、ごめんなさいしておけばいいんだよな」

ノートＰＣを畳んだナオキが立ち上がる。

「罰はどうする。なんかないと、示しがつかんぞ」

「罰なあ」

マモルは、これだけ周りで動いているのに、一向に気にしていないらしいカナタの顔をじっと見て、ふと聞いてみた。

「カナタって、ＶＲ甲子園だと３Ｄモデラーやってたよな」

「そうね。三年のチームでは樹木を配置してた」

立体モデリングのチームに押し込まれたカナタは絵心が全くないので、プログラムを使った効率化を担当していたのだ。言われたことはほとんど手をつけないが、思いついたら手を動かしている、という話は聞いたことがある。

まず手を動かしてみるカナタは、ビヨンドに参加するなら間違いなく役に立つだろう。

「わかった。じゃあVRで俺を手伝ってよ」

「ええーっ？」

「ええ、じゃねんちょ（ええ、とか言ってんじゃない）！」

ユウキが畳を叩くと、マモルは思わず笑い声をあげてしまった。

「まだ計画らしい計画はないんだけどいろいろ試したいんだよ。今までより、ぐっと難しくなると思うけど」

「難しくなる？」

カナタは目を輝かせた。

「わかった。やるやる」

ユウキが、今日何度目になるかわからないため息をついた。

「お前さあ、怒られてんのわかってんのか？」

＊

翌朝の朝礼を終えて寮に戻ったところで、マモルは宏一に呼び止められた。

「ちょっと話せるか?」

怒気を含んだ声を聞くまでもない。用事はわかっていた。

「カナタのことだよね」

無言で頷いた宏一は、清掃を始めていた一年生たちを集会室から追い出すとマモルを招き入れた。

「あれで終《あい》いに《しめ》すっとか」

「悪いかな。朝礼で謝ってもらったでしょ」

「温《ぬ》っか(甘い)!」声を荒らげた宏一は、畳を蹴った。「あげんゆでゆで喋いくさっ(あんなにグネグネ話しやがって)。寮のマシンにウイルス仕込んどっとが、VR甲子園の手伝いぐらいで示しがつっかよ」

宏一がさらに詰め寄ろうとした時、襖が開いた。

「宏一ぃ、外に声が漏れてるどぉ」

ランニングシャツ姿のユウキが、背後をチラリと見てから集会室に入ってきた。

「風紀委員が寮長を脅すなっちょ。頭冷やせ」

「でもよ――」と続けようとした宏一に、マモルは言った。

「終わりだよ」

「あれでかよ」

「カナタは精一杯謝った」

実際、カナタの謝罪は想像していたよりもずっと良かった。彼は自分のやったことを正当化しようとしなかったし、不貞腐《ふてくさ》れてもいなかった。申し訳ありません、と頭を下げることもできた。だが、事実を淡々と述べる話し方を他人事のようだと感じた寮生がいたのも事実だ。わずか十数分前のことなのに、三年生の何人かはマモルに抗議のメッセージを送りつけてきたのだ。

「どうよ」

腕を組んだ宏一は、ユウキをチラリと見て発言を促した。

「寮長詰める方がどうかしてんぞ」

「そうだな」腕を解いた宏一は素直に頭を下げる。「悪かった。でも、カナタの謝い方はのさんど（カナタの謝り方には我慢ならんぞ）。もう一回、謝らせるわけにはいかんか」

いいや、とマモルは首を振った。

「カナタの言葉がいい加減だってことになるだろ。謝るのが下手で、これから難儀するのは仕方ないよ」

「まあ、そうか」

頷いた宏一は、納得した様子で頷いた。

ユウキが踏み込んでこなければマモルをさらに問い詰めるつもりだったのだろうが、腕っぷしでも勉強でも敵わないユウキの前では引き下がるのが得策だとでも考えたのだろう。打算を隠そうともしない。そんな宏一と付き合うのは面倒だが、切り替えが早いのはありがたい。

「宏一が個人的に注意するのは止めないよ。罰ってほどじゃないけど、カナタには朝礼で言ったことの他にも頼むことにした。今はビヨンドの下調べも頼んでる」

「ビヨンド？」

「覚えてない？　呉先輩に教えてもらった国際大会」

「ああ、あれか」

宏一は膝を打った。どうやら本当に忘れていたらしい。

「そういえば昨日は、部長会議をブッチしたメガネん子と会ってたんよね。なんかいいこと聞けた？」

「メガネ？」

マモルが反応できずにいると、宏一は記憶を探るように天井を見上げた。

「永興の地味な部長よ。メガネかけとらさんかったか？」

「や、いや。メガネはかけてるけど――」

口籠ると、宏一が「あ」と言って姿勢を正す。マモルも小学校の低学年あたりまでは、他人の外見について遠慮なく話していた気がするが、いつの頃からか触れることを避けるようになっていた。男子寮なので気になる女生徒やアイドルの話題が絶えることはないが、よほど気心の知れた間柄でなければ、露骨な表現は避けることが多い。

そもそも雪田を地味だと思ったことはない。

「色々教えてもらったよ。カナタの件で連絡が入って、途中で帰ることになったんだけど」

「すまんかったや、せっかくのチャンスを」

ユウキが、心底申し訳なさそうに肩をすくめるのが面白い。

「何もないって。だいたい梓も一緒だったし」

「なんか。あれが付いてったわけか」ユウキが拍子抜けしたように言うと、宏一も「なんだ」と笑って、この話題への関心を失ったようだった。前にもあったことだが、屈託なく寮に出入りしている梓が仲介していると聞くと、寮生のがっついたところが薄まっていく。

「掃除終わったら集まろうか。驚くよ、絶対」

＊

「すげえな」

真っ先にＶＲゴーグルを外したユウキがため息をついた。

「おいマモル、本気でビヨンドに出ようと思ってんのかよ。こんなのに混ざって、勝ち目なんかあるのか？」

宏一がＶＲゴーグルを額にはねあげた。ナオキはグラスをつけたまま言った。

「そうだな。この村の３Ｄ、フォトグラメトリっぽいけど、普通に売ってるゲームよりよくできてるぞ」

マモルは頷いた。

「確かにね。でも、うちだって捨てたもんじゃないよ。違うかな」

「まあね」とナオキ。「人海戦術が使えるようなチームはそうそうないからな。でも、何やってもテーマで負けそうだ」

宏一も眉をひそめた。

「それだ。虐殺なんて強烈なテーマに勝てるわけないだろ。あんなの卑怯だよ、勝てっこねえじゃん。俺らに何ができるよ。桜島がどっかーんじゃあ、笑いものになるだけだぞ」

ネガティブな表情を丸めようとしないあたり腹は立つが、話し合いになるのはありがたい。

「このプレゼンは特別よくできたものだからさ。傾向と対策は俺らの得意分野じゃないか」

「マモルは違うだろう！」ユウキが手を打ち鳴らして笑い声をあげる。「中間期末、全然準備しとらんがなあ。せめて二十位以内に入ってからどぉ」

そうかもしれないけど、とマモルは答えて別の作品を開いた。インドネシアの言語多様性に関するプレゼンテーションだ。

しばらく見入っていると、ナオキが両手をあげた。

「無理ー！」

「簡単に見えるけどや」とユウキ。宏一も「俺《おい》も、こいならでくっち思う」と口を揃えた。

しかしナオキは言葉と同時に飛び出してくる色とりどりの羽を指差して言った。

「羽の色をよく見てよ。言語ごとに色が違うだろ」

「言語検出は、グーグルにライブラリがあるだろ」と宏一。公共事業に使われることも多いグーグルやアマゾン、マイクロソフトなどは、言語や植物相、地理を扱うツールを無料で公開している。

しかしナオキは首を振って、ＶＲゴーグルを額に撥ね上げた。

「絶滅間近の言語は、グーグルもサポートしてない。それを自分たちで作ってんだよ。ほら、今、リーダーが言ったろ。今回収集した三十二言語の判定ＡＩと辞書は自由にお使いいただけますって」

ナオキはＶＲゴーグルをテーブルに置いた。

「技術は本物だし、テーマも重い。VR甲子園とは雲泥の差だな。正直に言うよ、俺らには手が出せない」

マモルはユウキと宏一からグラスを受け取って、昨日帰りながら考えていた誘い文句を口にした。

「じゃあ、ビヨンドを目標に作って、難しそうだったらVR甲子園に切り替えてもいいんじゃないかな。テーマはどっちもSDGs関係だから、両方に出場できるかも」

「そやあかんやろ（それはダメだろ）」即座に宏一が首を横に振る。「VR甲子園のエントリーシートには、確か未発表作品に限るってのがあっど」

「でもビヨンドが後だから――」

「だからあ、ビヨンドにも同じ条項があるんじゃねえの、って言いたいわけよ。普通、どんなコンテストにも未発表に限るって項目ぐらいあるだろ。マモル、お前ビヨンドのエントリーシート、読んでないの？」

「いや、まだ……」

宏一は、プレゼンテーションのクレジットが流れているノートPCを顎で指した。

「スケジュールは？　VR甲子園の参加登録締切は二月二十八日。ビヨンドはいつまでにエントリーすっと？」

「それは……」

「参加費は？」

「無料だよ……だと思う」

「なんもわかっとらんがな。参加登録から英語やっどが。マモルはこがん、すらすら読むっとか？」

「まさか」マモルはかぶりを振る。「俺の成績知ってるだろ。でも、寮には英語得意な人は多いじゃん。部屋の安永にも頼めるし」

「無茶言うなよマモル。いくらネイティブでん、あれの英語は中学生止《ど》まいやっど。お前《わい》は中学の時にVR甲子園の出場申請書をスラスラ読めたか？」

マモルは返答に詰まってしまった。確かに、ビヨンドの情報は全て英語だ。宏一が指摘した、契約書や応募エントリーなどは一度読めばいいが、3Dモデリングの方法やサーバーへのアクセス手段のような技術文書は、作業が進むたびに新たなものを読まなければならない。

中心メンバーならまだしも、繰り返し作業を担当する他の寮生たちに同じことは求められない。

宏一が見放すように言った。

「俺は、こんなんようやらんど（そんなことやらんよ）」

肩を落としたマモルが「そうか」と言いかけると、ユウキが首をぽきりと鳴らしながら言った。

「英語は心配すんな。わんが英語班を作っど」

「ほんとに？」

「英語なら受験勉強の足しになるからや」

「ユウキ……」

宏一がすがるような顔でユウキを振り返る。自分と一緒になってビヨンドに反対してくれると期待していたのだろう。マモルも、まさかユウキが手助けまでしてくれるとは思っていなかった。

ユウキは、ビヨンドのWebサイトが映し出されている画面をじっと見たまま続けた。

「わんは3Dモデリングとかプログラミングとか手伝えんからや。英語はお前らよっかマシだし、テーマがSDGsなら勉強の足しにもなる」

「それだけじゃない」と、ナオキが口を挟む。「ビヨンドのサイトで読むのは、ほとんど契約書と技術書だ。論理国語の実習にもなる」

「それもか！」

ユウキは指を鳴らした。マモルの代から変わる受験国語の選択科目は悩みの種なのだ。

今の三年生は現代文A・Bと古典A・Bの四つの国語科目を履修して大学入試に挑んでいるが、理系学科の二次試験に国語を出す大学は少ないので、多くの寮生は共通テスト対策しかやっていない。

しかしマモルたちが受験する来年度からは、新たな選択科目の「論理国語」を受験科目に組み込むことを表明する大学が続々と現れているのだ。

ひとしきり論理国語の話で盛り上がった後で、ナオキが画面を見直してぼそりと言った。

「優秀作、上手すぎるな」

「そりゃ優秀作だからじゃないの」

「そういうレベルじゃなくてさ、ちょっとプロっぽすぎるんだよ」

ナオキはVRゴーグルを掛け直すと、ついてこいというふうに人差し指を立てた。

「画面で俺のアバターをモニタリングしててよ。さっきの村を歩き回ってみるから」

ディスプレイの中央には、ナオキが操っている赤い標準アバターが映し出されていた。ナオキがキーボードを叩くと、アバターはマモルたちに手を振って建物の壁に向かって歩いていった。

ナオキは、土壁の表面が剝がれて、レンガが見えているところまで歩いて、壁に顔を押し付けた。

「宏一、ついてきて」

宏一がキーボードに手を伸ばしてカメラを動かすと、ナオキが壁際でアバターをしゃがませた。

「足元までカメラ下げて」

ナオキは手前に迫《せ》り出してくる壁に思い切り近づいた。つま先は壁にめり込んでしまったが、途中で止まる。宏一がふうんと頷いた。

「なるほど、見えてる壁とは衝突しないのか」

「そう。衝突判定に使ってるのは、ポリゴン数をグッと抑えた専用の壁なんだよ。こういうところがなんかプロっぽいんだよな」

アバターを立たせたナオキは、壁と地面の隙間や、樹木の根元などを確かめていく。

「これは、外部の人間が書いてるんじゃないかな」

マモルはふと思いついた。

「カナタに探させてみるよ」

宏一が膝を打つ。

「インチキにはインチキか！」

マモルは宏一を睨んだ。

「そういう言い方、やめろよ」

反論しようとした宏一は、マモルの強い視線に気圧《けお》されたように頷いた。

「わかった」

Ⅳ　二つのチーム

体育大会を控えた九月の二週目、開け放した窓からは途切れ途切れに古めかしい合唱曲が聞こえてきた。一年生は体育大会で組体操とフォークダンスをまぜた創作ダンスを踊るのだが、そのBGMがトレロカモミロだ。高校創立以来変わっていない伝統の振り付けという触れ込みだが、寮監の佐々木によると二十年前よりもステップが増えてダイナミックになっているらしい。

マモルにもわかる変化もあった。歌詞で高らかに歌い上げる「男の中の男」の部分は一瞬だけ音が消えて「男」が聞き取れないように加工されている。佐々木も驚いたと言っているので、彼が卒業してから戻ってくるまでの二十年間のどこかで抗議があったのだろう。

校庭に首を伸ばすと、フェンスの向こうに聳《そび》える桜島の火口から噴煙が湧き起こるところだった。

洗濯物！

と、反応してしまったマモルは苦笑いした。火山灰から洗濯物を守るのは一年生の仕事だ。二年生の二学期になっているのにまだ立ち上がりそうになってしまうのだから、習慣というものは侮れない。

噴煙が丸いボールのような形にまとまったところで、噴火の音が届いて、窓が震えた。

クラスの面々も黒板から窓に顔を向けたが、ほとんどの生徒は板書の書写に戻ってしまった。桜島のお膝元で育った普通科の生徒にとって、噴火は全く珍しいものではないのだろう。窓の外を確かめているのはマモルと同じ理数科の生徒ばかりだった。

噴煙が大きくなっていくのを見ていると、教壇で担任の原口《はらぐち》が手を叩いた。

「倉田くん、寮生は桜島がそがん珍しかね」

「いえ」

「そんなら答えてもらおうかね。ＳＤＧｓチャレンジに行っど。倉田くん、こいは何番か？」

原口は板書した「住み続けられるまちづくりを」を拳の裏で叩いた。

「十一番です」

即答に原口が目を丸くする。今まで落ちこぼれ気味だったマモルだが、ビヨンド用のシナリオを考えているおかげで、ＳＤＧｓの十七の目標は全て暗記してしまったのだ。

「心入れ替えよったか。目標文は？」

「包括的で安全かつ強靭で持続可能な都市及び人間居住を実現する、です。強靭、の後ろに〝レジリエント〟とカッコ書きします」

日本の役所は「レジリエント」の訳語に自信がないらしいことがわかる。帰国子女の安永に聞いてみたら「粘り強い、とかですかね」ということだった。

「やーっと公民やる気にないよったか。今のは外務省版やな」

「外務省版？」

原口は自慢げな笑い声を漏らすと黒板に向かい、マモルが暗唱した文章を書くと、さらに一行付け足した。

包括的で安全かつ強靭（レジリエント）で持続可能な都市及び人間居住を実現する。

都市と人間の居住地を包摂的、安全、レジリエントかつ持続可能にする。

チョークを置いた原口は、手から粉を払い落とした。

「前の方は、倉田くんも読んだ外務省の使っとう目標文や。やっどん、企業サイトとか自治体では後に書いた方を使うことも多か。こっちは、外務省が二〇一九年ぐらいまで使っていたやつなんやけどな」

雑学が始まった気配に教室の空気がだらけていくが、それを見越していたらしい原口はにやりと笑った。

「二文とも中間試験に出すので、両方、句読点まで含めて覚えること」

一斉にあがる不満の声を、原口は手を叩いて黙らせた。

「お前《わいら》たちんためなんやぞ、って言うとＤＶ男みたいで嫌だがな。昨年はお前らも受験する九州の私大が古い版で穴埋め問題を出した。気をつけなきゃいけないのは、これ」

原口は「包摂的」という単語を赤いチョークで囲んだ。

「古いバージョンでは包摂的になってるから、間違えんなよ。最近の受験は、考えさせる問題が増えとるが、ＳＤＧｓは暗記するだけで点が取れる」

教壇から指示棒を取り上げた原口は、手のひらを棒で叩きながら、マモルの座っている最後尾まで歩いてきた。

「地頭がなくても、暗記で二十点、句読点まで間違えずに書けば三十五点取れる。英語版も一緒に覚えておくとよかど。記述問題でどうしても答えがわからなかったら、関係しそうなＳＤＧｓの目標を丸ごと書いてしまえ。何点かはもらえる」

振り返った生徒たちは、思わず噴き出した。

「冗談でもなんでもないんだぞ。ＳＤＧｓは国際社会の共通目標だからな。シェークスピアやマルクスよりも点が取れる」

黒板まで戻った原口は最後に一行付け足した。

Make cities and human settlements inclusive, safe, resilient and sustainable.

うへえ、と音《ね》をあげるような声があがったが、原口は声を上げた生徒に言った。

「英語の方も試験に出そうか」

「いや、先生……」

「冗談だよ。覚えといて損はないぞ」

マモルは初めて目にする二行目と英語をノートに書き写し、マーカーで「包括」と「包摂」の両方を囲った。試験はともかくとして、ビヨンドのシナリオを考える足しになるかもしれない。

書き終えたところで、尻ポケットに入れたスマートフォンが震えた。

ロッカーのない南郷高校ではスマートフォンの携帯は禁止されていない。もちろん授業中に触っていいわけではないが、緊急性の高い連絡が来ることもある。
原口は寮生の多い理数科の担任を二年も務めているだけあって、通知をチラ見するぐらいは容認してくれる。
マモルはスマートフォンを出すと、ロック画面を横目で確かめた。メッセージの通知だ。相手はカナタだった。

カナタ　：今いい？

マモルはため息をついた。返事があろうがなかろうがメッセージを送り続けるカナタを無視していると、通知が鳴り続けてしまう。マモルは教科書の陰にスマートフォンを滑らせて返信を打った。

マモル　：授業中、現代社会。
カナタ　：げっ！　マモルってハラグーの授業受けてんの？　俺はいま寮に戻ってるよ。

サボりか。頭に血が昇ったが、マモルは机の両脇をグッと握って堪《こら》えた。授業中でなければ声をあげていたことだろう。

マモル　：ズル休みはやめろよ。教室に戻れ。

カナタ　…ズルなのかなあ。
マモル　…いいから学校に戻って。
カナタ　…世界史捨ててるからいいんだよ。あ、いまは３１１号室に来てる。

マモルは「戻れ」と入力するのを諦めた。三限の授業が始まってから既に三十分が過ぎている。今になってから教室に戻っても授業を休んだ事実は変わらないだろう。それに、３１１号室は二年生のＩＴオタクがＰＣを持ち込んでいる遊び場で、三年生は滅多にやってこない。

マモル　…四限には戻れよ。なんの用？
カナタ　…ビヨンドの件見つけたよ。この間マモルが頼んできたやつ。例の虐殺プレゼンの作り方の件。
マモル　…詳しく、手短に。
カナタ　…それってなんか矛盾してないか？
マモル　…やっぱり、話は後でいい？
カナタ　…だめ、今聞いて。すごい秘密を見つけたんだから。これは運営も気付いてないはずだよ。俺、驚いたもん。こんな手があったんだって。ちょっと待って、ナオキも呼ぶから。
マモル　…呼ぶなよ。

――ナオキがチャットに加わりました。

マモル　：何やってんの。
ナオキ　：俺、日本史捨ててるから。
マモルは今度こそ額を机に押し当てた。風紀委員が授業中にチャットしているようでは立つ瀬がない。
ナオキ　：でも、手短に頼むぞ。マモルはハラグーの授業だろ？　俺はちゃんと授業に出て、席についてる。カナタは次の数Ⅱ、必ず教室に戻れよ。二年からサボってっと、とめどなくなるど。
カナタ　：わかったわかった。
呆れたことに、ナオキは授業中にキーボードを使っているらしい。そうでなければ、短時間でこれだけのテキストは入力できない。
日本史を教えている花巻先生は、一度定年で学校を離れた老齢の女性教師だ。「冷戦後なんて歴史でもなんでもないんですよ。ぜーんぶ見てきましたからね」という口癖がマモルのところにも届く彼女の授業は、自習に内職、居眠り、そしてスマホやPCいじりが横行しているという。
ナオキ　：で、何よ？　〉カナタ　なに見つけたのよ。
カナタ　：優秀作の開発者が、外部に発注してるのを見つけた。

マモル　：そんなのありかよ！

カナタ　：ひどいよな。虐殺のやつなんて、ほとんど自分たちで作ってないぞ。ビヨンドのコードも３Ｄも、ＶＦＸ系のエフェクトもマーケットプレイスで外注してるんだよ。

話題に振り落とされそうになったマモルは口を挟むことにした。マーケットプレイスの意味ぐらいぼんやりとはわかるが、説明してもらう方がいい。

幸いなことに二人は説明好きだ。

マモル　：マーケットプレイス？

ナオキ　：そうそう。３Ｄ形状とかプログラムの素材とか、ゲームのテンプレートとかを、開発者たちが交換するコミュニティだよ。ビヨンドの開発ツールや公式テンプレート、アップデータも、マーケットプレイスの商品の形で配布してる。

カナタ　：〈ギットハブ〉みたいな感じだよね。（ギットハブ：ソフトウェアのソースコードを公開し、共同作業を行うための世界的な開発者コミュニティ）

ナオキ　：カナタさあ、お前のセンス疑うよ。〈ギットハブ〉とマーケットプレイス、全然違うじゃない。マーケットプレイスは有償のお店だよ。

カナタ　：マーケットプレイスは店じゃない。自分に値段つけて、仕事の募集もできるし、オークションだってできるじゃんよ。

ナオキ　：そんな機能が〈ギットハブ〉のどこにあるんだよ！

ナオキが送ってきたURLを「後で読む」に保存している間にも、カナタとナオキは互いの認識に突っ込み合う形で、チャットを続けていく。おかげでビヨンドのマーケットプレイスの立ち位置がはっきりわかってきた。

3Dやプログラムの部品を売り買いする市場の機能のほかにも、仕事の募集や依頼をすることができるらしい。募集や依頼はメッセージのやり取りでも行えるが、オークション形式を使うことが多いらしい。

例えばホラーゲームを作っている会社やサークルは「ホラーVRで使える、不気味な木のドア。十ドルからオークション開始」という要望を出す。カナタが教えてくれたドアの例では三十人ほどの開発者が、自分で作ったり、AIに作らせたりしたドアの3Dファイルをアップして、値段をつけていた。

頼んだ方は値段と出来上がりを見比べて、気に入ったものに支払ってファイルを手に入れる。選に漏れたファイルは、発注者に提示した額の十分の一ぐらいに値段を下げて売りに出すという流れらしい。

カナタ　：ナオキ詳しいなあ！
ナオキ　：当たり前だよ。VR甲子園の素材をここで買おうと思って、アカウントもとってあるんだから。

カナタ　：マジで？　クレジットカードが要るだろ。使っていい？
ナオキ　：お前が俺のアカウントを？　絶対やだ。その前に外注の話だよ。ビヨンドチャレンジの優秀者がここで発注してたんだって？

ようやく話が戻ってきたらしい。マモルは、原口が板書を始めたのを見計らって書き込んだ。

マモル　：そこを聞かせて。簡潔に。
カナタ　：わかったー、ってもそんなに長い話じゃないよ。マモルが教えてくれた優秀者のプレゼン素材が、マーケットプレイスで発注されてたのを見つけたってだけ。AIで言語を分解するライブラリとか、グラフィックを飛び出させるしかけとか、虐殺のあった街をフォトグラメトリにする作業とかさ。単純なんだけど、受注してるのは完璧にプロばっか。ちょっとこれ見てみなよ。

カナタがいくつかURLを投げると、見覚えのあるウェブサイトの画面キャプチャーがチャット欄に現れた。内容はカナタの言った通り、虐殺のあった街の実写映像から3Dデータを作ってほしい、という依頼だ。
見間違えようもない。あの、虐殺のあった村だ。
八つのアカウントが、サンプルを投稿しているようだった。

ナオキ　：間違いなくあの作品の村だな。応募作のコードを見たけど、間違いないな。プロの仕事だ。例外処理やってるし検証用のテストコードも入ってる。
カナタ　：だろー？　でもさ、ナオキ。ビヨンドって外注していいんだっけ？
ナオキ　：だめだろ。

マモルは、安永とユウキに翻訳してもらった募集要項をスマートフォンで開いて、目を疑った。第三者《サードパーティー》による開発の寄与、という条項が用意されていたのだ。

マモル　：ごめん、外注はありみたい。クレジット書けってことになってるけど。
カナタ　：マジかあ！
ナオキ　：ほんとに？　そんなことしたら金持ちに勝てないだろ。

カナタは目玉の飛び出したドクロを、ナオキはコタツをひっくり返すネットミームのステッカーをチャットに貼り付けた。

マモル　：もちろん制限がある。後で教える。
ナオキ　：今読んでる。確かに、全部自分で作る必要はないんだな。自己出資はチームあたり1000ドルまで。
カナタ　：早いな。ナオキって英語読めるのか。

ナオキ　：こんぐらい読め。それよりさっきの村の３Ｄデータさ、例のチームが支払った一回目の取引、２０００ドルだぞ。制限超えてるじゃん。
マモル　：ビヨンド登録チームが稼いだ金は制限なく使えるらしい。
ナオキ　：稼ぐ？　チームで稼ぐ？
マモル　：和訳したドキュメント送っとく。今朝上がった最新版だ。

ユウキのチームと安永が手分けして和訳しているビヨンドの参加概要は、全県部長会議で配られたＶＲ甲子園の資料とはまるで違っていた。

まず違うのがファイル形式だ。通信広告社が配っているＶＲ甲子園参加手引きは、印刷物をスキャンした七十ページほどのＰＤＦだった。検索ができるのと、途中で書き換わらないのだけはありがたい。

対するビヨンドの参加概要は〈ギットハブ〉にアップロードされた開発プロジェクトだった。サンプルファイルはその場で動くし、いくつかの項目は字幕付きの映像で提供されている。蒼空寮のチームはまだやっていないが、翻訳したファイルを反映要求《プルリクエスト》すると、ビヨンドに送るローカライズ版として取り入れてくれるらしい。ビヨンドの〈ギットハブ〉には、中国語やスペイン語版の参加概要が用意されている。

形式の違いもさることながら、ルールも全く異なるものだった。

低スペックのコンピューターで動作させるための３Ｄ作成ルールが大部分を占めるＶＲ甲子園の参加手引きと違い、ビヨンドチャレンジには３Ｄの制限は書かれていなかった。ビヨンドＶＲ

のシステムで動けばいい、という程度だ。

何より大きな違いが、会計に対する取り決めだった。

VR甲子園側の資料には、資金について全く書かれていなかった。「社会に受け入れられる作品になることを祈念いたします」という一文だけだ。高校生らしい常識の範囲で、ということだろう。

一方のビヨンドチャレンジでは、米国のNPO法人に準拠した帳簿が要求されていた。ナオキが見つけたように初期資本は千ドルに制限されていて、メンバーとスタッフは、出資を受けてはならない決まりになっていた。

富裕層の作るチームでも、初期資本以上はチームの事業で稼ぐか、利害関係のない第三者からの寄付を受けなければならないというルールだ。

マモル　：難しく考えなくていいよ。俺らには稼ぐ方法なんてないし。
カナタ　：そうでもない。思いついた。
ナオキ　：やめろ。

ナオキが光の速さで反応する。

カナタ　：話を聞けよお。クリプトトークン発行するだけだよ。
ナオキ　：ビットコインで懲りたと思ってたけど、今度はNFTか。お前の思いつきに振り回されるのは懲り懲りだ。カナタは必ず次の時間、戻ってこいよ。
カナタ　…だから話を聞けってば。今でもさ、VRのテク使って小遣い稼ぎしてる寮生いるじゃん。そいつらの受注窓口をビヨンドのマーケットプレイスに開いて、クリプトトークンで支払ってもらうんだよ。
ナオキ　…お前と、仮想通貨の話は、しない。
カナタ　…いやいや、待ってよ。蒼空寮のトークンあったっていいじゃないかよ。はじめはタダみたいな価格でいいんだよ。それから、流通量を見ながら、発行する量を調整するんだよ。怪しいことしなくたって、二、三割ぐらい成長するはずだからさ――

クリプトトークンのことを調べようとしてスマートフォンにかがみ込むと、原口の声が飛んだ。

「倉田くん、もういいかな」

「はいっ」

マモルはスマートフォンの上に教科書を重ねながら、カナタが言ったことを理解しようとした。寮生がバラバラにやっているIT系の小遣い稼ぎを一つにまとめれば、かなりのボリュームになるだろう。

ITがそれほど得意でないマモルでも、データをまとめたり、アンケートフォームの入力をやったりして月に千円ぐらいは稼ぐのだ。多くの寮生が取り組んでいるVR関係に絞ってビヨンドで受注し、一割でも五パーセントでも管理費を取れば、ビヨンドで使うエフェクトや3Dモデルを発注する金額に手が届く。
マモルは、教科書の下にあるスマートフォンに書き込んだ。

マモル：調べといて。
ナオキ：やっぱだめだ。やめやめ。
カナタ：なんでだよ！
ナオキ：寮生は営利活動をしてはならない。
マモル：ビヨンドはＮＰＯ会計だ。非営利になる。
ナオキ：ちょっ、マモル、それありかあ？
カナタ：ありだな！　すげえアクロバット。さすがは寮長だ。
ナオキ：寮長は関係ないだろ。ただ、やるならトークンの名前を決めなきゃな。
カナタ：ビヨンドコイン。
ナオキ：だめだよ。商標使っちゃ。
マモル：じゃあ〈スカイコイン〉。
ナオキ：なんで？
マモル：蒼空寮だから。

マモルは声に出さずに〈スカイコイン〉と、口を動かしてみた。うん、悪くない。佐々木には了解を取っておかなければいけないだろうが、せいぜいその程度だ。

寮生たちが日常的にビヨンドのマーケットに出入りしてくれるようになれば、プロジェクトもスムーズに進むだろうし、英語やＩＴの勉強にもなるだろう。

マモルがノートに〈スカイコイン〉と書きつけると、原口の指が机をとんと叩いた。

「倉田くん、授業中のスマホはいいんだっけ？」

「……いいえ」

「はい」

原口は、手のひらをマモルに差し出した。画面をロックしたスマートフォンを、原口に渡した。

「あとで職員室まで取りに来なさい」

うなだれるふりをしてスマートフォンを手渡しながら、マモルは自分の動悸を感じていた。ビヨンドに向かう一歩めを、たったいま踏み出したのかもしれない。

＊

大荷物を抱えたマモルと安永が、雪田と待ち合わせた永興学院高等部の女子寮、グレイルハウスにたどり着いたのは十一時三十分になってからだった。

永興学院高校前の停留所を降りたのは十時十五分、正門に到着したのは十時三十分だった。

二人はそこで、取調室のような守衛室に通された。むっつりと黙った守衛の顔を眺めていると、寮監だというシスターがやってきて冷たい目で来意を問いかけた。雪田から来客があることは聞いていたらしいが、男子高校生だとは思っていなかったのだという。

二人がポケットの中身を全部みせて、安永が運んできたPCのスペックについて説明する頃には、到着してから一時間が過ぎようとしていた。昼までの時間を使ってPCの説明をしながらビヨンドのことを話そうと思っていたマモルの計画は、すっかり狂ってしまった。

いっそ昼食に誘ってビヨンドの話をしようかと思ったマモルは、ようやく解放されてグレイルハウスの来客用カフェテリアに通された時に、雪田を連れ出そうとしていた自分の考えが甘かったことに気づかされた。

「これ、手磨きですね」

安永が感心した声を漏らし、マモルは頷いた。

樹脂タイル敷きの床が蒼空寮の食堂と同じように輝いていたのだ。ワックスで拭いた時にできる筋はなかった。箒《ほうき》で表面のゴミを集めたあと薄めた洗剤を含ませた雑巾で汚れを拭い、乾いた雑巾でタイル一枚ごとに縦横二十回ずつ磨くと、こんなふうに仕上がる。

業者には頼めないやり方だから、雪田たちが床に膝をついてタイルを磨いているのだろう。よく見ると窓の脇に並ぶ古風なオイルヒーターにも、使っていないらしい暖炉にも埃《ほこり》は積もっていなかった。油で汚れやすい自動販売機の周りも綺麗なものだ。

マモルたちを案内したシスターが、内線電話で雪田を呼び出す、丁寧だが有無を言わせない口調でマモルは確信した。

蒼空寮が士官学校なら、グレイルハウスは修道院なのだ。

昼食に遅れることも許されないだろうし、予定にない外食が許されるわけもない。PCを渡したら退散するしかないだろう。

「それではどうぞ、ごゆっくり」

胸の下に手を組んだシスターが顎《あご》をくいと動かすだけの会釈を残して姿を消すと、マモルたちが入ってきたのとは反対側のドアから、前回会った時とほとんど同じ格好の雪田が現れた。クロップドジーンズと、この間とはプリントの柄が違う半袖のフーディーだ。

「倉田さん、本当にごめんなさい。まさかシスターが尋問するなんて思ってなかったから。こんなことになるなら学校の外で会えばよかった」

抱えていたタブレット型ＰＣをテーブルに置いた雪田は手を合わせて頭を下げた。

「構いませんよ」と、マモルが言いかけると「いけない」と呟いた雪田がシスターの去った方向を窺いながら十字を切った。

マモルがあっけに取られていると、安永がひざまずきながら雪田の手を取るふりをする。雪田もスカートを摘む仕草で応じ、安永の手に自分の手を差し出した。

「ごきげんよろしゅう」

雪田の手を下から包むようにした安永は、その手に口づけをするふりをしてから、シスターの方向を見て苦笑いした。

「仏教の仕草って怒られちゃうんですか」

「はい。『ここは神の家ですよ！』って、怒られます――ええと」

安永は普通に会釈した。

「倉田先輩の同部屋の安永孟子です。よろしくお願いします」

「雪田です。どこで覚えたんですか？　そのあいさつ」

「中学までいた寮です」

「ミッション系なんですか？」

「いいえ。カルヴァン・チャーチ・ハウスです」

「イギリスの学校に行ってたんですか？」

「シンガポールです。植民地だった頃からある私立の寄宿学校です。八歳の時に、父に無理矢理入れられちゃいまして」

へえ、と頷いた雪田は、メガネのツルに指を当てて安永の顔を見直した。

「ひょっとして、安永さんのお父さまって、あの……」

首をかしげた雪田が安永の顔をじっと見つめる。同じ部屋で寝起きしていると忘れてしまうことも多いが、彼の父は鹿児島県人なら誰もが知る名士だ。真っ直ぐな眉毛と二重瞼《ふたえまぶた》は父と瓜二つである。萎縮するかと思ったが、安永はいつもと変わらぬ様子で答えた。

「はい、議員をやっている安永の息子です」

「ひゅう」と雪田。「有名人の子供なんて初めてです。シンガポールは安永さんお一人で寮に入っていたんですか？」

「はい。そこそこ厳しいところでした」

マモルはつい苦笑いしてしまう。

マモルが寮長を拝命した理由は、難しいと思われていた安永に対する教育の賜物だということだった。しかし安永は、蒼空寮に入る前から寄宿舎で鍛えられてきた生粋の寮生だったのだ。

「蒼空寮の方が楽なんだそうです」とマモルが口を挟むと、安永は「そんなことないですよ」と応じて、ダッフルバッグを床に下ろす。

重々しい金属の音が聞こえると、雪田が口を押さえた。

「あ、ごめんなさい！　荷物持たせたままでした。どうぞ、このテーブル使ってくださいーーあっ！」

雪田がカフェテリアの出入り口をきっと睨む。

視線を追いかけると、雪田が入ってきた戸口から、二人の女子が首を突き出していた。手前の女の子は光を含んだ髪の毛をゆるくハーフアップにして頭の後ろで留めていたが、前から見てもわかるほど大きなリボンを揺らしていた。奥の方の子はツインテールで、こちらも洒落たリボンを結んでいる。

マモルは思わず目を奪われてしまった。身なりに関する校則の多い南郷高校でおしゃれを楽しむ女子を見ることなんてない。

「ごきげんよう」と、高い声を揃える二人に、雪田が指を突きつける。

「覗き見なんてしないでください。お客様は、パソコンのお手伝いに来てくださった南郷高校の友人と、その後輩の方です」

ツインテールを振って雪田の叱責を受け流した女子がラウンジに入ってきた。

「ビヨンド用のPC持ってきていただいたんですね。山中《やまなか》です。山中真由美《まゆみ》」

雪田が口を動かさずに言った。

「マユミ、一年生つれて部屋帰っちゃって。シスター見てるから」

「え？　まじで？」

マユミと呼びかけられたツインテールの女子は、雪田が目配せをした通路を窺うと十字を切った。

「マリア様ごめんなさい」

マモルは噴き出しそうになるのを堪えて会釈した。

「初めまして。南郷高校の倉田です。こちらは同部屋の安永さん」

マユミは雪田に頷くと、ハーフアップの女子を呼びよせた。

「改めまして。雪田さんとルームシェアしている山中です。こっちの一年生は千住《センジュ》ツカサ。チアリーダーやりながらノノちゃん手伝ってます」

マモルは並んだ二人を見比べて、手を叩いた。

「VR甲子園に出てました？」

「はい」と頷くと、二人は水盤の上で歩く振り付けを少しだけ演じてくれた。

「マユミは、振り付けやってくれたんです。ダンスがしたかったんだよね」

「今はチアリ。ダンス部がコロナでなくなっちゃってて」

時計をチラリと見たマユミは、千住と顔を見合わせると、水盤の上で見せたやり方で二人にお辞儀した。

「それではお客様、ごきげんよう！」

安永が胸に手を当ててお辞儀をすると、二人は入ってきた時と同じく甲高い声をあげて、廊下の奥に走っていった。ため息をついた雪田に、マモルは尋ねた。

「マユミさんもチームなんですか？」

「はい。今のところ、一番よく話してます」

そこで雪田のジーンズの後ろポケットから、スマートフォンの通知が鳴った。取り出して画面を見た雪田は「信じられない」と肩を落とす。

「どうしたんですか」

「ツカサ——千住さんが、安永さんの写真を撮って私に送ってきました。消させますね」

「はい、お願いします」

雪田はスマートフォンに入力しながら言った。

「同年代の男子なんてほとんど来ないから」

「そうなんですか」

雪田は、安永に謝った。

「ごめんなさいね。せっかく持ってきてもらったのに」

「構いませんよ」と答えたマモルは、安永の持ってきたダッフルバッグをテーブルに載せた。

「このテーブルで、一度組んでしまいますね」

マモルはカバンから延長用の電源コードとUSBケーブル、キーボードを出してから、エアパッキンに包んだ黒いPC本体ケースを取り出した。ミニタワー型のゲーミングPCで、正面には空気取り入れのための大きなスリットが三本、斜めに入っている。今年卒業した先輩がジャンクヤードに残していったものだ。本格的なGPUこそ入らないが、大容量の電源がついているので、つまらないトラブルに巻き込まれることも少ないだろう。

エアパッキンを外して、VR甲子園2023のステッカーが貼ってあるケースをテーブルに置くと、雪田が声をあげた。

「うわ、大きい」

「部屋に置けます？　教えてもらった机の下には余裕で入ると思うけど」

「ちょっと持ってみていいですか？　どこ持つのかな？」

「裏のへこみに指をかけて、もう一方の手で前のスリットに指を入れる」

「こんな感じですか？　あ、思ったより軽かった。これなら一人で運べます」

床にＰＣをおろした雪田は、横に椅子を置いて座った。

「そんなに大きくもなかったですね。よかった」

「ちょっと待って、その上にＧＰＵボックスを置くから。タケシ？」

「準備できてます」

安永がテーブルに置いた銀色のケースをＰＣの上に載せる。中身のＧＰＵは、昨年のマモルの部屋の三年生から譲り受けたものだ。マモルはＧＰＵケースの裏を雪田に見せると、安永やケーブルのコネクター近くに縛り付けた小さなラベルを指差した。

「ラベルに、どこに繋ぐか書いてあります。ＰＣから来たＵＳＢケーブルを右の小さなコネクターにさして、左のコネクターからＨＤＭＩでディスプレイに出力します。安永、テスト用のディスプレイ置いてみて」

「はい」

安永はバッグからポータブルディスプレイを取り出した。Ａ３用紙サイズの高解像度ディスプレイは、コロナ禍のリモートワーク推進で一気に普及した製品だ。寮にいると、こういうＰＣ関係の知識は自然と身についてしまう。

マモルはディスプレイに繋ぐケーブルを雪田に見せた。

「ＧＰＵボックスからはＨＤＭＩでつなぎます。雪田さんのディスプレイはＨＤＭＩ端子ついてますよね」

「はい。これです」

雪田がスマートフォンで見せてくれたのは、韓国製の普及型だった。高価なものではないが、ビヨンドの制作に必要な画面サイズはある。タブレット型ＰＣで作業するのとは雲泥の差になるだろう。

持ち込んだ物が全部繋がったことを確認してから電源を入れると、ファンが唸って本体の空気取り入れ口の奥が青く輝く。雪田が小さな驚きの声をあげて、マモルは電子機器に囲まれた寮の生活で、自分の常識がずれてしまっていることに気づいた。

「光るのは起動する時だけなんですけど、目障りですか？」

「いいえ。ちょっと驚いただけです」

「同じ部屋の人に、迷惑だったりしませんか？」

マモルが、イルミネーションをオフにする方法があったかどうか考えながら尋ねると、雪田は笑った。

「マユミは喜ぶと思います」

「二人部屋ですか？」

「ほんとは三人なんですけど、昨年はＶＲ甲子園で夜遅くまでパソコン使ってたから、今年はルームメイトのなり手がマユミだけになっちゃって」

「ルームメイトのなり手――？」すんなり頭に入ってこなかった言葉を繰り返したマモルは、ふと気づいた。「ルームメイトって話し合いで決めるんですか？」

「もちろん最終的に決めるのはシスターですけど、はい。自分たちで決めます」

雪田はマモルの質問の意味がわからなかったようだったが、安永を見て納得の表情を浮かべた。

「そうか、先輩後輩で同じ部屋を使うと、自分で決められないんだ」

「そうなんです。こっちは寮長と風紀委員が決めるんだ。三年生だけは同部屋の二年生の希望を出せるんだけどね」

異なる学年の寮生が一つの部屋で暮らす蒼空寮の部屋割りには、いくつも問題がある。何より深刻なのが上下関係が強すぎることだ。学習時間の過ごし方や、規律の守り方、掃除や洗濯などの生活に関わること全てに部屋の三年生が影響してくる。

グレイルハウスのようなルームメイト式にするのがベストだとは思うが、マモルの代では無理だろう。いずれそちらの方向に向かうよう、そして、せめて部屋割りがまともになるように、寮の委員を選んでいくことを心がけるしかない。

「色々だね。安永さんの、中学校の時の寄宿舎は？」

雪田の質問に安永は肩をすくめた。

「ベッドとロッカーだけの大部屋でした。部屋割りとか相性とかなかったです」

そんな話をしているうちに、PCは起動していた。マモルはディスプレイを雪田に向ける。

「立ち上がりました。PCのスペックは、CPUが一世代前のインテル製。3ギガヘルツの4コア。ストレージはＳＳＤで１テラバイト、ＲＡＭは16ギガバイトです」

「結構、すごくないですか？」

「うちの寮だと型落ちなんですけど、学習用のＰＣとはまるで違うかも。部品代は、伝えてあった通り二万円でいいです」

「ありがとうございます」

「これからも、ビヨンドの相談に乗ってくれれば」

「もちろん喜んで。私も勉強中ですよ。この間みたいに、気になったプレゼンを教えるとかで良いんですか？」

はい、と答えようとしたマモルの脳裏にふと陰るものがあった。

先日雪田から教えてもらったほとんどのビヨンドのプレゼンから、プロに外注していた形跡が見つかっているのだ。寮では「卑怯な奴らだな」という声が多数。カナタだけが「うまいことやってるな」と感心していた。いつかは雪田ともその話をしなければならないのだろうが、その件について話し合えるかどうか、マモルにはまだ確信が持てなかった。

マモルが「もちろん、それでお願いします」と伝えようとすると、雪田は外を見ていた。目隠しの街路樹を回り込んできた長髪の男子が、こちらに手を振っている。

「お客さん？」

雪田は頷いた。

「もう一人校外の人を呼んだんです。ビヨンドのことで相談したくて」

「そうなんだ。呼ぶ方が楽なの？」

「市内に出るには、面会予定表を出さなきゃいけないんですよ。相手が男子だけだと、会ったあとでシスターのインタビューがついてくるし。あ、尋問ともいうけど」

マモルは学校に赴いた方がいいと助言してくれた梓に感謝した。このハウスには、蒼空寮とは一味違う苦労がありそうだ。

「ちょうど重なるようにしたかったんだけど」

窓の向こうにいたのは、見覚えのある男子だった。くるぶしの見えるショート丈のチノパンの上には、ぶかぶかのTシャツ。その上にさらに大きめのチェックのシャツを羽織っている。足元はクラシックな黄色のプーマのレトロスニーカーだ。一つ一つのアイテムはありきたりだが、元気な印象にまとめあげるセンスは都会育ちを窺わせる。どことなく、安永にも似た雰囲気があった。

何より印象的なのが、頭の上で結んでいる茶色の長髪だった。こめかみの高さまで刈り上げたツーブロックスタイルだ。耳たぶにはピアスもふたつ輝いている。ヘアスタイルこそ以前から変わっているが、見間違えようがない。

そもそも、校則の厳しい学校が多い鹿児島では長髪の男子高校生なんてそういないのだ。

「サンローランの部長さんですね」

あちらがマモルにも手を振ったので、マモルも会釈を返す。

「はい。海発さんっていうんですけど、ご存じなんですね」

「全県部長会議で顔を見てます。でも、その程度ですよ。あの時も話しませんでしたし」

「おしゃれですね」玄関に向かう海発の後ろ姿を見送りながら安永が口にすると、雪田はにかっと笑った。「いやいや、安永さんも負けてないから」

「そうですか、ありがとうございます」

「なんだよ安永、かっこいいって自覚あったのか」

「どうですかね」安永は、ようやく伸び始めた坊主頭をかいた。「僕は、自分が好きな格好をしてるだけなんです。さっきの方は、どうなんでしょう。すごくおしゃれですけど」

何が違うのかと、今日もラフな感じにまとめている安永の服を見ていると、カフェテリアに海発が現れた。

「こんにちは、南郷高校の倉田衛です」

マモルが立ち上がって挨拶すると、安永もすぐ後ろで頭を下げる。

「こんにちは、海発祐一《ゆういち》です」

海発は頭を下げず、にこやかに名乗った。

「サンローランの部長ですよね」

「倉田さんも部長会議に出てたよね。三人で畳の部屋に並んでたっけ。ごめん、ちょっと水を買ってくる」

海発はカフェテリアの自動販売機に迷いなくスマートフォンをかざして水を買い、戻ってきた。買うものもすでに決めていたらしい。透明なボトルに白いラベルが巻いてあるそれをマモルは見たことがなかった。

「炭酸水ですか?」

「そうだよ、ゲロルシュタイナー。鹿児島だとあんまり買える場所がなくてさ。ここはドイツから来てるシスターのために買ってるんだってね」

雪田が目を丸くする。

「海発さんは、グレイルハウスに来たことがあるんですか？」

「一昨年まで、ちょくちょく来てたよ」慣れた様子で椅子に腰掛けた海発は、キャップを慎重に捻りながら言った。「前の彼女がいたから。ごめんね、この水は泡が噴き出すことがあって――ああ、よかった。今日は普通に開けられた」

派手に炭酸の音を立てるペットボトルを掲げた海発は、〈ビヨンドビルダー〉が起動しているPCに目を止めた。

「これが新しい雪田さんのマシーン？　このデモが120フレームで回るなら相当なもんだよ。アキバでパーツ買って作ってた頃に、こんなのは作れなかったからなあ。すごいすごい」

「出身は東京なんですか？」とマモルが聞くと、海発は頷いた。

「小学校までね。中学からサンローランの寮に入ってるから、東京のこともよく知らないけど」

「海発さんも寮生なんですね」

どうやら、雪田も海発のことをあまりよく知らないらしい。

「まあね。全国から集まってくるから――そういえば、倉田さんも寮なんだっけ」

「そうだよ。南郷高校の理数科は鹿児島市外からも集まってきてるからね。離島とか大隅半島とか。俺の実家も指宿だし」

「そうなんだ」興味があるのかないのか、炭酸水のキャップを閉めた海発は何気ない口調で言った。「そうだそうだ、思い出した。南郷高校の寮は厳しいんだよね」

「サンローランは違うの？」

「うちは下宿と同じだよ。個室だし、部屋の掃除も洗濯も寮母さんがやってくれる」

「集団生活じゃないんだ」

「無理だってば」

海発は顔の前で手を振った。

「だって七割が中学受験組だよ。小学生の頃から親に時間を作ってもらって塾に行ってるんだから。集団生活なんて一生やらない人が多いんじゃないかな」

「そういうもんなんだ」

海発は、安永が立ち上げた蒼空寮のデモシーンをチラリと見た。

「倉田さんとこのプレゼンはすごいよね、手のかかりようが」

「予選で落ちたけどね」

「そうだっけ。目を引いたけどな。VRゴーグルで見てたんだけど、教室の中まで作り込まれて驚いたよ。何かメッセージが入っていれば入賞したんじゃない？」

安永が手を止めてマモルを振り返った。

「僕もそう思います」

「私も驚いたよ。写真みたいだったもん」

マモルが「ありがとう」とだけ返して腰掛けると、海発が聞いてきた。

「ビヨンド、狙ってるんだって？」

「そのつもり」

海発は、わずかに声を潜めて笑った。

「大変でしょ。寮をまとめるの」

「どういうこと？」

「マッチョな寮だとさ、ＳＤＧｓに沿ったシナリオとか相談できないんじゃない？」

「どういう意味？」

「どうもこうも、言った通りの意味だよ。世界市民の綺麗事を嫌がる人だっているんじゃないかと思ってさ」

「ははっ」と噴き出した安永が慌ててマモルの顔を見る。「ごめんなさい」

思わず安永を睨んでしまったマモルだが、こんなことで嘘をついても仕方がない。頷くしかなかった。

「確かにね。この間もぶつかった。でも、意見がいろいろ出てくるのも健全だろ？」

「もちろんそうさ。多様性は何より大事だからな。で、説得できたわけ？」

マモルがかぶりを振ると、海発はテーブルに肘をついて身を乗り出してきた。

「そんな顔するなって。サンローランにもジェンダーとか温暖化とか聞くと冷静になれない奴はいるよ。永興学院にもいるでしょ？　ポリコレっぽいことを言うと嫌がる子」

意表をつかれたマモルが雪田を見ると、彼女はナイロンの矯正ブラケットに覆われた歯を見せて笑っていた。

「女の子も？」

「いるよー。女の権利は大切だけど、厳しい現実をよく見ようよ、っていう子たち」

「意外だな」

女子高では鹿児島随一の進学校である永興学院は、リベラルな校風でも知られている。放送部やディベート部の活躍は有名だ。だが、雪田は語気を強めた。

「そう？　ほんと多いよ。試験とかレポートでは百点満点のフェミニズム論が書けるのに、男の人には三歩下がってついていくって子」

「結局男の問題なんだよな。バカな女の子は嫌いだけど、口答えはされたくないってわけ。この言い分も矛盾してるけど、雪田さんが言ったような子は、自分からそうなっちゃっているからな」

海発は一旦そこで言葉を切ると、炭酸水を一口飲んだ。

「確かに、内心でどう思ってても、口ではカッコつけた方が楽かもな」

「カッコつけでも良いんじゃない？」雪田が言った。「だって人が何考えてるかなんてわからないし。こうやって話してたって、そうでしょ？」

まあそうだ、と海発は頷いた。

「ビヨンドチャレンジは、言ったもん勝ちのところがあるからな。手段は問わない感じ」

「そうなの？」と尋ねるマモルに、海発は耳打ちをするような仕草をした。

「プログラムとか3Dのデータ、外注したって良いんだぜ」

「それ、この間気づいたよ。優秀作もかなり外注してるよね」

「なーんだ」

拍子抜けしたらしい海発は、背もたれに体を預けて、意地悪そうな顔を作った。

「じゃあ、これ知ってるか？　二年か三年前に、虐殺された村のプレゼンやったチームがあるんだけど」

「見たよ。雪田さんに教えてもらった」

「アフリカのチームでしょ？」と補足してくれた雪田に、海発は手を合わせた。

「言いにくいんだけど、いい？」

雪田は肩をすくめる。

「そこまで言ったんなら、全部言って欲しいな」

「それもそうか。あのチームの主要メンバー、全員アメリカに住んでるんだよ」

「え？」

雪田が口を覆うと、海発は語り始めた。

七人の主要メンバーのうち三人はアメリカ生まれのアメリカ人で、二人はメキシコからの移民ということだった。残りの二人が虐殺のあった国で生まれているが、あの村の出身は一人だけ。まるで全員が虐殺を目撃したかのようなプレゼンだったが、家族が殺されたのはたった一人しかいない。

アメリカ人の三人は富裕層で、移民のための英語教室でボランティアをしながら、強烈なストーリーを持っている同世代の人たちを探したのだという。そうして、七人のチームメンバーが集まった。

海発は「出自を利用したようなもんだ」とまとめた。

言葉をなくした雪田に、海発は続けた。

「でも、あのプレゼンが名作だってことは変わらない。内心でどんな切実さを抱えてるかなんて、誰にも見えないからね。口にしたことが中身になるんだろうなあ」

「……わかるけど、私は私の中から出てきたものを見せたいな」

もちろんそれに越したことはない、と海発は軽く言って、それからマモルに顔を向けた。

「マモルさんたち、面白いことはじめたね」

海発は名前で呼ぶことにしたらしい。

「なに？」

「しらばっくれちゃって。〈スカイコイン〉だよ」

「知ってるの？」

「結構な話題だよ。発行元が日本だったから調べたら、カゴシマ・ナンゴウハイスクールチームだもん。うちのチームでも話題だよ」

「なんの話？」

ＰＣから離れた雪田がこちらに体を向けた。

「マモルさんたち、仮想通貨を発行してるんだよ」

「仮想通貨って、ビットコインみたいなのですよね。自分で発行できるんですか？」

「僕らのは、もっと簡単だよ」とマモル。「仕事を頼みたい人にトークンを買ってもらって、それで支払ってもらう仕組み。使われれば価値が出るはずだから、試しにやってみることにしたんだ。僕らも積極的に使ってるんだけど、一コイン五十円ぐらいで使えるところまできたよ」

発行を決めてから今まで二週間。〈スカイコイン〉の発行枚数は千枚に達していた。販売額は合計で三万円ほどになっている。この調子で利用者が増えていくと、ビヨンドやＶＲ甲子園の開発がピークを迎える三月ごろには蒼空寮が保有する〈スカイコイン〉の総額が五十万円を超えるだろう。それだけあれば、プロジェクトの隙間を埋めるようなプログラムや、自分たちでは作れない３Ｄ形状を発注することができる。

海発はマモルと、セットアップを続けている安永を眺めた。

「ほんと悔しいよなあ、先越されたなあ」

「大したことじゃないよ」

「何言ってるんだよ！」

海発は、両方の掌を天井に向けて肩をすくめてみせた。

「大成功だろ？　だって、実際に使ってるんだぜ。うちのリーダーのナカタも〈スカイコイン〉は面白いって言ってた」

「あれ？　海発さんが部長じゃないの？」

「あ、そうか。言ってなかったっけ。サンローランのＶＲ部は、こないだの全県部長会議のあと解散したんだよ。脳筋のＶＲ甲子園に付き合うのはアホらしいからね。ＶＲを続けたい人は他校のメンバーと一緒にビヨンドを狙ってる。俺みたいにね」

「ナカタさんは、どこの高校なんですか」

「高校生じゃないよ。先月からスタンフォードに通ってる。日系四世だよ」

「大学生？　サンフランシスコの？」

「大学生の参加者、珍しくないんだぜ。来年の六月に十八歳以下なら誰でも出場できるからね」

サンローランのＶＲ部を解散した後、海発はビヨンドの有力チームに売り込みを続けていたらしい。そこで見つけたのが日系人を中心にして作られた、ナカタのチームだという。しかしなあ、と海発は再びぼやいた。

「まさか鹿児島から、世界のマーケットで使われる仮想通貨が出るなんて、思ってもいなかったよ」

その時マモルは、海発がこちらを見ていないことが少し気になった。

不安が現実のものになったのは、一ヶ月後のことだった。

＊

高校から蒼空寮に入り、中庭を通り抜けた先に、コンクリートのブロック塀に囲まれた小さな住宅が建っている。佐々木が寝起きする寮監用の職員住宅だ。

住宅は、夏の間に葉を広げた背の高いススキに包まれていた。マモルたちは藪を払うと申し出ていたのだが、佐々木は、涼しいからこのままでいいと断ったのだ。確かに青々と茂る葉は涼やかだった。

だが、十月も半ばに差し掛かった今、枯れ葉の目立つススキが古い住宅を取り囲んでいる様は気持ちのいいものではない。

住宅の前に停めてある電気自動車は、何度か降った火山灰を洗い落とさなかったせいで、昭和時代の車だと言われても納得してしまうほど古ぼけている。マモルと、風紀委員のユウキにナオキ、そして宏一の四人は、ブロック塀の隙間を使った門を塞ぐように駐車してある電気自動車に触れないよう、一列になって慎重に通り過ぎた。ガラス質の火山灰で自動車のボディをこすってしまうと、白く残る傷がついてしまうのだ。
四人が玄関ドアの前に揃うと、マモルはタブレットの画面を確かめてため息をついた。

「行っど」と、宏一が声をかける。

頷いたマモルは白く粉を吹いたアルミ張りのドアをノックした。

「佐々木先生、失礼します」

ガラン、と何かの転がる音が室内から響いてドアが開くと、強いタバコの匂いと一緒に、ボサボサの髪の毛の佐々木が顔を出した。ハーフのスウェットパンツとTシャツの上にどてらを羽織る姿からは季節感というものがまるで感じられない。

「なんだマモルか。どうした?」

マモルは、タブレットを差し出した。

「先月発行した〈スカイコイン〉が大変なことになってしまいました。それで、相談に伺いました」

タブレットを受け取った佐々木は口をぽかんと開ける。下唇に張り付いたタバコが垂れ下がるのを慎重につまんで、灰皿に置いた。もともと血色のよくない頬からみるみるうちに赤みが消えて、絵の具を塗ったような黄土色に変わっていく。

「これ、縦軸はドル……か?」

つぶやいた声が、エアコンとコンピューターの排気音で満たされている部屋の中で奇妙に大きく響いた。

マモルが頷くと、佐々木はタバコをもみ消しながら唸った。

「今日の正午に、〈スカイコイン〉の総額が二百八十万ドルに達したってことか。いつからかわかるか」

「昨夜は総額一千ドルぐらいでした」

「その前は？」

「おとといですか？　やっぱり一千ドルです。コインの発行総数は四千八百ぐらいです」

「ってことは、一コインあたり六百……いや、もう少し少ないか」

「五百八十三ドルです」

ナオキが補足する。話の展開が読めているのか、高校生が持つには大きすぎる金額の話をいなすように、佐々木は肩をすくめた。

「お前ら大金持ちじゃないか。マモルはいくつ持ってる？」

「十二コインです。寮生はあんまり持たないので」

佐々木は、戸口の前にいる四人を見渡した。

「誰か、売ってみたやつはいないのか？」

「やってみました」宏一が手をあげた。「値上がりに気づいたところで、手持ちの百コインを売りました」

「六百万円超えか」佐々木が口笛を吹くまねをした。「いい奨学金がわりになるな。俺も一コインが四円の時に買っときゃよかったよ。で、買えたか？」

宏一が首を横に振る。

「指値は七百万円って出よったんですが、円を購入するボタン押したら四十円にないよりました(四十円になっちゃいました)」

「やっぱりそうかあ」

佐々木が笑うと、宏一が色をなす。

「笑い事じゃなかですよ」

「まあまあ」と言いながら、佐々木はタブレットの画面をいじり回す。「お前たちさ、このグラフで値動き見てたのか?」

「……はい」

宏一が不安げに答えると、佐々木がタブレットを掲げた。先ほどまで折れ線グラフで描かれていた〈スカイコイン〉の値動きに、ローソク足が足されている。十分ごとに更新されているらしいグラフは、乱高下を繰り返しながら現在の価格まで上り詰めていた。

画面には、太い線の上下に細い線が長く伸びている。

「こいつの読み方は、わかるか?」

「いえ、よくは……」

佐々木はチャートの一部を拡大するとマモルの顔を見た。

「倉田くんの選択科目だよね。説明してあげて」

「はい、これはローソク足というグラフの形式で、株価とか、為替に使うんだ」

説明しながら、マモルは不思議な気分になった。受験では不人気科目だが、実社会では役に立つのかもしれない。

「ローソクの高さが値段の幅を示していて、色にも意味がある。赤は、価格が上がっているときに使う。太い部分が胴体で、上端が終値で下端が始値。価格が下がってる時に使う青だと上下の意味が逆になる」

「たまにはマモルも役に立つやあ」

ユウキが感心したような声をあげると、佐々木はチャートを縮小して一日分の値動きを表示させた。

「俯瞰してみよう。おかしいのがわかるかな」

マモルはチャートの異様さにようやく気づいた。値幅を示す胴体がいつも同じ高さなのだ。背中をざわりと鳥肌が走る。

「このチャート、昨日の夕方から一定の値幅で上がり続けてます。こんなことがあるんですか」

「珍しいよね。他には？」

マモルはローソク足の胴体から上下に伸びるヒゲが画面からはみ出ていることに気づいた。

「値動きが大きすぎるのかな――ちょっと待ってください」

グラフのY軸を下にドラッグしてスケールを小さくしていくが、高値側を示すヒゲがなかなか画面に入りきらない。思い切り指を滑らせると、ようやくヒゲの先端が画面に入ってきた。

画面をナオキが覗き込む。

「高値側は、一万ドルだ」

「一コインで百五十万円か！」とユウキ。宏一も慌てて画面を指さした。

「気色かっ（気持ちわるっ）！　みろよ、高値が全部、ぴしゃーっと一万ドルで揃っとらあよ（高値が全部、計ったように一万ドルで揃ってるじゃないか）」

「なんですか？　これ」

「HFT、高頻度取引だ」

馴染みのない言葉にマモルたちが顔を見合わせると、佐々木は吐き捨てるように言った。

「〈スカイコイン〉はクォンツに狙われたんだよ」

様子の変わった佐々木にユウキが眉を顰める。

「佐々木先生……？」

「わからんでいい――と言っても、無理か」

佐々木は、あごをしゃくって四人を部屋に招いた。

こたつの前に積んであった服を足で押し退けると、マモルと宏一を座らせる。ナオキは台所のスツールに、そしてユウキは部屋の入り口で立つことになってしまった。

佐々木は部屋の壁に寄りかかるサーバーラックにあごをしゃくった。

「こいつが、いくつかある仮想通貨の取引所サーバーの一つだと思ってくれ。サーバーはここと、東京にあるとする。お前たちは寮からアクセスして、このサーバーで〈スカイコイン〉を売り買いするのがいいよな」

「はい」

「コインの価格を表示するために、お前たちのコンピューターは、俺の家のルーターに問い合わせてこのサーバーに繋いでもらい、値段を出力するようにリクエストして、値をもらう。買うときも同じルートを辿る」

教室にいるときよりも乱暴な話し方だが、あらかじめ練習していたかのような佐々木の説明は、すんなりと頭に入ってきた。

「寮生は、ルーターを一つ超えるだけでサーバーにつながる。市内からアクセスしていると、自宅から交換局、それからいくつかの地域ルーターを通って、高校、寮、そしてこの家のルーターを通らなきゃいけない。〇・一秒ぐらいかかるかな。寮生は有利だ。だが、こいつはもっと有利だ」

佐々木は、サーバーラックの前面にぶら下がっているケーブルを辿って、自分のノートPCに繋がっているところを指差した。

「何《なん》がですか?」

話の行方がわからなくなったのか、宏一が苛立たしさのこもった声でうめいた。

「アクションゲームならともかく、佐々木先生がちょっとぐらい値段早く見られたからって、そんなに有利になりますか」

佐々木は、ノートPCを指の背で叩いた。

「俺がじゃないよ。このコンピューターだ。寮生が六百万円の価格を見て、購入ボタンを押す。その通信がルーターを超えてサーバーに届くまでのわずかな時間の間に、俺のノートPCは五億円分ぐらいの売りオペを出して、コインの価格を暴落させるんだ。そして次の買いオペが動く前に、瞬時に買い戻す」

ユウキが呆れたように言った。

「後出しジャンケンですか」

「そういうこと。まあ、本物の証券取引の場合はここまで露骨じゃなくて、複数の取引所での差額を見て一番利益の出る場所で取引を行うんだけど、原理的にはそういうことだ」

ふんふんと頷いたナオキが佐々木のサーバーをじっと見つめた。

「みんなが同じことをしたら儲かりませんよね」

「ネットワークの速度で争う。一般の光ファイバー回線じゃあ経由地が多すぎるんで、専用線を引く。その専用線も普通の光ファイバーじゃ地球の曲率分だけ遅いってんで、本当に真っ直ぐな管を埋めて真空レーザー通信してたりする。人工衛星だって飛ばす。そういう、金のプロが使う手法だ」

ありがとうございます、とユウキが礼儀正しく頭を下げる。この場で納得できるまで聴き終えたということだ。あとは自分なりに調べて、マモルにも教えてくれることだろう。

ナオキと宏一も、それぞれに納得したようだった。

だがマモルには疑問が残った。スイスの研究所にまで行った佐々木の専門は核物理学だ。経済でも金融でもなかったはずだ。

「佐々木先生、どうしてそんなに詳しいんですか」

「同僚が吸い込まれていったからな」

「物理学者の、ですか？」

「数学者や理論物理学者、文系だと論理学者もいたな。マイクロセカンド単位で取引を行うには高等数学や計算機工学が必要だし、製品化されてない高速レーザー通信施設を作るのなら、加速器やってる科学者が適任だからだよ。金にはなるからな」

突き放すような言い方だった。

「その話は、君らが進路を決めた後で教えてやるよ。とにかく〈スカイコイン〉は、そういう連中のやり方に取り上げられた。ブランド化しようとしてるんだろうな」

「どうして……」と言いかけると、佐々木がナオキに質問した。

「発行枚数と、想定される持ち主の数は？」

「四千八百十五コインで、おそらく百五十人ぐらいです。仕事の数だけなので」

「それで総額が一千ドルぐらいか」

佐々木はタブレットを自分の方に向けると、昨夜からの動きをじっと見つめた。

「四億円ぐらい突っ込んで動かしてるかな」

「四……億ですか？」

「どうせクリプト関係の投資マネーだろ。調べてみようか」

ブラウザーを立ち上げて何件か検索した佐々木は「これか」と呟いて画面をこちらに向けた。

「このコントラクトだ。今朝未明、西海岸の学生ベンチャーが、炭素取引に使う仮想通貨のバリュー向上を狙ってDAO《ダオ》を作るらしい。スマートコントラクトをミントしてる。目論見書には〈スカイコイン〉も入ってる」

「え、ちょっと先生」マモルはたまらず口を挟んだ。「ダオとか、スマートコントラクトってなんですか？」

「クリプトトークンと同じように、ビットコインから派生した運動だ。詳しいことはそこの道と有馬くんが知ってるだろうが、コンピューターとネットワークで治外法権を作ろうっていう運動と、その道具だ」

ナオキはハッとしたような顔で佐々木を見て、それから不安そうにマモルたちの顔を見渡した。

「わからんのか」とユウキが聞くと、ナオキは首を振った。

「いや、わかる。後でレクチャーするよ」

「頼むよ」と佐々木は言って英語の目論見書をスクロールさせていく。「かなりちゃんとしてるな。〈スカイコイン〉の説明には、カゴシマ・ナンゴウハイスクールチームって名前も出てるぞ」

マモルは突然思いついた。

「その西海岸の大学って、スタンフォード大学ですか？」

「そうみたいだな」

「ナカタかタナカっていう人、入ってます？」

目論見書に目を落とした佐々木が頷いた。

「いるね。ＣＦＯだ。心当たりがあるんだな」

「はい。サンローラン高校の元部長から〈スカイコイン〉のことを聞かれたんです」

マモルが永興学院を訪れた時にやってきた海発とのやりとりを伝えると、宏一が畳を殴った。

「あん時のロン毛か！　あいが〈スカイコイン〉ば盗んだとか」

「盗んではいない」

ナオキがすかさず反論すると、タブレットを読み込んでいた佐々木が顔を上げた。

「そうだね。盗んではいない。目論見書を読んだけど、綺麗なストーリーだよ。そのチームは、二〇五〇年までにCO_2排出ゼロを目指しているらしい。やり方は、ちょっと高校生離れした発想だが、クリプト技術を使った排出権の裁定取引だ。そこで流通するトークンや仮想通貨には一定の評価が必要なので、ブランディングを行っているらしい。すでに証券取引所に申請しているようだ」

「ただん、良か振いやらい（ただの、偽善じゃないか）。手前でせえっつんだよ（自分でやれってんだよ）」

愚痴を吐いた宏一に、佐々木が身を乗り出した。

「泊君、わかんないのか？」

それまで聞いたことのない口調だった。飲酒や喫煙、無断外出を叱るときとは違う、訴えるような声に、マモルたちは背筋を伸ばした。

「偽善かもしれないが、彼らは自分の手で社会を動かそうとしているんだ。テコの原理でデカく膨らませてるだろうが、何十億かを動かしてるんだよ。取引所の中に置いたサーバーで後出しジャンケンしてるのは汚いが、そこに入るために利益を上げられることを証明してるんだ」

佐々木はタブレットの目論見書をマモルたち、一人一人に突きつけた。

「何より彼らは、自分たちの計画を公表してるんだよ。正しいことをやってる、ってな」

佐々木は口にしなかった「お前らは？」という言葉がマモルの胸に響いた。

マモルたちは〈スカイコイン〉のリリースノートを書いていない。

どんな通貨なのか、どう使って欲しいのか説明しなくても、マーケットプレイスで使っているところを見ればわかってくれるだろうと思っていた。実際「これはなんなのか」という問い合わせを受けたこともない。

海発のチームかどうかまだわかってないが、〈スカイコイン〉の値段を吊り上げている連中は、自分達の計画を公表して、それが実現できるように手を動かしている。

佐々木はナオキに体を向けた。

「〈スカイコイン〉の発行人はナオキだったな。発行から一ヶ月か。これからどうするかは、君と有馬くんで決めて良いと思う」

「はい……でも」

「でもな、俺はここで手を引くことを勧めるよ。〈スカイコイン〉の発行者署名を譲渡すればいいだけだ。取引所にはそういう機能がある。今、手持ちのコインは残しとけよ。ひょっとするとお前らの学費くらいにはなるかもしれん」

「いや、おかしいですよね。〈スカイコイン〉は、まだ僕らのものです。コントラクトを上書きすれば、運用を止められます。そうだ、止めるぞ、って脅せば連中も諦めるんじゃないですか？」

佐々木はにじり寄ってきたナオキに首を振った。

「そんなに頑張らなくても、こっちから嫌だと言えば連中は手を引くよ」

「じゃあ、そうします」

「だけどな、今度はもっとタチの悪い連中がやってくる。人身売買や児童ポルノ、麻薬、武器の取引に使う仮想通貨を探してる連中だ。そんな不名誉なコインの発行者として名前を残したいか？」

佐々木は、こたつにたどり着いたナオキの肩に手を置いた。

「手放すんだ」

「なんとかなりませんか」

「無理だな」

あぐらを直した佐々木は、マモルたち全員を見渡してから言った。

「お前たち、Ｇｍａｉｌアドレスいくつ持ってる？」

マモルたちは顔を見合わせた。

「一つです」

二要素認証に使う携帯電話番号を複数もてないので、安全に運用できるＧｍａｉｌは一つしかない。

Ｇｍａｉｌに限らない。ＳＮＳもオークションサイトも、インターネットで活動するためのアカウントを作るときには、携帯電話の番号やクレジットカードなど、様々な形で「本人」を証明しなければならなくなっている。

「俺は七つだ」佐々木はニヤリと笑った。「俺がお前たちぐらいの歳だった頃は、アカウントなんて作り放題だったんだよ。でも、お前らはひとつしかないんだろ？　中学の時に、親に頼んでとってもらったやつだよな」

マモルたちが頷くと、佐々木は目論見書を指差した。

「この目論見書も〈スカイコイン〉も、そんな一生もののメールアドレスで署名されてるんだ。つまらんことに結びつくと消せない傷になるぞ」

「はい……」

俯《うつむ》いたナオキは、小さく頷いた。他にやりようがない。ナオキを労《いたわ》るような顔で頷いた佐々木は、マモルの抱えたタブレットを指さした。

「譲渡するなら、レターの英作文ぐらい手伝ってやる」

「大丈夫です」と、ユウキが言った。「始末は自分らでつけます」

「わかった。終わったら報告頼むわ」

はい、と答えてマモルが頭を下げると、ナオキとユウキ、宏一も頭を下げた。

「マモル、ちょっといいか」

寮監住宅を出たところで宏一が声をかけてきた。

「なに?」

「カナタに渡しといてくれんか。ご苦労さんて」

マモルが手を差し出すと、四十円が手のひらに落ちてきた。百枚の〈スカイコイン〉と同じ金額だ。

「ついでによ、伝えておいてくれんね。俺はもう、お前に振い回されん」

「〈スカイコイン〉があんなことになったのはカナタのせいじゃない」

今回、西海岸の連中に目をつけられていいようにされてしまった原因は、カナタにはない。コミュニティにいる人ならわかってくれるだろうと思って、〈スカイコイン〉を発行しました、というリリースを出さなかったマモルの姿勢が、付け入る隙を与えてしまったのだ。

「今の言い方はねえぞ」と、ユウキが割り込んできた。「カナタも悪気があってやったわけじゃないだろうが」

「わかってるよ。でも、一緒には動けん。ビヨンドも降りる」

「どうして」

聞き返したが、思い当たることばかりだった。

VR甲子園で全国大会に出場しようとしていた宏一はビヨンドに反対していた。虐殺、飢餓、革命、戦争のように強烈な体験を持つチームと、英語という他人の土俵で競わなければならないのだ。今まで彼が手伝ってくれたのは、外注を認めるビヨンドなら、寮生の小遣い稼ぎで使う〈スカイコイン〉で作品のグレードを上げられるという見込みがあったからだ。

その〈スカイコイン〉が使えなくなった今、彼がマモルのプロジェクトに付き合う理由はない。おそらくそれだけでもないのだろうが、マモルは聞いておかなければならなかった。

「〈スカイコイン〉が使えなくなったから?」

「いやあ」と、宏一は首を振った。意外なことに、佐々木の部屋で感じた怒りはどこかに消えてしまったようだった。「外注でどうにかなる、というのが間違いやったな。やっぱVR甲子園で行っど」

決めたのだ。マモルが頷くと、溜め込んでいたものを吐き出すように宏一は続けた。

「よく考えてみりゃあ永興学院の平面ダンスも高専も、ろくなストーリーはないだろうが。アイディア一発やらい。テーマありのプレゼンなら、説得力のある絵が出せる俺たちに分があっど。十人の中学校から来てるような寮生もいるからな。正攻法でやりゃあ俺たちが負ける理由はない。しかも強敵のサンローランも解散したんだろ。来年は俺たちの優勝だよ」

「まあ、そうかもな」

立ち止まった宏一は腰に手を当てて、マモルに向き合った。

「マモルがビヨンドをやるのは止めん。スタッフの取り合いもしたくない。そこで、頼みがある」

「いいよ、何？」

「人の割り振りは、マモルがやってくれんか」

意外な申し出にマモルは言葉を失った。

「どういうことだよ」

「どうもこうも、お前が寮長《ワイ》やっどが」言葉は乱暴だったが、言い振りは柔らかなものだった。

「みんな寮長のことを信用してんだよ。俺がいうよりもずっと伝わりやすい」

面倒なことはマモルに任せたい、というわけだ。

「いいけど、ビヨンドの手が足りなくなったら、そっちに回した寮生を引き上げるかもしれないぞ」

話を聞いていたユウキが噴き出した。

「マモル、わからんのか？　宏一は、マモルがズルをできんから頼んでるんどぉ」

「あ……」

「バレたか」と宏一は笑う。「まあでも、頼むよ。俺はなんだかんだ言って怖がられてるし、技術やりたいしな。ビヨンドはやめないんだろ」

マモルは頷いた。

「まずは、俺がシナリオ書くよ」

「頑張れよ」

マモルの胸に拳を当てた宏一は寮に戻っていった。

マモルが歩き出さないので、ユウキもナオキも「先に行くぞ」と言って寮に帰っていく。

三人が裏口に消えると、秋の風に吹かれたススキの音がマモルを包んだ。

大声を出したかった。

物に当たりたくなった。

だが、そんなことをしても、何もいいことはない。

〈スカイコイン〉が使えなくなったのは、スタンフォードの学生チームのせいでも、海発のせいでもない。

〈スカイコイン〉に形を与えられなかったのは、マモルだった。自分たちが何をやっているのかを文章で表明せず、見ればわかると放置してきた。

〈スカイコイン〉を見つけたアメリカ人の学生たちは、マモルが逃げていたことを易々とやってのけたのだ。

「口にしなければダメなのか」

漏れた言葉がススキの葉ずれに消えていくと、海発の言葉が頭に浮かんだ。彼は「内心でどんな切実さを抱えてるかなんて、誰にも見えない」と言ったのだ。きっとその通りなんだろう。中身があるかどうかなんて誰にもわからない。

だから、語れなかった自分には中身もないのだろう。

立ち尽くすマモルに、寮からは夕食の配膳に向かう一年生たちの足音が聞こえてきた。

＊

少女は小舟から降り立った。桟橋から見える街には、塔が立ち並んでいた。

この街で送る生活に思いを馳せる。これから十八歳までの三年間、学校で、自分と同じように地方から出てきた子たちと一緒に暮らし、星の運行や数式、薬品、法律や機械をあつかう方法を学ぶのだ。

街を見下ろす丘に立つ、ひときわ輝いて見える塔が、少女の向かう学《まな》び舎《や》だった。

少女は桟橋にやってきた乗り合い馬車の御者に、学校の前を通るかどうか聞いた。

「昼前には到着するよ。それでよければどうぞ」

御者は少女のために板の座席にクッションを重ね、足元には踏み台を置いてくれた。

自分でもできる、と思って手を出そうとしたが「まあまあ」といなされてしまう。壊れ物のような扱いは、一人の人間として扱われた感じがしなかった。

「わたし、勉強しに行くんです」

「そうかい」

御者は答えて少女の向かう塔を眺めた。

「あれはいい学校だよ。料理をするにも、家を守るにもそろばんは必要だし、演劇を見るにも教養がないといけないそうだからな。まあ、がんばんなさい」

そんなのじゃない——と言い返そうとしたが、少女は揺れる馬車から見えた塔に言葉を失った。

街の建物の一階には、街の人たちが立ち寄るレストランが入っている。店を盛り上げているのは、村でもよく見てきたような女性たちだった。荒れた節の太い指で料理を出し、布を繕い、箒で床の埃を掃き出しながら、店に客を呼び込んでいる。その上の階では、仕立てのよい服をまとった男たちが机について働いている。男たちの間を、数人の、お仕着せの服を着た女性たちがくるくると歩き回っていた。

どこでも女性は働いている。だけど、机についている女性は、ただの一人もいなかった。

天井はガラス張りで、その上には建物を支える梁《はり》が透けている。

少女は無意識にトランクを開いて、詰め込んできた教科書を一冊取り出した。

『科学概論』

この本が、世界のことわりを少女に教えてくれるはずだ。まだ書いてあることの意味はわからないけれど、すでに何度も読み返している。一番のお気に入りは、本の真ん中あたりに綴じ込んである二つ折りの元素周期表だった。そのページを開こうとした彼女は、口を押さえる。

ぱらりと広がったのは、栄養ピラミッドだった。

しおりを挟んでいたページを開く。原子について書かれていたページはタルトを焼く方法に変わっていた。慌てて表紙を見返した少女は絶望の声を漏らす。

『科学概論』は『家庭料理の心得』に変わってしまっていた。

＊

雪田がクラウドにアップロードしたシナリオを読んで、マモルはため息をついた。

これではだめだ。

彼女と話している時に伝わってくるやりきれない思いが、ぺったりとした古臭い物語に塗りつぶされている。悪役として登場する「御者」もありきたりすぎる。時代をいつに設定したのかわからないが、女性の自立を描くのに適した背景だとは思えない。自分たちが向き合っている現代を舞台にしないのは――怖いのだろうか。

とにかく、このメッセージでは寮生たちをビヨンドに引き込めない。

マモルは寮生のほとんどを、宏一が中心となって立ち上げたＶＲ甲子園チームに割り当てている。ユウキがいうように「ズルをできないから」仕方なくそうしているわけではなく、ビヨンドでやることが思いつかないからなのだ。

ビヨンドのために手を動かしてくれているのは、ＶＲ甲子園の技術隊長でもあるナオキとネタを拾い集めているカナタ、ドキュメントを和訳してくれるユウキ、そして雑用をこなしてくれる安永の四人だけだった。

スタッフをぶんどる形になった宏一もそれなりに居心地が悪いらしく、なかなか出来上がらないマモルのシナリオを催促する始末だった。

そんなことをしているうちにもう十一月だ。

焦ったマモルが相談した雪田も、壁にぶつかっていた。マモルに組んでもらったＰＣで開発ツールを扱えるようにはなった雪田だが、イメージを表現するために必要な技術を習得する時間が足りないことに気づいたのだ。

マモルはプレゼンテーションの断片を雪田に送って見てもらい、雪田は鉛筆描きのスケッチや文章で書いたシーンをどうやって作るのか、マモルから教えてもらっていた。

シナリオを雪田が書き、蒼空寮が３Ｄを作るという共同制作の話が持ち上がったのは必然だった。

ユウキやナオキはもちろん、シナリオに苦しんでいる宏一も興味を持ってくれたし、話を漏れ聞いた寮生たちは女子高生との共同作業に夢を膨らませて、ＶＲ技術に磨きをかけていた。

しかし、出来上がってきたシナリオは良くない。

シナリオの骨子は明快だ。

主人公の少女は雪田自身がモデルなのだろう。舞台となる街は鹿児島、丘に立つ塔は永興学院、そして街で少女が見る風景は、鹿児島の風土を表すのだろう。デスクワークをする女性がいない建物の天井がガラス張りなのは、女性が昇進できない「ガラスの天井」を示しているようだ。

だが、時代設定がわからない。そのせいで具体的な絵が浮かばない。地面が水晶のようだと書かれているかと思えば、塔だけが透明な素材でできているという描写もある。とにかくどんな場所なのかがはっきりしない。

何より、自分たちがこのシナリオをＶＲで表現できる気がしない。ＶＲ甲子園で雪田は実写の人間を使ったが、このストーリーを演じられる生身の生徒が簡単に見つかるとも思えなかった。

ひょっとすると、印刷して読み直せば違った見方もできるかもしれない。

マモルが確かめると、プリンターの待機リストは「願書」と書かれた何十枚ものPDFで埋め尽くされていた。用紙は「上質紙」だ。三年生が、手書きの願書を作るためにプリンターを独占しているところらしい。

ため息は、思いのほか大きくなってしまった。

安永が隣から学習机の仕切り板をそっと叩いて注意を引いた。振り返ると、塙が消しゴムをこちらに投げたところだった。

しまった、と思って目をつぶると、額に小さな衝撃が生まれた。

「はーとかうーとか、うるせーよ」

「すみません」

反射的に謝ると、塙は椅子の背にもたれて大きな伸びをした。

「ま、よかよ。休憩には早かけど気分入れ替えよっか」

「はい。コーヒーでいいですか」

安永が立ち上がって、塙の隣の、誰も使っていない学習机に置いてある電気ケトルを手に取った。保温機能のない湯沸かしケトルが、電子レンジもオーブントースターもない寮で使える唯一の調理器具なのだ。

「紅茶にしてくれ」塙はティーバッグを指さした。「お前《まん》らぁ同じんで構《かま》んっやったら、霧島ん水使って良かど（みんなも同じでいいなら、霧島の水を使っていいぞ）」

わかりました、と答えた安永は、机の下のストッカーからミネラルウォーターを出してケトルに入れ、開けたティーバッグをケトルに放り込むと糸を縁に引っ掛けて電源を入れた。コーヒーや紅茶の淹れ方は部屋ごとに流儀がある。ティーバッグを水から煮出して淹れる濃い紅茶にスキムミルクを溶かすのが塙のやり方だ。マモルは沸かしたお湯にティーバッグを入れて待つ方が好きだが、塙の濃厚なミルクティーも嫌いではない。

「ミルクとってきます」

共同冷蔵庫に向かおうとした安永に、塙が声をかけた。

「ちょい待ち」

苦笑いした塙は、シナリオを映したままのマモルのノートPCを見ていた。

「泣っごっは、そんシナリオか（弱音は、そのシナリオのせいか）。孟子、ついでにプリント持ってきてくれ」

「あ、でも願書の印刷でプリンターが取られちゃってて」

「どうせ藤山やろ。今晩あいつは、願書の手書きをするって言ってたからな。孟子、一旦止めて出してこい。マモルはプリントキュー出して。何枚ぐらいになる？」

「五枚です」

マモルがプリントの指示を出すのを確かめて、安永は部屋を出て行った。

「何回目よ」と、塙。

「え？　何がですか」

「永興の子から、シナリオを受け取るのは何回目よ」

「初めてです」

「ちゅうことは、一番ひどいバージョンてことか。読んで頭悪くならんといいけどな」

憎まれ口だが、塙の気遣いがありがたい。

「みんなシナリオのこと気にしてるからよ。たったと直して見られるものにせんといかんだろ」

県大会で結果を残せなかった三年生の中には、寮長のマモルや技術を持つナオキらがVR甲子園に専念していないのを面白く思わない者も多く、ビヨンドの粗を探すようになっている。彼らの矛先が、雪田のシナリオに変わってしまうのは、正直辛いところだった。

「どこから手をつけていいかわからなくて……」

「いいから読ませてみ。話はそれからよ。おっ、孟子も早かったいね」

「戻りました」

安永は、気を利かせてコピーも一部とってきてくれた。安永は印刷の原本をマモルに、塙にはコピーを渡した。

「どれどれ」と読み始めた塙が、一ページの半分も読み終えないうちに顔を曇らせる。

不安を顔に出してしまったマモルに、塙は手を振った。

「まず最後まで読ませてくれよ」

塙はそう言うと、読み終えたページを安永に渡す。受け取った安永も難しい顔をして、シナリオを読み進めていく。

黙ってプリントに目を通す二人を見ていると、塙が最後のページを安永に手渡したところで安永のスマートフォンがバイブレーションで震えた。

「お茶ができました」

塙は立ち上がろうとした安永を制し、自分でマグカップに真っ黒な紅茶を注いで、スキムミルクをたっぷりと溶かし込む。甘ったるいミルクティーの香りが部屋に満ちると、塙はマグカップを両手で包んでボソリと言った。

「舞台は十九世紀末か、二十世紀初頭ってところやな。一八六九年よりは後」

「え？」

マモルが目を丸くすると、塙は呆れたような声を上げた。

「元素周期表が出てくっどが。ドミトリ・メンデレーエフが周期律を発見したんが一八六九年よ。こん話は、それに憧れる女ん子やろう」

理系らしい、鋭い指摘だ。雪田もそんな背景は考えていなかっただろう。

「確かにそうか、そういうふうに考えるのもありですね」

「俺《おい》は女性史とかやってないから、こっちから考えるしかなかろうが。でも、おおむね当たってるんじゃないか？」

マモルは、突然具体的になった年代のことを思い出してみた。確かに、十九世紀末から二十世紀にかけての数十年というところだろう。鉄道は都市を結んでいるが飛行機はまだ現れていない。日本は幕末から明治維新、ロンドンにはシャーロック・ホームズがいる時代だ。

「勉強になります」

「んでよ、この話は、ギリギリ古い設定を狙う方がいいんじゃないかな。女子はお嫁さん修業に行け、なんていうのは今の話じゃなかろ」

「いや、これはものの例えで――」

マモルが反論しようとすると、塙は手を振った。

「例えなのはわかっとうよ。やっけど、こういう、なんていうかどっかで見たようなお話を、現代もので見せられるのはしんどかよ」

塙は「お話」のところに力を入れた。

「ありきたりな話ですか？」

塙は読み終えたシナリオを返してきた安永に顔を向けた。

「孟子はどう思うよ。どっかで読んだことある話だと思わんかったか？」

「盗作ってことですか？」

「バカ。そうは言ってないだろ。なんか道徳の本に出てきそうな感じっちゅうことよ」

安永は、しばらく考えてから口を開いた。

「道徳ってこういうのを読むんですか？」

「あいた」塙が額を叩く。「孟子は小中が日本じゃなかった。でもわからんか？　こういう話はいくらでもあるだろ」

安永はページをめくり直す。

「ごめんなさい。ちょっとピンときません。でも、やるとしたらＶＲ作るのが大変ですよね」

「まあな。まず時代考証か」塙が指を立てて数え上げる。「世界の設定、キャラクターのデザインに服装、小道具、街、芝居を盛り上げる音楽――」

マモルは思わず口を挟んだ。

「音楽ですか？」

「こういうお話には、あった方がいいだろう」

安永も頷いた。

「そうですね。主人公の心の声で話が進むので、映像だけだともたない気がします」

ビヨンドでもＶＲ甲子園でも、著作権さえクリアしていれば音楽を使っても構わない。だが演出のために音楽を使っているプレゼンテーションはほとんど見たことがなかった。

甘い紅茶を飲み干した塙は、もう一杯入れるように安永に言うと、シナリオをペラペラとめくった。

「しかしこの話じゃあな。造形にこだわって、音楽を使うと、どんどん陳腐なものになってきかねん。わかっととが」

「……はい」

「書いたのは雪田さん、ゆうんよね。いつもはどげんして話しよる？」

「チャットとメールが多いです」

塙は肩をすくめた。

「足りんと思うど。ビデオ会議できるのか？」

「できますけど時間が合わなくて」

「ああ、こっちの学習時間だからな。孟子、俺のスマホ出してくれんか」

安永がスマートフォンを操作すると、デスクの隅に置いてある金庫がカチリと音を立てた。受験を控えている三年生は、携帯やゲーム機で遊ばないように、学習時間には金庫に入れて後輩しか開けられない番号で鍵をかけてもらうのだ。大ぶりなスマートフォンを金庫から取り出した塙は、寮のグループウェアにアクセスした。

「お。今日は十時半から集会室のビデオ会議が空いとらあ」

塙はスマートフォンをマモルに向けて、ビデオ会議用の機材を予約する画面を見せた。学習時間のビデオ会議は原則禁止だが、受験を控えて実家と進路の相談をしなければならない三年生たちは、特別に使っていいことになっている。

「予約したから、使って良かど」

「え？　はい、ありがとうございます」

塙は安永のデスクに置かれたままのシナリオを見て肩をすくめた。

「色々言うたけど、志布井が初めて書いたシナリオよらあずっと良か。少なくとも、なんかしようという気持ちは伝わってくる。雪田さんに連絡して、早速話してこい」

「ありがとうございます」

雪田にチャットで連絡をとりながら、マモルの頭には一つの疑問が浮かんでいた。三年生のプレゼンテーションはただの学校紹介になってしまったが、志布井はどんなシナリオを書こうとしていたのだろう。

＊

大型ディスプレイに映る雪田はいつものパーカー姿だった。夏は暑そうだったが、十度を下回る日もちらほらある十一月に見ると寒そうだ。映像は粗かった。マモルが組んだ開発用のＰＣではなく、学校支給のタブレットPCを使っているのだろう。

「ごめんね、こんな時間にビデオ会議を申し込んで」

「いいよ」

答えたとき、背後に見えた自動販売機には見覚えがあった。

「この間のカフェテリア？」

こくりと頭を下げた雪田は、顔を上げるとカメラをまっすぐに見つめた。

「シナリオ、読んだんだよね」

「うん。部屋の先輩と後輩にも見てもらった。今も開いてるよ。一緒に見ない？」

マモルは雪田からもらったＵＲＬでクラウド上のシナリオを開き、隣にビデオ会議用のウインドウを並べた。雪田も同じ書類をクラウドで見ていたらしい。右の中指をとんとんとんと叩くと、青い編集カーソルが画面の下へと動いていく。

マモルはタッチパッドで画面をスクロールさせて雪田のカーソルを追いかけた。普段はキーボードでページを切り替えるのだが、そうすると雪田の画面に映るマモルのカーソルも動いてしまうからだ。

雪田がシナリオに満足している様子はない。完成の報告はＵＲＬだけのメッセージだったし、感想を聞いてこようともしない。思い詰めたような表情を見なくても、出来栄えに満足していないことはわかる。

しばらく見ていると、カーソルが最後の行までたどり着いて、それから全文が選択された。

「ちょっと待って」マモルは慌てて言った。「消さなくていいよ」

雪田が顔を上げる。

「……なんでわかったの？」

「よくないと思ってるでしょ」

「じゃあ聞くけど」カメラを見つめた雪田は息をつめ、それからゆっくり口を開いた。「よかったわけ？」

マモルは頷いた。

「どこが？」

「最後まで書いてあった」

雪田は拍子抜けしたらしい。ゆっくりと二度、まばたきしてから眉間に力を込めた。

「それって、いいところなの？」

「他にもあるよ。自分について書いてたし、嘘もない」

「……そんなの、当たり前じゃない？」

マモルは首を振った。

「僕も書こうとしてたんだよ。でも、自己紹介ひとつ書けなかった。そもそも言いたいことがなかった。今まで寮で作ったVR甲子園用のシナリオも読んでみたけど、やっぱり同じだった。学校や寮の紹介はしていたけど、自分のことを書こうとしたものはなかった」

「わかった」雪田は唇をへの字に曲げた。「じゃあ、悪かったところは？」

マモルは部屋から持ってきた大学ノートを開いた。塙と安永から聞いた感想をまとめ直したものだ。時代背景がわからない、ステレオタイプなジェンダー寓話になっているなどの指摘の中から、マモルは根本的な問題を選んだ。

「絵が思い浮かばない」

「絵？」

予想していない指摘だったらしい。雪田は大袈裟にのけぞると、テーブルに肘をついてカメラにグッと顔を寄せた。

「倉田さんって、デザインもやるんだっけ？」

「やらないよ」

「じゃあどうして絵のことなんか考えるの。そこはデザイナーが考えるところじゃない？」

「そういうことじゃなくて、このシナリオをどう見せればいいのかわからない、ってことだよ。例えばここ」

マモルは画面を冒頭までスクロールさせる。

「少女が舟から降りて、新しい学校のこと考えるでしょう」

頷く雪田の不安そうな顔を見て、マモルは続きを話すことを躊躇《ためら》った。「絵が浮かばない」とは、このシナリオを読んだ二人が口を揃えて指摘した問題だ。マモルの第一印象もそうだった。そしてその理由にもうっすらと気づき始めていた。まだ確信は持てないが、その理由を口にして、シナリオの全てを、ひいては雪田自身を否定していると受け取られないだろうか。

「そのシーンがどうかしたの？」

雪田が首をかしげた。

「ごめん」

マモルは腹を決めた。この話ができない相手と一緒に物を作ることはできない。

「シナリオに書いてあるのは、感想なんだ。心の動きはたくさん書いてあるけど、それを映像でどう表現すればいいかわからない」

「それは……」

反射的に口を挟もうとした雪田は、その口を手で覆った。どうやら気づいたらしい。マモルは
「いい?」と断ってから続けた。

「書いてあるのは、文字で伝える情報なんだ。ひとりごとで聞かされるのはたまらない。僕らは声優じゃないしね。字幕も考えたよ。日本語と英語ぐらいならなんとかなるし。だけど、少女はこれからの学校生活のことを考えていた、って書くのはかっこ悪いよね。３Ｄゴーグルで体験するプレゼンテーションだから」

マモルをじっと見つめていた雪田は不満そうに頷いた。

パチン、とキーを叩く音がして、マモルは思わず口をつぐむ。雪田がカメラを睨んでいた。

「海発さんも同じこと言った。これは映像のシナリオじゃないって」

マモルは、突然出てきた名前に少し動揺した。

「海発さんにも見せてたんだ」

「海発さんのチームはどんなふうにシナリオつくってるのか気になって、相談したくて――」

「そうか」

先に教えてくれよと言いかけたが、雪田のこのシナリオを書きかけの段階で読んだとしても、彼女を助けられた気がしない。カメラに映らない程度のため息をついて、マモルは訊いた。

「それで、なんだって?」

雪田は何も言わずに首を振った。

「何も?」

再び雪田は頷いて、口を開いた。

「絵が見えないな、って。それだけ。あとは、シナリオを書く方法を教えてくれた」

「どうやってるんだって?」

それほど聞きたくはなかったが、今のシナリオについて話すよりは気が楽だ。マモルは質問を重ねた。

「海発さんのチームは二酸化炭素排出権の取引がテーマなんだよね。シナリオはもう終わってるの?」

「サードドラフトに入ったって言ってた。第三稿。まだまだ内容は変わるみたいだけど」

「へえ」と答えたが、十一月に三稿目というのはなんだか遅い気がした。志布井や塙たちの三年生チームは、冬の足音が聞こえてくる前に絵コンテや3Dシーンを作り始めていたはずだ。もっともマモルたちは今日が初稿なので、海発たちよりもずっと遅れているのだが……。

雪田が少しリラックスしてきたように見えたので、マモルはもう少し海発の話を続けることにした。

「海発さんたちは、どうやってまとめてるんだろう。国際チームだよね」

雪田はテーブルから拾った鉛筆をくるりと回すと、今日初めて笑顔を見せた。

「あのね、ビデオ会議で顔を突き合わせて作るんだって」

「話し合って作るの？」

雪田の説明は興味深いものだった。海発のチームはシナリオに携わるメンバー全員が参加するビデオ会議を行い、クラウドにアップロードされたシナリオを参加者が一斉に書きかえていく。絵心のあるスタッフもいて、イメージボードも出来上がっていくのだという。

「よくバラバラにならないな」

マモルが感心すると、雪田が噴き出した。

「それがさ、ポーズなんだって。一人、とんでもなく話がうまい人がいて、どこかに用意しておいたシナリオに話し合いの結果を誘導しちゃうんだってさ。イメージもそう。用意された絵に手直しをしていくだけ」

「それは、話し合うポーズ？」

「そうみたい。三十人とかいるとまとまらないからね」

「三十人？」

マモルの声が裏返った。発言のタイミングや空気が読めないビデオ会議では、五人を相手にしていても話がまとまらない。三十人も相手にして、話の流れを誘導していく技術は相当のものだ。

「世界中から集まるんだってさ。アフリカ、アフガン、アジア、南米だったかな」

「それは……多様性のため？」

失礼なことを口にしたかと焦ったマモルに、雪田はおかしそうに頷いた。

「ウェルビーイングの演出だってさ。普通にやるとメンバーがアメリカのお金持ちの子どもたちばっかりになるみたいで」

「リーダー格はスタンフォード大の学生だっけ」

「そう。飛び級で入った二人組。この間名前が出たナカタさんと、もう一人。結局その二人が全部決めてるんだって」

「海発さん、そういうのをわかってて付き合ってるんだよね」

「まあね。あの人はビヨンドで何やるかよりも、コネクション作るために参加したんだろうし」

「なるほど」

マモルは納得して頷いた。ビヨンドに出る動機は人それぞれだ。競い合うわけだが、他のチームに勝つことばかり考えるのも不健全といえば不健全だ。

「それで海発さん、雪田さんのシナリオについては、ほかに何だって？」

「……さっきの、あれだけ」

「絵が浮かばないっていう話？」

雪田が無言で頷いた。会議を始めたときよりは表情が柔らかくなってきたようだが、それでも自分のシナリオの話になると心が閉じる。

マモルはマイクのある位置を意識しながら言った。

「初稿は最低のバージョンだよ」

ムッとした顔をあげた雪田は、マモルの顔を見て目を見開いた。気づいてくれたらしい。

「そう。続ければ、必ず良くなる」

雪田の反応を待たずに、マモルは手元のノートからヒントを探した。

「たとえば最初に、舞台と登場人物の設定を決めない？　洋服とか街並みとか。そこから詰めていこうよ」

「ストーリーより先に?」雪田が眉を跳ね上げる。「設定なんて物語の上に載せるものでしょう」

「誰がそう決めたの?」

マモルの反論に、雪田は戸惑った様子を見せる。当然だ。枝葉とストーリーならストーリーの方が重要だ。しかし何も進まないよりはいい。

「ビヨンドやVR甲子園なら3Dも本体だよ。それに、もうストーリーはあるよね」

「……え?」雪田が目を見開いた。「ストーリー? あのシナリオに?」

マモルはシナリオの画面をスクロールさせた。

「街に行けば自由になれると思っていた女の子が、そうじゃないことに気付く話。そこまで書いてある」

「違う。足りないよ。全然それだけじゃない」

雪田が首をぶんと振った。

「私は、市内の高校に行けば変われる、何にだってなれるぐらいのことを思ってた。それで、中学の先生が推薦してくれた永興に入ったんだけど。それは、文系で寮がある女子校なんて他になかったから。梓ちゃんみたいに数学が得意だったら、南郷高校の理数科に行ってたよ。後悔してるわけじゃないけど、永興に来たら来たでお嬢様学校の女子高生ってみんな見るし、目玉の英語だってコマ数が多いだけで東京の難関私大に行けるようなレベルじゃないし、なんで家政学なんてやらなきゃいけないのとか意味わかんなくて……そんなの、もちろん、行く前からわかってたんだけど……」

雪田の言葉は続く。頷きながら聞いていたマモルは、彼女の語る不満が、驚くほどマモルの境遇と重なっていることに気付いた。南郷高校に入ったところで、三科目学べると聞いていた理科も実際には受験で使う二科目しか選べなかったのだ。行列や写像を扱う理数数学の授業は、高校三年間で一時間だけ教科書を斜め読みするだけ。目玉の測量や機械設計、天体観測は五十年前から更新されていない教科書をもらっただけで、授業はなかった。

南郷高校の理数科は、理系をターゲットにした進学校でしかない。科学や数学に触れられることを期待していた同級生の何人かは不満を漏らすが、地元の高校よりはずっとマシなのだ。

もちろん状況は雪田の方が過酷だろう。

雪田が息をついたところで、マモルは声をかけた。

「ちょっといいかな」

思いの丈を吐き出した雪田の顔は、少しだけ晴れやかに見える。今なら言えるだろうか。

「聞かせてくれてありがとう。すごくよくわかるけど、でも――」

マモルはどう続けるか迷った。

今の話はシナリオに書いてないよね。

それをどうすれば絵にして見せられるかな。

時代は、どのあたりを考えてた？　洋服は？

マモルはノートの中央に書いてある「ジェンダー？」を鉛筆でぐるりと囲った。この話ができなければ、一緒に作っているとは言えない。

「今の雪田さんの話は、雪田さんにしか語れない話だった。地方から出てきたところや理数科に幻滅しているところなんかは僕たち男子にも関係してると思ってたけど、お嬢様っていう見られ方の話でやっとわかった。女子だからっていう話がやっぱり真ん中にあるんだよね。でも、シナリオは違った」

　ほぐれていった雪田の顔が、最後の一言で強張る。

「じゃあ、こうやって話せばいいっていうの？」

「違うよ。話、聞いてくれる？　うまく説明できるかどうかわからないけど」

　ため息をついた雪田が、怒りを吐き出すように言った。

「わかった」

　マモルは胸に手を当てる。

「僕は社会の選択科目で現代社会とってるんだけど、シナリオのは、授業に出てくるような話に感じたんだよ」

「盗んだって言いたいわけ？」

「そうじゃない。だって自分が体験してきたことを、お話に落とし込んだんだよね」

「そうだけど？」

「でも、なんだか遠いんだ。共感できたのは地方と都会の格差の方だった」

「それは……倉田さんが男だからだよ」

「そうだよ。でも、それだけじゃないと思う。雪田さんの中学で、男子の同級生はどこに行った？　市内の進学校に入ったのは何人？」

「……ひとり」

その人数はマモルの予想よりも少なかった。確かに、南郷高校の理数科には、雪田の同窓生は入っていない。雪田はぼそりと付け足した。

「そいつは町長の孫。鶴山大附属」

「ああ、あそこか」

雪田が口にしたのは、寄付金次第で大学のパスが開く、九州の有名私大の附属高校だった。

「私が入った永興だって、私立のお嬢様学校だけどね」

「意味が違うでしょ。永興は勉強できないと入れないんだから」

「そうだけど」と、雪田が不満そうに頷く。マモルは重ねて問いかけた。

「成績だけなら、市内の進学校に行けた同級生は他にもいるよね。男女関係なく」

「でも女子の方が――」

もちろんそうだ、と出かかった反論をマモルは飲み込んだ。それに気付いたのか、雪田も言葉を途切らせてカメラを見つめていた。

「何か言おうとした？」

マモルは頷いて、ようやくまとまった言葉を口にした。

「本当にそうだと思うよ。雪田さんたちのチャンスは僕らよりずっと少ない」

眉のあたりに漂っていた緊張が抜けていく。

深呼吸をした雪田の顔がパッと白く輝いた。どうやらシナリオ画面に切り替えたらしい。

「じゃあ、どうすればいいと思う？」

少し悩んだが、マモルは冒頭に「少年は」と書き足した。その単語を見ると、続きがすんなりと浮かんできた。

＊

少年は立ち並ぶビルがどれも小さいことに気づいた。中学を卒業するまで暮らしていたシンガポールとは雲泥の差だ。ため息をついた少年は、少女の後ろについて桟橋に降り立つと、スケートボードに飛び乗った。

周囲の怪訝な顔に気づいた少年は、バツが悪そうにスケートボードを降りると、カバンにボードをしまって、市電の停留所に向かう。

彼はこれから三年間を過ごす寮に向かうのだ。

＊

「これ、誰のこと？」

「うちの安永。彼がそう言ってたわけじゃないけど」

「安永さんスケボーやるの？」

「ストリートスポーツをやってたみたい」

「似合うー」

マモルは苦笑いした。たしかに安永はストリートスポーツがよく似合う。

「で、どうかな。こういう風に足していくのは」

「登場人物を増やすってこと？」

「そう。雪田さんが本当に言いたいこと以外は、他の人に言わせてしまえ」

「……ええと」

「一人で背負おうとするから教科書っぽくなるんじゃないかな。バランスをとりたくなるっていうか。地方と都会とか、経済的な格差とか、勉強ができないとかモテないとかいうのは、うちの寮のメンバーに背負ってもらうよ」

雪田が、ぷっと噴き出した。

「なら、こっちの子たちも出したいな。みんなそれぞれ抱えているものもあるよ。そうか、いろんな人の話にすればよかったんだ」

マモルは頷いた。

「そうやって分けていけば、きっと雪田さんが本当に語らなければならない話も伝わると思う。あ、時間だ」

画面の中でタイマーが明滅していた。

十一時からビデオ会議を予約している三年生がもうすぐやってくる。

「ちょっとその方向で考えてみる。すぐにはまとまらなそうだけど」

「じっくりやろうよ」マモルは、後ろ手をついた。「よくできたお話にしなくてもいい。最後まで見てもらえれば」

うん、うんうん、と雪田が頷いて、ふと気づいたように言った。

「場所は鹿児島？」

「いっそ、現代の鹿児島にした方がいい気がする。どんな３Ｄが作れるかこっちで話し合ってみるよ。桜島を出してもいいんじゃないかな。火山のすぐ傍に住んでるのはインパクトがあると思う」

雪田が背後の窓をふっと振り返った。昼間は窓から桜島が見えるのだろう。

「大隅側から見る桜島と、こっち側から見る桜島って、ぜんぜん違う顔してるんだよ」

「それも入れよう」

マモルは大学ノートに書き留めた。

V　三年生

十二月二十四日、男子ばかりの蒼空寮にもクリスマスが訪れた。普段はしんと静まり返っている廊下には寮生の選んだクリスマスソングが流れ、届けてもらったケーキの生クリームとフライドチキン、そしてシャンパン風ソーダの香りが満ちていた。

空のトートバッグを引っ掛けたマモルが２０１号室を出ると、「メリークリスマス」と言いながら一年生たちが通り過ぎていく。もちろん、上級生に対する丁寧なお辞儀は忘れない。

冬季休暇の始まる明日、一年生と二年生は実家に戻り、三年生たちは寮に残って受験合宿に入る。合宿が始まると午前七時から午後七時まで教室で補習を受け、寮に戻った後は、消灯時刻の二十四時を超えて自習する。三年生にとってクリスマスイブは最後の休日なのだ。

マモルは一年生たちに会釈を返しながら三階に上がった。

階段の上り口にある新聞書見台は横を向けられていて、赤と緑のモールがひっかけられていた。前後に傾斜のある書見台の断面をクリスマスツリーに見立てているのだ。星やトナカイ、サンタクロースのオーナメントがバランスよく取り付けられていて、寮生ならではの自作ＬＥＤイルミネーションがそれを彩っていた。

クリスマスの飾り付けは階ごとに趣向を凝らす。２０１号室のある旧館二階は、サンタクロース風の大きな袋で新聞の書見台を包む、塙の作品だった。「Mon dessin ne représentait pas un chapeau.」と書いたカードは『星の王子さま』の「ぼくのかいたのは、ぼうしではありません」という有名なセリフだ。サンタの袋を、象を飲み込んだうわばみに見立てているのだが、ひねりすぎて何が言いたいのか伝わらないということで評判はよろしくない。

その点、三階の展示はわかりやすい。アイディアは安直だが完成度が高いのだ。

マモルの頭を悩ませているビヨンドのシナリオでも同じことが言える。

雪田と共同で書き始めたシナリオはようやく第二稿が仕上がったところだ。プレゼンテーションの舞台は、国土交通省や国土地理院が公開している行政3Dデータで描く鹿児島市とVR甲子園チームのセットを流用した南郷高校。一本道のストーリーはなく、蒼空寮生とグレイルハウスの雪田の友人ら合わせて二十五人が同時にアバターで出演し、自分の気になっていることを語る。視聴者は、気になったアバターを追いかけて、彼ら彼女らの日常を体験しながら、その言葉を聞くことになる。

一つ一つの主張は大きくないが、少しずつ仕上がってくるメッセージに目を通していると大きな塊を感じるのが不思議だった。

雪田の実体験を下敷きにしたシナリオは、初稿について話し合った日からちょうど一週間後に仕上がった。港から市電に乗って高校へ向かう雪田が、教科書や授業の風景を見せながら、果たされなかった約束について説明するという内容だ。

ネイティブスピーカーも交えた教師陣が教える英語科目は、学年が進むごとに受験勉強に置き換わっていった。二年生も半ばになると、ヒアリングとスピーキングは大学共通テスト対策に変わってしまったのだという。

学校に到着すると、雪田はグレイルハウスを題材に、女子として見られることに反発する。厳しい門限を課して男子と交際を禁止、ダサい服装を強制するグレイルハウスの行動原理は、宗教とは全く関係がない。未成熟な女子を男性に供給するための装置になっているのだ、と解き明かしていく。

シナリオをお披露目したのは蒼空寮とグレイルハウスのチーム合同ビデオ会議の席上だった。大まかなあらすじを聞いていたマモルも完成したシナリオには衝撃を受けたが、蒼空寮側のメンバーは声を失い、雪田のルームメイトのマユミなどは「退寮させられるよ！」と声を裏返した。

そんな一幕はあったものの、登場人物になるのだと手を上げた参加者たちからは、徐々にシナリオが集まってきていた。

シナリオは出来上がっていなかったが、マモルは、十二月に入った頃から、VR甲子園を率いる宏一と話し合いながら、ビヨンドで使う鹿児島市街地の作成を始めさせた。

シナリオがない段階なのでVR甲子園チームの手を借りられなかったビヨンドチームだが、カナタが突破口を見つけてくれた。国交省や国土地理院が公開している行政データをプレゼンテーションに使おうというのだ。ぶうぶう文句を言いながらもナオキが手を動かし始めると、ものの三日ほどで鹿児島の市街地を、南郷高校と遜色のない映像でウォークスルーできるようになっていた。

プログラムで変換しただけなので、歩いていると壁に突っ込んでしまったり、入り込んだ路地から出られなかったり、地面の隙間を踏み抜いて永遠に落下してしまったりするのだが、リアルな鹿児島の市街地と、天候に応じて桜島の噴煙まで動くVRシーンには、意外な効用があった。シナリオを書いているメンバーたちの筆が進み始めたのだ。

特に雪田には大きなインスピレーションを与えてくれるらしく、かなり長い時間を、VRで再現された鹿児島市街地で過ごすようになっていた。

マモルと雪田はVRゴーグルをかけてVRで再現された鹿児島港に行き、そこでシナリオを作ることが増えてきた。桟橋のベンチに腰掛けたマモルと雪田は、日々表情を変える桜島を前にして、メンバーから送られてくるシナリオを検討していく。

一人一人のシナリオは雪田のものほど強くはないし、複雑でもない。

最も社会的なメッセージを含む、ガイジンとして扱われる帰国子女の戸惑いを語る安永のシナリオも本体はスケートボードだし、寮のコンピューター自治について語るナオキのシナリオは見る人を選ぶ退屈なインフラ構築。マユミが提出したのは目当てにしていたダンス部が無くなったからチアリーダーやってるんだけど、やっぱりダンスがやりたいなという程度の簡単なシナリオだ。

カナタの提出したシナリオなんて「ああもっと悪戯がしたいなあ」という話だった。本当にしょうもない内容だが、二十五あるシナリオの中の一つなら、いい清涼剤に感じられる。

相反するというほどでもないが、統一感のないシナリオに向き合うマモルは、愚直にそれらを良くすることに心を砕いた。

ずっと日本人だったマモルが安永の内心を理解できるわけはないし、ナオキのシナリオを理解するには知識が足りない。打ち込んできたものを持たないマモルには、マユミの願望もわからない。それでも言葉がつながっていないところや背景に見せているものとのミスマッチ、そして独りよがりに気がつくようになったマモルが指摘をすると、返ってくるシナリオは強くなっていったのだ。

みたことがあるものだけで作られた三階の展示を見ながら、マモルは自分の成長に気づいていた。

マモルは、塙がえいいやで作った星の王子さまの真似事がただの自己満足であることをはっきりわかるようになっていた。もちろんクリスマスの飾り付けなのだから、それでいいのだ。

展示に背を向けるとずっしり本の入ったトートバッグを提げたユウキが、３０１号室から出てくるところだった。

「はげ、マモル。まだ空っぽじゃがな。三年の本なくなるぞ」

トートバッグには付箋をたっぷり貼った『高校数学解法事典』が入っていた。数学が得意なことで知られるナオキの兄が使っていた、寮生垂涎《すいぜん》の事典だ。

「いいのをもらったな。道先輩はもう使わないの？」

「道先輩、英語がやばいっちょ。冬休みは得意科目の数学なんかで遊んでないで、英語漬けにならんばよ」

ユウキは声をひそめた。

なるほど、とマモルは頷いた。

クリスマスを機に受験マシーンに生まれ変わる三年生たちは、下級生と交流できる最後の日――クリスマスイブに、実家に帰る後輩たちに私物をプレゼントするのだ。趣味のゲーム機やドローンにデジカメ、ダンベルなどのトレーニング機器、野球のグローブに木刀、そして小説やマンガ本などが受け渡されていく。

辞書や図鑑のような大型書籍には、何年にもわたって受け継がれているものもある。塙がマモルにくれた『広辞苑』は、一九九一年に発行された第四版で、ほとんど使われた形跡がなかった。きっとマモルも同じように綺麗なまま後輩に譲ることになるのだろうが、ユウキがもらってきた本のように使い込んであるものの方が有難がられる。

ユウキは事典を袋から手に取った。

「先輩は、前の三年から新品同然でもらったんだってよ。ま、こんだけ使われて本望やろ。俺はこれからボロボロにするからや。それで、マモルはどこから回るわけ？」

「志布井さんのとこ」

ユウキは肩をすくめた。

「なんだ、寮長部屋もまだ行ってなかったんかよ？　ゆでゆでしすぎどぉ（だらだらしすぎだろう）」ユウキはマモルの肩を小突いた。「志布井さんの本棚、ろくなの残っとらんどぉ」

「本よりも挨拶だよ」

「そうだけど、まあ行っとけ」

ユウキに手を振ったマモルは、思い思いに最後の余暇を過ごす三年生たちの姿を眺めながら三階の一番奥にある寮長部屋の前で立ち止まった。

部屋の下級生は三年生回りに出ているらしく、脚立に乗った志布井が一人で本の整理をしているところだった。

「失礼します、志布井先輩。２０１号室の倉田です」

「寮長か、入れよ」

返ってきた声が妙に懐かしく響いた。去年の九月から一年間、毎朝聞いていたこの声を聞かなくなって、もう四ヶ月が経とうとしている。

「ご無沙汰しています」

マモルが頭を下げると、志布井は首を傾げた。

「いつも何かで話してるつもりになってたけど、メッセンジャーばっかりだったか。ちょっと整理を手伝ってくれる？」

志布井が指した机には、東京大学の理系の赤本と共通テスト対策の問題集が積み上げられていた。

「俺が赤本を二段目に並べるから、取って渡してくれ」

「はい」

何冊かまとめて持ち上げようとしたマモルは、本が薄いことに気がついた。よく見ると本の背に印刷されている「東京大学」の文字が千切りにされている。よく見ようと一冊取り上げると、赤本がバラバラになった。

「申し訳ありません！」

反射的に叫んだマモルを志布井が笑う。

「いいよ、切ったのは俺だから。解答があるとつい見てしまうから、切り離して別のところに置いてある」

赤本の余白には、びっしりと書き込みがされていた。マモルは三冊分ほどまとめて、崩れないように志布井に渡す。

「先輩、これ全部やったんですか?」

「やったというか、そこまで覚えた。共通テストが終わったら残りも覚える」

「覚えるって――」

志布井は、マモルが手に持っている赤本の表紙をチラリと見た。

「数学の一問目は、放物線を描くやつだろ。$y = ax^2 + bx + c$ と、$y = x^2$ を使うやつ」

「ええっ?」マモルはページをめくって絶句した。まさに、志布井が口にした問題が記されていたのだ。「まさか、過去問を全部覚えてるんですか?」

志布井が手を差し出した。

「次の本」

「あ、ごめんなさい」

マモルが差し出した本を摑むと、志布井は言った。

「俺は頭悪いからな。丸暗記するしか方法がない」

「覚えられるだけですごいですよ」

「それじゃ入試は通らないんだよ。今年は通らない。来年は宅浪してるよ」

志布井は脚立から降りて自分の椅子に腰掛けると、本棚を見上げる。

「参ったな。あげられるものは何もない」

マモルは返答しなかった。まさにその通りだったのだ。

一段目は共通テストとセンター試験の過去問題、二段目は東大の赤本、三段目は教科書と学校で配られた参考書に問題集。一番上の棚には大学ノートがびっしりと詰まっていた。

「退寮するまでには何かプレゼントを考えとくよ。マモルには寮長を押し付けちゃったからな」

「気持ちだけで十分です。ありがとうございます」

「おっと、忘れてた」

志布井は、プラスチックカップにシャンパン型のペットボトルから炭酸飲料を注ぎ、マモルに渡した。マモルが受け取ると、志布井は自分のカップを持ち上げる。

「メリークリスマス」

「メリークリスマス」

炭酸のきついソーダを喉に流し込むと、志布井は切り分けられたケーキを差し出した。

「寮長になって、どうよ」

「難しいです」

志布井は、だろうな、と苦笑してフライドポテトを口に放り込む。

「ビヨンドとVR甲子園の二本立てはうまくいってるか?」

「まあまあですね。VR甲子園は泊に任せてますけど、同じセットを使うことにしたので共同作業できてます」

「その手があったか」志布井はフライドポテトの皿をマモルの取れる場所に動かした。「俺も、好きなことをやる方法を真剣に探せばよかったな。しかし、永興学院とのインタースクールなんてことは思いつきもしなかったな」

マモルもフライドポテトを摘んだ。

「呉先輩のおかげです」

「健民か」志布井は本棚を見上げた。「あいつからビヨンドの話聞いた時は、やれると思ったんだけどな。やりたいと思った」

マモルは、ずっと聞こうと思っていた質問をするタイミングだということに気づいた。

「志布井先輩は、ビヨンドに出てなんの話をするつもりだったんですか？」

「話？」

「シナリオのテーマですよ。ビヨンドに出るならどんなシナリオにしようかとか悩みませんでしたか？」

「悩む？　いや、悩んじゃいない」

志布井は炭酸飲料の入ったコップをデスクに置くと脚立に登り、最上段から分厚い大学ノートを取り出した。表紙には、見慣れた志布井の筆跡で「ビヨンドチャレンジ」と書かれていた。百ページほどの分厚いノートだが、使った跡のあるページは、前半の三分の一くらいまでだった。

「これだよ。健民に言われてすぐに書いたんだ」

志布井はノートを閉じて、マモルに差し出した。

「やるよ。使いたければ利用していい。中身はこの学校と寮と、俺たちの紹介だ」

マモルはノートを開いた。コンテの中には今年のＶＲ甲子園で使われたカットもいくつかある。しかし、実際のプレゼンテーションと、志布井のノートに書かれた構想には決定的な違いがあった。

「寮生を出す予定だったんですね」

「そうなんだよ。でもアバターの出来が悪すぎた。不気味の谷ってやつだ。やればやるほどドツボにはまってな。校舎と山でプレゼンする方向に舵をきったわけだ」

膝を組んだ志布井は、ため息をついた。

「VR甲子園で永興学院のプレゼンを見たとき、やられた、と思ったね。アバターなんか挟まずに、ただ自分たちがカメラの前に出りゃ良かったんだ。ビヨンドなら、できのいいアバター買ってきてもいい」

志布井は、マモルの顔を見つめていた。

「気づいてたんだよ。でも、やらなかった。結局、自分のことをさらけ出す勇気がなかったってわけだ。シナリオもありきたりの話しかできなかった。塙が止めなきゃ、恥かくところだった」

マモルは冒頭のページから顔を上げた。

「これ、いいシナリオになったと思いますよ」

志布井が手を叩いて笑い声を上げた。

「そう言われるとその気になってくるな。マモルに寮長を任せて良かったよ」

志布井がマモルの背後を指差した。振り返ると、話が終わるのを待つ一年生がずらりと並んでいた。

「ありがとうございます」

マモルが立ち上がって頭を下げると、志布井はその手を取って力強く握った。

「頑張れよ。健民にも伝えておく」

＊

冬休みが終わると、大学入学共通テストを二週間後に控えた寮は受験一色に染まる。

三年生の多くは朝礼に出なくなり、後輩に部屋に運ばせた朝食をかき込むと朝七時から始まる補講に出るために寮を飛び出していく。

深夜にピザやラーメンの出前を取る部屋も増えるし、消灯も守られなくなる。三年生の中には、学習時間に下級生を追い出したり、五キロ離れたコンビニまで夜食を買いに行かせたりするなど、やりすぎてしまう者も出る。そういう時は、マモルやユウキら風紀委員の出番だ。

針の落ちる音が聞こえるかのような二週間がすぎると、試験本番だ。

もちろん当日も気は抜けない。試験一日目の一月十八日、二年生と一年生には大事な仕事が降りかかる。帰ってきた三年生から初日の問題用紙を取り上げて、二日目に集中してもらうのだ。試験が終わったら自己採点が間違えていないかどうかを確かめるのも、下級生の大事な仕事だ。

当然ながら、二年生たちは上級生の結果を噂するようになる。一番の話題は志布井が九〇〇点満点の七五二点を取って、東京大学の予想足切りラインを超えたことだった。二位の塙は七三一点で、三位はナオキの兄の七〇二点だ。マモルにとっては圧倒的な高得点だが、トップの三人の中で目標の点数を超えたのは塙だけだった。

三人の成績は、全体をよく表していた。目標の点数を超えた三年生は三分の一もいなかったのだ。三年生たちの顔からはゆとりが消え、多くが志望校のランクを落とし、いままで考慮していなかった私立大学を検討し始める。集団生活では勉強ができないという理由で退寮する三年生も現れた。

　同時に、推薦や私立大学に合格した三年生たちは羽を伸ばしはじめた。マモルとユウキたちは、学習時間に騒いでいれば注意をし、アルコールを持ち込んでいれば没収して回るようになった。

　二次試験が近づくと県外の大学を受ける三年生が受験旅行で寮を離れ、寮の主役は二年生に替わる。最上級生がいなくなった部屋の二年生の中には、合格して気の緩んだ他の部屋の三年生たちと一緒に門限を破って市街地に遊びに行ったり、酒が入る宴席を開いたりするものも出てきたのだ。普段は寮生がハメを外すのを大目に見ている寮監の佐々木も、この時期だけはということでマモルと一緒に注意して回ってくれた。

　三月に入り、受験旅行から三年生たちが戻ってくると、寮は新たな緊張で満たされた。

　中期、後期試験の追い込みに入った三年生と、早々と合格を決めた三年生が同じ釜の飯を食っていれば当然だが、喧嘩は二、三日おきにどこかで起こるし、器物を壊す人も現れる。マモルやユウキたちは喧嘩の仲裁に入り、ストレスの捌け口を探す三年生のところに佐々木を差し向けて話し相手になってもらったりもするようになった。

　毎日のようにトラブルが持ち込まれる中、マモルが平静でいられたのは、早々と第一志望の鹿児島大学に合格した塙が相談相手になってくれたからだった。塙は、マモルが寮長の仕事の合間を縫って進めていたシナリオに感想を述べてくれもした。

　話し相手といえば、志布井と話す機会も増えた。受験に失敗した志布井は、鹿児島の市内に下宿して東京大学を目指すらしい。

こんなふうに過ごしている間に、三年生たちはそれぞれのタイミングで寮を離れていった。

入寮時の説教のような儀式も、お別れパーティーもない。

部屋の下級生が荷物を本館の玄関まで運び、迎えにやってきた家族か宅配業者かに渡せばそれでおしまいだ。

最後の三年生の荷物を送り出したのは三月二十日だった。受験に失敗したその三年生は寮に挨拶に戻ることもせず、荷物を整理するよう二年生に頼んで帰ってしまったのだ。布団と、二箱の段ボール箱を宅配業者に預けて寮の全員で見送ると、進路指導室から寮生の資料をもらった佐々木がやってきて、掲示板に貼り出した。


蒼空寮五十八期生、総数三十三名。

一次志望合格者、五名。

その他大学合格、十九名。

その他学校への進学、四名。

浪人、四名。

就職、一名。


合格者数は、噂でやりとりしていた感覚とほぼ一致していたが、結果を見た二年生たちはため息をついた。一次志望の大学に入れたことになっている五人のうち、塙とナオキの兄を除くと、残り三人はかなり楽な進路を選んでいるのだ。実質的に受験を勝ち抜いたのは、二人だけしかいないということになる。

佐々木は、玄関脇に置いてあるサインペンを取ると、寮生の数を三十四人に、そして一次志望合格者を六名に修正して、最後に「VR甲子園鹿児島県大会、出場」と書き足した。

「それ、誰ですか？」

聞いたナオキに佐々木は答えた。

「呉健民から俺にメールが届いた。清華大学に転入したらしい」

思わぬ吉報に二年生たちは歓声を上げた。一年生はピンときていないようだが、今年、大学世界ランキングで四位になった大学だ。

明るい雰囲気の中で新年度の引っ越しが始まった。

＊

寮長部屋への引っ越しはあっという間に終わってしまった。

志布井が部屋を去るときに徹底的に清掃しておいてくれたのと、部屋の後輩になった山﨑がPCと部屋のネットワーク設定を引き受けてくれたおかげだ。PCは苦手だということだったが、ナオキの部屋で鍛えられているのでマモルよりも頼りになる。

部屋を山﨑に任せたマモルは、新たな部屋割りの寮を見て回ることにした。風紀委員と半月かけて作り上げた組み合わせに不安があるわけではないが、実際の様子を知っておきたかったのだ。

自室のある三階と二階を一部屋ずつ覗いて歩いたマモルは一階に降りると、最後まで部屋割りをもめた109号室に向かった。

109号室は、寮にふたつだけある四人部屋のひとつだ。新三年生はナオキとカナタ。新二年生は安永という組み合わせで、一年生は、推薦入試で合格した相撲部出身の子の予定だった。入試の面接に立ち会った佐々木によると生意気なタイプらしい。

三年生二人の難しい部屋をこの二人にした目的は、カナタに枷《かせ》をはめることだった。風紀委員の中でも話が通じるナオキと、次の寮長か風紀委員長にと目されている安永がいれば、カナタもそう無茶をすることはないだろうという判断だ。間違ってはいないはずだが、部屋割りを聞いたときに「ええーっ！」と叫んだカナタのことは心配だった。

109号室の前には大学入試の問題集が山積みになっていた。ナオキが入学した時から第一志望だと口にしている東工大の赤本だ。本棚に入りきらないのか、まだ片付けていないのか。とにかく整理整頓を欠かさないナオキには珍しい。

怪訝に思っていると、やはりこの部屋のことが気になっているらしいユウキもやってきた。

「寮長もこの部屋が心配か。おっ！　東工大の赤本じゃがな」

「どうしたんだろうね」

マモルが言うと、タイミングよく安永が顔を出した。

「倉田先輩、結先輩。ご用ですか？」

ユウキが参考書に顎をしゃくる。

「赤本片付けとけよ。見苦しいからや」

安永が困った顔で部屋を見る。

「道先輩が置いているんです」

「ナオキが？」ユウキは学習室の引き戸を勢いよく開いた。「おいナオキ、お前《わい》は東工大を諦めたとか？」

「お、ユウキじゃん」血相を変えたユウキに手をあげたナオキは、本棚を指差した。「諦めたんじゃない。志望校を変えたんだ」

ユウキに続いて部屋に入ったマモルは本棚を見て目を疑った。ずらりと並ぶ数学の参考書の間にねじ込んであるのは、物理と化学ではなく、英語と論理国語の参考書だった。

「文転するの？」「お前、文転するわけ？」

「経済学部だよ。気づいたんだよ、あれこそテクノロジーだよなあって」

同時にそう言ったユウキとマモルにナオキが答えると、散らかった机をさらに散らかしていたカナタが鼻で笑った。

「悔しいんだよこいつ。〈スカイコイン〉を取り返せなかったから」

「わ、ばか！」

ナオキはカナタの口を押さえようと手を伸ばすが、カナタはひょいと体をよけた。

「なんだよ。言ったっていいじゃん。事実だし」

「このやろ」と言ってなおもカナタの口を塞ごうとするナオキの前に、ユウキが割って入った。

「待たんねナオキ。〈スカイコイン〉を取り返す？　お前《うら》忘れるち言ったがな」

ナオキはいやそうに頷いた。

「少しでもなんとかならないかと思ったんだよ。まだ百コイン持ってるしさ」

「ならなかったんだよねえ」

椅子にとすん、と腰を下ろしたカナタが、お手上げのポーズをする。

「俺らを締め出したあと、連中は〈スカイコイン〉をハードフォークしてパブリックDAO《ダオ》のトークンに変えちゃったんだよ」

「ハードフォーク？　ダオ？」

「説明はそちらー」

カナタはナオキに両腕を差し伸べて、手のひらをひらひらさせてみせる。ナオキは額を手で覆った。

「お前ねえ……」

「いいじゃん、説明うまいんだし」

「わかったよ。じゃあ簡単にな」ナオキはマモルとユウキに椅子を勧めた。「ハードフォークってのは分散帳簿《ブロックチェーン》を分岐させること。DAOってのはブロックチェーンに書いたルールを定款にする組織。連中は俺たちが始めた〈スカイコイン〉の帳簿を分岐させて、炭素取引をする会社の株券に作り替えたんだ。ワイオミング州だとブロックチェーン組織で合同会社が作れるんだよ」

「会社かあ」とユウキ。「そういえば、億単位の金が動いてるんだよな。会社になってなかったのがおかしいっちゃおかしいのか。でも、ナオキの持ってた百コインは生きてるんだろ？　そこから始めりゃいいがな」

ナオキはうなだれた。

「本物の会社になったから、マネロン規制の対象になった。証拠金積まないと取引できなくなったんだ」

「なるほどな」ユウキが頷いて英語の参考書が並ぶ本棚を見上げた。「それで経済学部か。慶應？」

「そのあたり目指してみようかな」

敗北の弁でもあるが、ナオキの漂わせる雰囲気は軽やかだった。諦めたとか失敗したとか、後悔しているようなニュアンスが全くなかったのだ。ナオキは本棚から一冊の本を取り出した。参考書ではなく『現代貨幣理論の数学』という単行本だ。

「MMT《エムエムティー》か」

マモルが言うと、ナオキが目を丸くする。

「知ってるの？」

「現代社会で原口先生が話してた。時事問題で出るかもしれないって」

「出るかな。まあ、とにかく軽い本だと思って、買ってみたらこれだったわけよ」

ナオキが付箋の貼られたページを開くと、見たこともない形の数式がずらりと並んでいた。マモルがため息をつくとユウキが鼻で笑った。

「ちょっ待てマモル。これがわからんわけ？」ユウキは数式の一つに指を当てる。「よく見てみ。これは微分、こっちは数列の極限じゃがなあ。共通テストには出らんかもしれんけど、二次試験だと余裕で出るどぉ。今から来年のマモルが心配になってきたがな」

「マジで？　こんなの見たことないぞ」

ナオキが声をあげて笑った。

「いじめんなよ、ユウキ。微分と数列なのは確かだけど、受験には出ない」

本を覗き込んだカナタが頷いた。

「経済学部ってこんなのやるのか。面白いなあ。俺も文転するけど、経済学部もいいなあ」

「文転か。お前今まで国語も英語も捨ててなかったか？　まあがんばれ」

腕を伸ばしたユウキが、カナタの頭をよしよしとなでようとする。カナタが振り払うと、ナオキも煽った。

「グーグル翻訳もＡＩも試験会場に持ち込めないぞ」

「お前らねー」とカナタが腰に手を当てた。「先に、志望校とか学部とか聞くのが普通じゃない？」

「なんでわざわざ」とユウキは腕を組み、ナオキは「文系ならどこだって英語はいるだろ」と言ってしっしっと手を振った。

「冷たいなー。聞けよお」

「はいはい、どこ？」

「ナオキさあ、風紀委員がそんな聞き方していいのかよ。俺の人生が変わるんだから」

「めんどくさいがなあ、言えっちょ」

ユウキが拳を手のひらに打ちつける。

「ちょ、ちょっと待って待って。言う、言うよ」

「どこよ」

「法学部」

ユウキが目を丸くする。

「法学部？　カナタが？」

「そう、法学部だ」

胸を張ったカナタ。呆れたようにナオキが言った。

「お前は警察と弁護士のお世話になる方だろうが」

「失礼なこと言うなよ。俺は犯罪は嫌いだよ」

嘘つけよ！　とユウキが吠えると、マモルを除く三人は寮生ならではの呼吸で同時に笑い出した。この二人ほど大きく変える例は多くないが、現実と折り合いをつける先輩を見た寮生たちは、新入生が入ってくる直前のこの時期に将来を考え直す。

ため息をついたマモルが天井を見上げると、ユウキが足で小突いた。

「マモルはどうするわけ、進路」

「ビヨンドの後に考えるよ。今はビヨンドに集中する」

「ばっかお前、受験が先どぉ」

「夏から本気出すよ」

ナオキとユウキは「あちゃー」と言って顔を覆ったが、カナタは首をかしげた。

「え？　マモルの成績落ちてないよね。上がってない？」

「マジで？」とユウキが目をむき、ナオキが「お前、ぜんぜん勉強してないだろ」と言葉を被せる。

マモルは人差し指と親指の間を二センチほど空けてみせた。

「順位はちょっと上がった。勉強はしてないけどね」

シナリオ制作に没頭しはじめた昨年の十一月から、マモルは校内の試験でずるずると順位を落としていった。二月末には理数科で最下位になった科目もあったほどだ。だが、予備校がやる模試の順位は上がっている。八十人の理数科で半分よりも前に出たことのないマモルだが、三学期末に受けた試験では二十位台まで浮上していた。

心当たりはあった。ビヨンドの情報収集には英語が必須だし、毎日のように送られてくるシナリオを読み、指摘を書き込んで返しているのだから英語と現代国語の成績が上がるのは当然だ。それに、個人の声をなんとかＳＤＧｓと結び付けられないかと調べているので、選択科目の現代社会も今までより楽になった。そして同時に、ほぼ捨てていた数学と生物、化学も伸びてきているのだ。

「ビヨンドのおかげち言いたいわけ?」ユウキがそう茶化すと、腕組みをしてマモルを睨んだ。

「要するに勉強に打ち込んでなかったわけか」

「違うよ――」と言いかけたところで、部屋の引き戸が開いた。

「ナオキはいるかー?」

顔を出したのは、寮監の佐々木だった。

「はい」

佐々木は立ち上がろうとしたナオキを片手で制すると、小脇に抱えていた二冊の本を手渡した。一冊は『ゲームプログラミングのための３Ｄグラフィックス数学』と書かれた小冊子で、もう一つは骸骨剣士が表紙に印刷された黒い大型のハードカバーだった。骸骨剣士の本には付箋がいくつか挟んであった。

「あれ、二冊ですか？　あ、こっちは英語版だ。例のアレですか？　マップから道を作るやつ」

「そうなんだけど、悪いね」佐々木は肩をすくめた。「経路探索で解くサンプルコードな。俺が持ってた二〇二二年版に載ってたんだけど、日本語版を取り寄せたら入ってなくてな。よく見たら、日本語版は二〇一〇年版だった。まあいいよ、両方やるよ」

「え？　コピー取って返しますよ」

佐々木は首を振った。

「そもそも日本語版はナオキにやるために入手したやつだし、英語版の方は全部通してやってみたから、もういらない。ナオキが使った後は寮に放流しとけよ。いい本だ。経路探索はピンクの付箋のところだ」

早速ページを開いたナオキが顔をしかめる。横から覗き込んだカナタが「うひょう」と声を上げる。

「行列だらけだ！」

「トランスフォーメーションマトリクスだ。３Ｄの座標変換だよ」と佐々木。「そんなのは量が多くなるだけで難しくもなんともない。肝は、３Ｄ空間にばら撒いた点のネットワークモデル構築とホモトピー写像、それをＢツリーモデルに落とし込んだコホモロジー群に絞り込むやり方だ」

四人がぽかんと口を開けて佐々木を見上げる。学年でトップのユウキも、情報工学を目指していたナオキも理解していないらしい。理系ではないマモルにも、佐々木が口にしたものが授業で教わるものとかけ離れていることだけはわかった。

「先生」ナオキが、まるで授業を受けている時のように手を上げた。「ホモトピー写像って、なんですか」

「代数的位相幾何学で使う手法の一つだ。もちろん習ってないわなあ」

「はい」

「まともな数学科がある大学で数論とれば習えるから心配しなくていいよ。この間見せてもらったビヨンドの経路問題なら、サンプルコードでもリアルタイム処理できるんじゃないかな」

「経路問題?」とマモルはナオキに顔を向けた。「なにかトラブってるの?」

ナオキは学習机の奥にあるディスプレイに顎をしゃくった。そこには、ビヨンドのオープニングで使う鹿児島港が表示されていた。

「鹿児島市のVRに行政データ使うだろ」

「市街地の3Dデータね」

「そうそう。デートに入り浸ってるマモルなら知ってるだろうけど」

「デートじゃない!」

「はいはい。街を歩くと、ビルの隙間に入り込んだり、歩道の段差から落っこちたりするじゃない」

マモルは頷いた。確かにそこが泣きどころなのだ。国土交通省や国土地理院が公開している3Dの街路データは、ゲームやVRのウォークスルーのために作られたわけではない。中を歩いて突き抜けられない壁がどれなのかも設定されていないし、地面には穴も空いているのだ。プレゼンターのアバターなら動く道筋を決めてしまえばいいが、彼らの後ろをついて動く視聴者たちは壁の中に閉じ込められたり、歩道の隙間から無限に落下してしまったりする。

もしも四月までに問題を解決できなければ、視聴者のカメラを自由に動かせないようにすることになっていた。

ナオキは黒い本に書いてある数式をじっと見つめた。

「佐々木先生に話したら、経路探索で解決できるかもしれないんだって」

「簡易的なやつだがな」と佐々木。「行政データの中に何億本か針を落として、その重なりをBツリーのネットワークで記述する。それを何万回かやってコホモロジー環になる集合を探せば、空間的に接合された路ができる。その上だけ歩けばいいんだよ。ビヨンドの算術APIにはGPU対応のネットワークモデルもトポロジーモデルもあるから、そんなに難しいことじゃない」

真っ先に頷いたのはカナタだった。

「すげえ、確かにそれでできる」

ユウキが首を傾げる。

「コホモロジー環はトポロジーですよね。どうして位相幾何学を使うんですか」

「道具が揃ってるからだよ」

「道具が……」

考え込むユウキに、じゃあねと手を振って佐々木は出て行こうとした。

「あの、先生」カナタが呼び止めた。「今の数学って文系でも習えますか?」

「法学部では習わんかもなあ」佐々木は本棚に並ぶ真新しい赤本を確かめて苦笑した。「数学を自由に取れる大学を探してやるよ」

「ありがとうございます」

「あの、先生」

今度こそ出て行こうとした佐々木を、マモルはつい呼び止めてしまった。

コロナ禍で、派遣されていたCERNから連れ戻された佐々木は、研究者としてのキャリアを諦めたということになっている。しかし、今の位相幾何学の語り方は、何年もその思考方法から離れている人物のものとは思えなかった。

「どうした」

「今でも研究を続けてるんですか？」

ふん、と佐々木は息をついて寮監住宅の方を眺めた。

「紙とパソコンで、加速器とスパコン使ってる連中と殴り合ってるよ」

「かっけえ！」

拳を握ったカナタに、佐々木は力のない笑い声を投げかける。

「すまん、言い過ぎだ。連中の周りをハエみたいにぶんぶん飛び回ってる。一年に論文一本ってところだ」

佐々木はそう言うと、部屋の四人を見渡した。

「お前らは真似するなよ。一回出られたら戻ってくるな」

真剣な声にマモルたちは息を呑んだが、佐々木はその雰囲気を察したのか、ひときわ優しい声で言った。

「心配するな。俺は俺で楽しくやってるよ。俺たちができなかったことを、お前らが毎年みせてくれるんだ」

佐々木は部屋の外に置いてある東工大の赤本を一冊拾い上げると、ナオキに言った。

「こいつ、もらっていいか？」

「え？　あ、はい」

「今の高校生がどんな数学やってんのか、俺も勉強してみるわ。シナリオの方はどうだ。進んでるのか？」

マモルは頷いた。蒼空寮とグレイルハウスから送られてくるシナリオは力強い声に変わってきていた。

「いいのができそうですよ」

「楽しみにしてるよ」

佐々木は手を振って廊下の突き当たりにあるドアから出ていった。

Ⅵ　ビヨンド

少女は旅客ターミナルから北埠頭に降り立つと、トロリーバッグの持ち手を握りしめて、市街と港湾地区の境目にある産業道路のバス停に向かった。彼女が乗ってきた船には、コンテナの積み込みがもう始まっている。少女は桟橋を眺めながら、整備の行き届いていない、ひび割れた歩道を進んだ。

彼女が身に着けているジャンパースカートとブラウスは、明日から三年間通う高校の制服だ。いまは襟元を開けているが、校門をくぐるまでにはボタンを一番上まで留めて、白いリボンを結ばなくてはならない。

桟橋と歩道を隔てるフェンスには「不正軽油禁止」や「重機もＥＶの時代」などの標語とともにスマートな作業機械が描かれたポスターが掲げられている。しかし、桟橋で走り回るトレーラーや、倉庫を出入りするトラックやフォークリフトからは、黒い煙がもくもくと吐き出されていた。

少女は軽く口元を押さえた。こんなことならマスクを持ってくるべきだった。ＰＭ２・５も怖いけれど、なにより臭いが好きになれない。

今日から新生活が始まるというのに、出迎えてくれた街では時代に取り残されたような機械が現役で、二十世紀の悪臭を吹きかけてくる。

ため息をつこうとした時、同じ船に乗っていたらしい制服姿の少年がスケートボードで隣を通り過ぎていった。背中に大きなダッフルバッグを背負った少年は、歩道のひび割れにホイールを当て、スピンターンしてバス停へと滑っていく。彼はバス停の前でスケートボードを飛び降りると、バスを待つ列に加わった。

少年のバッグには、「入学案内」の文字がある封筒が差し込まれていた。彼もまた、この街で新しい生活を始めるところなのだろう。

少女はカートをひく手を強く握って、バス停へと歩いていく。

彼女の後ろには、二人と同じように、新生活への期待と不安に顔を緊張させた生徒たちが続いた。

少女を後ろからとらえていたカメラは、ズームアウトしながら高度をあげて、朝の光が差し込む鹿児島の街を映し出す。

『この街から声をあげる』

南郷高校蒼空寮・永興学院グレイルハウス共同プロジェクト

VRインターフェイスで、わたしたちの誰かをフォローしてください。

わたしたちが世界をどんなふうに見ているのかわかると幸いです。

シナリオを読み終えたマモルは、ファイルがクラウドに保存されていることを確かめると後ろに手をついて、入れ替えたばかりの新しい畳表の感触を楽しんだ。ＶＲゴーグルをかけていても指先から伝わる感触と、新しいイグサの香りが心を落ち着かせてくれる。

畳に寝転んだマモルは天井に顔をむけ、ＶＲゴーグルに描かれた朝の空を眺めた。

東から西にかけて、オレンジ色の朝焼けから紫へ、そして夜の気配が漂う濃紺へと変化していく空には、刷毛で掃いたような雲が流れていた。山がちな大隅半島に遮られているせいか、桟橋の向こうに横たわる錦江湾は鏡のように朝焼けと、黒々とした桜島を映し出している。

マモルは寝転がったままで首を巡らせて、この数週間で急速に磨き上げられた制作者の目でＶＲ映像をチェックした。

大気上層に浮かぶ層雲の形状は、ログインする前に気象衛星のサイトで確かめたものと一致している。

この時刻はシルエットにしか見えない桜島も、陰影を強調したおかげで印象的な姿に描かれているし、港から見える鹿児島市街地の建物も、国土交通省からダウンロードしてきた粗いポリゴンだとは思えないほどの実在感がある。ナオキが描いたリアルタイムシェーダーは、見るたびに品質が上がっている。（シェーダー：ＶＲなどで３Ｄ空間を描く際に質感や形状を描き出すプログラム）

ＶＲゴーグルの骨伝導イヤフォンからは、自動生成された風の音や港のざわめきが流れてくる。マモルが耳を澄ますと、頭上からキーボードを叩く音が聞こえてきた。

後ろに首を捻じ曲げると、地面にあぐらをかいている雪田のアバターが目に入った。

アバターが身につけているのは、濃紺と緑のチェックのジャンパースカートだ。

永興学院の制服をアレンジしたものだが、純潔のシンボルだというリボンは省略されていて、スカートの下には校則で禁じられているスパッツも穿いている。切りっぱなしの袖と、開襟スタイルのワイドな襟は雪田のアレンジだ。

マモルは、難航した衣装の打ち合わせを思い出した。

ビヨンドのマーケットプレイスからマモルが選んだカジュアルウェアのアバターは、評判が悪かった。ジーンズとポロシャツ姿のアバターは、どれだけ工夫してもおじさんにしか見えなかったのだ。アバターは若者の姿だったのだが、四十代、五十代の男性が好んで使うからなのだろう。

ならばと選んだストリート風のアバターはTシャツのロゴや落書き《グラフィティ》のペイントを外してしまうと、ミリタリーパンツを穿いた兵士になってしまった。ジャケットやスーツは若い会社員のようにしか見えず、スポーツウェアでは落ち着いて話す雰囲気になりにくい。

アバター選びは女子の方が難しかった。体の見せ方が、シナリオでも言及する女性性の問題に直結してしまうのだ。スカートの丈がわずか数ミリメートル変わるだけで媚びているように見えたり、あるいは幼く見えてしまったりするのだ。

小物選びも難航した。服装や顔かたちが単純化されたアバターでは、ちょっとしたアイテムの選び方に意味がついてしまうのだ。しかも、ある程度のクオリティで着衣のアバターを仕上げていくのには数日から一週間ほどの時間がかかってしまう。しかも、プレゼンターになる寮生たちの個性は表現したい——。

こんな無理難題を解決したのは、面倒くさがりのカナタだった。

永興学院と南郷高校の制服をアレンジしたものにしようと言い出したのだ。校則違反したっていいし、と。

その言葉でメンバーは気づいた。いつも着ている制服姿で、自分たちは友人と話しているし、主張もしている。特にマモルや雪田たち寮生は二十四時間「高校生」だ。

そんなわけで、アバターはそれぞれの制服を自分なりのアレンジで着こなすことになった。雪田のアバターが着ているリボンなしの制服はこうやって生まれたものだった。

マモルのアバターは夏制服とほとんど見た目の変わらない開襟シャツにグレーのスラックス。何か色が欲しかったので、靴だけ茶色のローファーを選んでいる。シナリオを修正する雪田の背中を見ながら、靴の色をもう少し赤っぽくした方がいいだろうかと考えていると、ゆっくり、だがリズミカルに聞こえていたキーボードの音が変わった。

同じキーをペチペチと叩いている。

雪田のくせだ。手が止まると「N」キーを連打するのだ。今日は今まで順調に修正してきたが、ついに詰まってしまったらしい。マモルはミュートにしていたイヤフォンのマイクをオンにした。

「何か相談したいことある?」

「んー」

唸る声と、椅子の軋む音。アバターは腕を上げていないが、どうやら伸びをしたらしい。

キーを叩く、パチンという音を響かせた雪田のアバターはマモルの方に体を向けた。板ポリゴンで作った紺色の髪の毛が擬似的な重力でパサッと揺れる。

「今はない。大丈夫」

カッターナイフで切り込んだような口の穴が雪田の声に合わせて滑らかに動いた。

マモルは雪田とは別の意味で胸を撫で下ろした。雪田が使っている、ビヨンドの発表で使うアバターには音声に合わせて口を動かす「リップシンク」を組み込んだばかりだったのだ。

プラグインをビヨンドのマーケットプレイスで見つけてきたのはナオキだった。価格も十ドルと安価だったのだが、アメリカ人の作ったプラグインがつける表情は、マモルたちには大袈裟すぎた。大きな身振り手振りを交えているときは気にならないのだが、手を腰の前で重ねてセリフを喋る時に、顔ばかりが弾むように動いてしまったのだ。

表情を作り直すことになったマモルと雪田は、蒼空寮とグレイルハウスから五名ずつ集めてシナリオの原稿を読んでもらい、その顔を撮影してリップシンクの素材にすることにした。

寮生たちの朗読映像を渡されたナオキは「なんだよこの棒読み。能面芝居になっちゃうよ」と愚痴っていたが、学生たちの硬い声から作った控えめな表情は、シンプルな造作のアバターにはよく合っていた。

リップシンクには満足したマモルだが、雪田のアバターにはわずかな違和感を感じた。

「顔、すこし直した？」

「わかる？」

マモルはアバターをじっと見つめた。

アバターの顔の造作はシンプルそのものだ。鼻は豆みたいな楕円球体を貼り付けただけだし、瞳は直接肌の上に描いたテクスチャー、髪の毛も板ポリゴンのフリー素材を流用している。

これが、蒼空寮とグレイルハウスで何度も何度も打ち合わせ、修正を繰り返してできあがった形だ。顔立ちで調整できるのは口の穴の形と、目鼻の位置だけ。それでも肌の色や手足の長さ、制服の着丈、ボタンの開閉を調整するだけで驚くほど個性が出る。もちろん小さな差だが、雪田のアバターは彼女の人となりによく馴染んでいる。

「口を大きくして、目の位置を上げた」

「すごい！」

口にした瞬間、昨日教室で言われた梓の言葉が蘇《よみがえ》る。

「ノノに聞いたんだけど、マモルってアバターの髪ポリゴンが一枚増えただけでわかるんだって？　でも、リアルな同級生がショートヘアに変わったことにも気づいた方がいいし、自分の髪の毛ももう少しなんとかしなよ」

反論できないのが情けないが、ビヨンドが終わるまではと自分を納得させている。

立ったりしゃがんだり、回り込んでみたりして、微調整された雪田のアバターの顔を確かめた。

「目を高い位置につけたのはいいね。年相応に見える」

ＶＲゴーグルで没入しているとアバターの顔の造作が幼く見えてしまうのだ。ＶＲ空間では実物よりも物体が小さく見えてしまうという現象に関係しているらしい。カーネギーメロンだかスタンフォードだかの大学院生がサイズ錯誤を取り除く遠近感の描き方を紹介していたけれど、その成果を持ち込んでいる時間はなかった。

しかし、雪田が解決策を見つけてくれた。

「なるほど、現実のプロポーションに近づければいいのか。男子の方は変えなくてもいいかな」

「大丈夫だと思う。制服のデザインもあるけど、今ぐらい幼い方がいい」

男性のアバターを現実の身体に近づけていくと、どうしても怖い印象になってしまうのだ。

「いいんじゃないかな。あ、でもね、ちょっと気になってるんだ」

雪田は自分の横にマユミのアバターの顔を出した。雪田のアバターと同じように、口の大きさと目の高さが調整されているマユミの頭は、ナレーションを読んでいる時の動作を繰り返していた。

「どう思う？　ちょっと怖くない？」

マモルは雪田のアバターをチェックした時と同じように、周囲を歩いて確かめた。

「確かに。ちょっとよそよそしいな。おんなじ調整したの？」

「同じだよ。わたしはもう気にならなくなったけど、やっぱりそうか。初めて見た時は怖いかあ」

「怖くはないんだけどね」

マモルはもう一度、雪田の周りを歩いてみた。ゆっくり、時計回りに、頭の高さを少しずつ変えながら歩いていくと、スピーチしているマユミがふっと振り返った瞬間、目が合った。その瞬間によそよそしい印象がかき消えた。

「あ……よくなった」

「突然？」

「そう、突然。目が合った後だ。そのあとは気にならないや」

「それかあ」と雪田が大きく頷いた。「じゃあ簡単だ。見に来た人を見渡せばいいんだ」

納得した雪田を前に、マモルは頭を抱えてしまう。VRプレゼンテーションで視聴者を表示することはできない。いや、できないわけではないが、アバターの表示負荷は大きい。マモルたちのシステムで同時に表示できるのは、百人が限界なのだ。

その話をすると、雪田も考え込んでしまった。

「人って重いんだ」

「そうそう。だから、虐殺のプレゼンテーションもペラペラの影絵なんだよね」

「影絵か。それでもいいんだけど」

マモルは首を振った。

「影絵じゃ目が合わない」

「そうか……じゃあ、目だけ」

「目だけ？」

「そう、目玉だけならどう？」

マモルはツールボックスからテニスボールほどの大きさの球体を取り出すと、黒い円盤を瞳の位置に置いて二つ並べた。

「こんな感じか」

マモルは目玉を横に十組並べてみた。一つ一つの目玉に個性は必要ないので、メモリを節約できるインスタンスでもかまわない。

「遅くなってないよ」

「十個じゃあね。じゃあ、本番ぐらいまで増やしてみるよ。固まったらログアウトしちゃって」

雪田が頷いたので、マモルは横に並んだ目玉の列を奥に十個複製してみた。これで百個。表示速度にも品質にも変化は感じられない。

マモルは百個をグループにまとめて、さらに横に百個、奥に百個と並べてみた。これで百万個だ。マモルがどう？　と聞く前に雪田が全身を硬直させていた。

「さすが……に、うごけな……い」

「え？」

流石に多過ぎたかと思ったマモルが現在のフレームレートを確かめようとすると、雪田がぶんと手を振った。

「なーんてね、うそうそ。全然重くないよ。これで百万個？　何にも違いがわからないよ」

「そうだね。フレームレートも落ちてないや。これで行こうか。目は合わせられる？」

雪田は桟橋を埋め尽くす目玉を見渡した。

「こんなふうには並ばないよね」

「十個とか、行っても百個とかだと思う。わからないけど」

マモルが手前の目玉の位置をランダムに散らしてみると、雪田は襟元に手をやって、台詞《せりふ》の一節を口にした。

「いつもはリボンを巻いてます。純血を意味する、白いリボンを——すごい。これ、話しやすい」

マモルは眼球のセットをナオキの作業フォルダに送ると、朝日に照らされる桜島を見上げた。午後五時ぐらいだろうか。

「まだ大丈夫？」と雪田。「そっちは入学式？」

「いいや、明日だよ。今日は入寮日。一年生が入ってくる」

「お説教、やるの？」

マモルはアバターの顔を平らな円盤に変えて、コインを弾いてスピンさせるようにくるくる回してみせた。チャットでおどけた顔文字を送る時と同じだ。このふざけたジェスチャーを実装したのはもちろんカナタだ。

「ごまかしたー」

「緊張してるんだよ」

今日の昼には一年生たちがやってくる。新生活への期待に胸を膨らませた彼らの多くは、生まれて初めて親と離れて暮らす。部屋を共にするのは同級生ではなく、髭《ひげ》を剃りはじめている上級生たちだ。

そしてマモルは、入寮したばかりの彼らを集会室に呼び出して、この部屋に並んで座らせるのだ。

「なんかすごく厳しいんだって？」

「いや。それを変えようと思ってて」

吉と出るか凶と出るかはわからないが、今年の説教では正座もさせないし恫喝もしない。質疑応答の時間も設けて、寮生活の心得を納得できるまで伝えていくつもりだ。そう答えると雪田もアバターの頭をくるくると回した。

「すごいな。いいけど反対する人はいなかったの？」

「そりゃいたよ。四十年続く伝統だからね」

「結さんとか、泊さんとか？」

雪田はアバターの頭をふたたびくるくる回す。佐々木先生ぐらいの年齢なら（笑）と書くところだ。

「ユウキと宏一ね。二人は軍隊式をやめようって言ったらすぐに納得したよ。いやがったのはナオキ」

「へえ、意外」

冬からの三ヶ月で、雪田は蒼空寮の主要メンバーと何度も打ち合わせをしていた。強面のユウキや硬派な宏一がマモルの案に賛成した一方で、論理にこだわるナオキが軍隊風のイニシエーションを残そうとしたのが意外だったのだろう。

実際のところユウキは「別にいいがな。逆らう一年がいるわけないがな」と茶化し、宏一は「確かにそういう時代じゃないな」と頷いた。しかしナオキは強硬に反対したのだ。マモルもユウキたちも驚いたが、「優しく接してうまくいかなかったらどうするんだ」というナオキの不安には納得できるところもあった。

「なんだかんだ言っても、説教って効くんだよ」

マモルは苦笑いしながら雪田に言った。

「なるほど」

雪田のアバターが見慣れない仕草で手を叩いた。いつの間にかこんな仕草も仕込んでいたらしい。

「で、どうしたの?」

「説得した。虐待をやめようって話だ、殴るぞって匂わせながら脅すのは脅迫だ、一回でビビらせるんじゃなくて生活指導をずっと続けるんだ、二年や三年が威張り散らすのだってよくない。それもこれからはやめさせるってね」

「納得してくれたんだ」

マモルは頷いた。さまざまな事例をあげてマモルに反論して説得されたナオキは、最終的には新三年生たちを説得して回る役を自分から申し出てくれた。

「よかったねえ」

「グレイルハウス《そっち》は?」

「うちは自治じゃないからねえ」

口調からするとグレイルハウスは今年も修道院っぽさを続けるらしい。

「それもシナリオに入れてよ」

「大丈夫。入れてくれる子がいるよ」

雪田は、まだシナリオが固まっていない二年生の名前をあげた。

「そういえば、蒼空寮はＶＲ甲子園にも出るんだよね。泊さんがリーダーだっけ」

「そうだよ」

マモルはするりと返答できることに感謝した。一度はマモルたちと分かれたＶＲ甲子園のチームだが、冬の三ヶ月を乗り越えた今はシステム開発を一緒に進める同志だ。同じフォーマットを使って、中身の違うプレゼンテーションを作っているような感じだ。シナリオに関わっていない二年生には、チームが分かれたことに気づいていないものもいるらしい。

「わたしたちみたいな、マルチシナリオ？」

「いいや。スピーチだよ。舞台はうちの学校。データは僕らと同じものだけど、ライティングとシェーディング（陰影と質感を描き出す手法）をリアル方向に寄せてるんだ。カメラアングル次第だけど、実写と見分けがつかないこともあるよ。スピーチは宏一で、寮生がモーションキャプチャーで動かすアバターが応援団みたいに囲んでいる」

「アバターは？」

「これを改造して使うことになった」マモルは自分の胸を指差すと、ＶＲ甲子園用のアバターに切り替えた。

存在感を薄めに仕上げたビヨンド用のアバターと比べると確かに作り込みは細かい。服のシワがくっきりと描いてあるし、目鼻立ちもはっきりしている。ＧＰＵのファー機能を使って描かれた髪の毛は、まるで写真だ。

「わ、いかつい」

「でしょう」

マモルがポーズライブラリからガッツポーズを呼び出すと、雪田は首を傾げた。

「ひょっとして、身長伸ばした？」

「やっぱわかるか。膝から下が少し長いんだって。これは男子の願望」

雪田のアバターも立ち上がって、マモルの全身を眺めた。

「いいんじゃない？　ＶＲだとアバターって小さく見えるし、何人も出るならこれぐらいスッキリしてる方がいい」

「アイドルグループみたいに？」

マモルはそう言いながら頭をコインのように回そうとしたが、ＶＲ甲子園のアバターからはコミカルなジェスチャーが削除されていた。

「ちぇっ。回らないや」

「そのルックスで頭回しても面白くないよ。泊さんたちはＶＲ甲子園のテーマに何を選んだの？」

「エネルギーと、経済成長と雇用、陸海の資源活用の三つ」

「エネルギーか。桜島の地熱発電とか……あ、風力発電？」

雪田はマモルの肩越しに、市街地の北に並ぶ風車を眺めた。牟礼《むれ》ヶ岡《おか》ウインドファームだ。肉眼では見えないが、ビヨンド用のＶＲステージは人工物を強調表示するので、この距離でも何かがあることはわかる。

「残念、石油だよ」首を振ったマモルはＶＲ空間用の地図アプリを足元に広げて、南郷高校を中心に据えた。「高校のすぐ南に、喜入基地っていう石油の備蓄基地があるんだよね」

「中学の時に社会で習ったかな」

「宏一の父ちゃんはそこで働いてるんだって」

「喜入の出身なんだ」

「実は東京生まれ」

「なんと」

雪田がアバターの頭を回す。もっさりとした鹿児島弁を話す宏一が東京出身だとは思わなかったのだろう。マモルも、ＶＲ甲子園のテーマを決めるミーティングで宏一がそのことを初めて口にしたときは面食らった。

「お父さんの転勤？」

「うん」

雪田のアバターが反応しなかったので、マモルはアバターをビヨンド用のものに戻してから言い直した。ＶＲ甲子園用のアバターは、コミュニケーションに使う微妙な動きが伝わりにくい。

「石油の輸入が増えて、基地の仕事が増えたかららしいよ」

「あれ？」雪田が首を傾げた。「石油ってそんなに使ってたっけ？　発電エネルギーの中の一パーセントぐらいだったんじゃない？」

ビヨンドのおかげもあるのだろうが、現代社会をとっていない雪田でもこの手の数字には敏感だ。

「東日本大震災だよ」とマモルは言った。「あれで原発を止めたから使ってなかった火力発電所で石油をガンガン焚いたんだって。二〇一二年は二十パーセントぐらいになったんだってさ」

「いきなり二十倍になったの？」

「震災前も十パーセントだったみたいだよ。一パーセントにまで減ったのは最近なんだってさ」

倍増したオペレーションを賄うために、宏一の父親は東京の石油会社から喜入基地に派遣されてきた。

もしも震災がなければ、そしてもしも原発事故が起こらなければ、宏一は東京の中学を出ていたはずだ。宏一の人生は今と違うものになっていただろう。ひょっとしたら、サンローランにやってくる前の海発と東京の塾で顔を合わせていたかもしれない。

事情を話すと、雪田が顔を曇らせる。表情は変わっていなかったが、マモルははっきりとそう感じた。

「そういう事情だと……そのテーマは難しくない？」

マモルはため息をついた。

「実際、スッキリした話にはなってないよ」

ＳＤＧｓにおける石油の役割は「敵」だ。持続可能性の面でも二酸化炭素排出の面でもいいところがなく、産地のせいで紛争の種にもなる石油は、退場すべき過去の資源として扱われている。そんな石油で暮らす父を持ち、コンビナートの町で育った宏一は石油の利害関係者《ステイクホルダー》だ。

悪者になりがちな石油だけど、今は必要だし、それを守る人たちも確かに存在しているという宏一のストーリーは、スッキリしたものには仕上がらなかった。家族の仕事に踏み込むことに躊躇したのか、具体的な数字やエピソードを欠いた宏一のシナリオは煮え切らない内容だった。

「どうなの？」

「宏一は最後まで書いたよ。偉いと思う」

「いいとこまで行くと思う？」

「思うよ」

「シナリオは厳しいんでしょう？」

マモルは頭を弾いてくるくると回した。

「表のシナリオはね。でも、裏テーマは手数で殴る、だよ。かけた時間はどこにも負けない」

「なるほど」

雪田はシナリオを保存したバーチャルコンソールに目をやった。

「わたしたちはどうかな」

マモルがまとめているマルチストーリーのシナリオは、まだ出口が見えていなかった。複数の登場人物の語るストーリーを、視聴者がそれぞれ好きな順番で追いかけるマルチシナリオを変えるつもりはないが、どう受け止められるのかがまるでわからなかった。ゲームではよくある形式だが、プレゼンテーションに相応しい方法ではない。

どう答えようか迷っていると、雪田が続けた。

「倉田さんの役がほんといいよね」

「案内役が？」

マモルの役割は、視聴者のナビゲーターだ。これからスピーチするのがどんな人なのかを説明して、肉声で語られるスピーチの背景を伝える仕事だ。

少なくても百人、多ければ一万人もの視聴者がやってくるビヨンドの本大会では、一人一人の視聴者を相手にコミュニケーションできないので、仕込んでおいたテキストをＡＩに読み上げさせることになっている。

マモルが書いているのはそのためのシナリオだ。

「まだ終わってないよ。それに、最後の締めをどうするか、まだ決めきれてないんだよね。テーマが形になってなくて」

「そうかな」と雪田。「みんなを紹介する文章はすごくいいよ。伝わると思うよ」

雪田は作業用のコンソール画面を開いて、クラウドの中を漁り始めた。

「二十五名ぶんの紹介文、大変だったでしょう。どんなシーンでも不自然にならないようにしなきゃいけないし、言いたいことを先回りしちゃいけないし、誘導しちゃいけないし。あったあった。倉田さんのメッセージ、好きだよ」

雪田が、コントロールコードの入った紹介文を開いた。

＊

'${contextual-header:
〝バスに向かう〟,
〝バスに乗っている〟,
〝歩いている〟,
〝立ち止まった〟,
〝${looking_at}を見つめている〟,
null
}'
この女子高生が生まれたのは、鹿児島市からフェリーで四十分、そこからさらに自動車で二時間かかる大隅半島の人口七千人の小さな町です。

彼女は一学年に十人しかいない中学を卒業してこの街にやってきました。これから彼女は、この街ではよく知られた女子高に入り、修道院を思わせる寮で三年間を過ごします。

中学で数学と科学に興味を持っていたという彼女は、得意ではなかった英語にも力を入れて、三年後にこの街を出て広い世界に行こうとしていました。

彼女の心配は同級生たちよりも頭一つ高い身長と、長すぎる手足。「人の多い街でこれが目立たなくなってくれるといいな」とのことです。

これから彼女は寮に向かいます。

一緒に歩いて彼女の声を聞いてみてください。他人との付き合いがあまり得意ではないという彼女は、今日、何を語ってくれるのでしょう。

どうぞお楽しみください。

＊

六月十五日、深夜の蒼空寮の玄関ロビーは立っているだけで汗ばむほどの熱気に包まれていた。受付にある温度計の針は三十四度を示している。

マモルが施錠されていた玄関ドアの鍵を開けると、心地よい外気が吹き付けた。ドアの下にストッパーを噛ませたマモルは、受付の奥にある窓を開けて空気の流れを作ってから、この熱の中心、集会室に顔を向ける。

今日、寮中のＧＰＵボックスとサーバーをかき集めた集会室は、ビヨンド本番用のサーバールームになっている。

太いネットワークケーブルの束が横たわる入り口の外には十八名の寮生のスリッパが整然と並び、部屋の中からは熱と共に甲高いファンの音が漏れていた。

床には、集会室から食堂まで伸びる十二本のネットワークケーブルが結束バンドでひとまとめにされて固定されていた。

部屋からこぼれだす熱風を吹き飛ばすように「よし」と気合を入れたマモルだが、一歩中に入ると騒音に顔を顰めてしまった。

入り口のすぐ右手にベニヤを敷き詰めた一角があり、建築用の足場パイプで組んだ棚にサーバーが並んで、ジェット戦闘機のような甲高いファンの音を響かせて熱風を吐き出していたからだ。

黒く塗った足場パイプにチカチカとLEDを瞬かせる機械が並ぶ様はまるでSF映画のようだ。並んでいるのは五台のサーバー級PCと、〈スカイコイン〉と交換する形で仕入れた二束三文の三十台の外づけGPUだ。量販店で買うと二百万円を超える機材は、ビヨンドのVRを実写と見まごうばかりの立体感で再生するために用意したものだ。

畳に低い長机を並べた集会室では、サーバー長のナオキとその補佐をするカナタを中心に、七名の二年生と二人の一年生が働いていた。最前列で三台のモニタに向かっているナオキのタンクトップは汗でぐっしょりと濡れている。エアコンの設定温度は十六度になっていたが、室温は三十度を超えているに違いない。

サーバーラックの左右では、食堂から持ってきた五台の扇風機が溜まった熱風を散らしていた。

床の間の百五十インチディスプレイには、高解像度のドローン視点で鹿児島市が映し出されていた。マモルたちのプレゼンテーションに使われる映像だ。月明かりに照らされた桜島はどきりとするほど美しい。画面の隅の情報パネルには8K映像で毎秒百二十枚のフレームレートが出ていることが表示されていた。

食堂では寮生たちが集まって、ビヨンドのプレVR映像をモニタやVRゴーグルで視聴し始めている。そこそこ重いシーンをダウンロードしてサーバーに負荷をかけているはずなのだが、マモルたちのプレゼンテーションには影響が出ていない。

準備は万全だ。マモルは胸を撫で下ろして、声をあげた。

「宏一はいる？」

大きな声を出したつもりだったのだが、誰一人気づかない。

「宏一、いるかな！」

マモルが声を張り上げると、サーバーラックの奥からTシャツ姿の宏一がひょいと立ち上がった。

「どうした！」

マモルは食堂を指さした。

「そろそろ食堂のVRサーバー、起動してもらっていい？」

食堂でビヨンドを視聴する寮生たちの使う帯域がマモルたちのプレゼンテーションに干渉しないように、食堂にはキャッシュをダウンロードしておく中継サーバーを置いてある。宏一にはその操作を担当してもらうことになっていた。

サーバーラックの前で宏一は口を開いたが、騒音の中で言っても仕方がないと思ったらしい。

宏一は最前列に座るナオキを指差した。

「わかった。ナオキ！」

振り返ったナオキにマモルは大声で伝えた。

「宏一借りてっていい？」

「いいよ。予定通りだろ」親指を立てたナオキは宏一を拝む。「行っていいよ」

頷いた宏一は二年生たちに何事かを指示すると、機材とケーブルを跨いでマモルの近くまでやってきた。

「もうそんな時間かよ――おかしいな。アラームかけておいたのに。あー、ミュートになってた。すまんすまん」

宏一が真新しいスマートウォッチの画面を指で突くと、ナオキが鼻で笑った。

「アラームはスマホ使えよ。だいたいその時計、繋がってる？」

「繋がってるよ」むすりとした顔で言った宏一は、手首の時計をナオキに向ける。「ほら。6G対応だ」

「そうだけどさ――」さらに追い討ちをかけようとしたナオキだが、マモルの「やめてやれよ」という視線に気付くと、わかったという風に頷いて作業に戻った。

宏一の手首に輝くスマートウォッチ〈ヤマトメーター〉は、VR甲子園のスポンサー〈大和システムズ〉が送ってきた賞品だ。

四月に行われたVR甲子園の県大会で、宏一が率いる蒼空寮チームが披露したのは故郷に密着したプレゼンテーションだった。圧倒的な物量と手数の多さ、そして国際大会のビヨンド出場チームにも引けを取らないことを目標にして作られたステージは、高い評価を受けた。カメラを使った簡易モーションキャプチャーで動く六十人のアバター応援団も、気象衛星の映像を使った空も、行政3Dデータを利用した地形の表現も審査員の目をひいたが、何より賞賛されたのは、喜入基地の上空に浮かんだ宏一が、ドローン視点の3D地形をバックに「石油産業を維持している人たちのことを忘れないでほしい」と訴えたスピーチだった。

VR解説者として登壇していた通信広告社の竹山は、SDGsの悪役——石油に同情を求めるかのような宏一のスピーチに批判的なコメントを出したが、審査員と参加高校生に支持された蒼空寮チームは鹿児島県大会で優勝し、全国大会では七位に入賞した。

そのご褒美が、宏一の手首で液晶を輝かせている〈ヤマトメーター〉なのだ。〈大和システムズ〉の今年の新製品だが、その性能はあまりよろしくない。液晶は暗いし、バッテリーは一日もたない。何より、接続できるネットワークが旧世代の低速無線LANに限られるあたりは欠陥と言ってもいい。VR甲子園とビヨンドのために揃えた寮の高速ルーターは〈ヤマトメーター〉が使う低速無線LANを使うと、性能が低下してしまうのだ。

ナオキが苛立つのもわかるが、宏一たちの勲章なのは間違いない。

「マモルよお。まだ一時間以上あっどが。ビヨンドが始まんのは現地時間で八時やろ」

時間を確かめた宏一は、時計の画面を指差した。クロノグラフ風の針は〇時前を指していたが、文字盤のデジタル表示欄には「PST 6:46」と表示されている。PSTはビヨンドの会場があるシアトルのタイムゾーン——米国太平洋標準時だ。

「え？　おかしいな」

マモルが自分のスマートフォンで確かめようとすると、ナオキが容赦なく突っ込んだ。

「シアトルは夏時間だよ。サマータイム」

「あ！　ＰＤＴ（米国太平洋夏時間）か！　げんねえな（なんてことするんだよ）、アメリカ人め」

「いくら〈ヤマトメーター〉でも、サマータイムぐらい対応してるだろ」

「どげんでん言えばよか（なんとでも言えばいいよ）」

宏一は手首の〈ヤマトメーター〉を掲げた。

「お前《わい》らあどうせ勝てんっちゃろが（お前らはどうせ勝てないだろうが）」

「俺たちは、勝ち負けでやってるわけじゃねえよ」

ナオキが大袈裟に肩をそびやかした。二人の軽口の応酬にマモルは笑った。

ＶＲ甲子園の県大会で優勝した頃から、宏一は変わった。怒りを表に出すことが少なくなり、犬猿の仲だったカナタとも言葉を交わすようになっている。

「せいぜい良か衆《よかにせ》ぶってりゃあよかよ（せいぜいいい格好してりゃいいよ）」

冗談混じりの捨て台詞を投げつけた宏一は、集会室の入り口に置いてあったタオルで汗を拭いた。

「待たしたな。じゃあアメリカの優秀作を見に行っとすっか。無制限の奨学金、うらやましかねえ」

「まだ俺たちの負けが決まったわけじゃないよ」

マモルと宏一は、一年生たちが敷設したケーブルの様子を確かめながら、食堂へ向かった。

「ケーブルの敷設、丁寧だね」

宏一は「まあまあやね」と頷いた。つまり完璧ということだ。

「マモルは何を見っと？」

「ざっくり全体を見とこうかな。宏一は？」

「目当てはねえなあ、そもそもチェックしてないし。ああそうだ。〈スカイコイン〉乗っ取った連中は見ておきたいな」

「8番ステージの二番目だ。チーム名は〈スタンフォード・ヴィレッジ〉」

宏一は歩きながらスマートフォンで出場リストを確かめた。

「これか。じゃあ、このプレゼンは資材《リソース》ファイルをダウンロードしておくよ」

「ありがとう」

蒼空寮のインターネット接続は決して遅くはないが、数Gバイトを超えるビヨンドのプレゼンテーションを、九十人もの寮生が同時に閲覧できるほどではない。そこでカナタと宏一は、閲覧希望者の多いプレゼンテーションの資材ファイルを寮のサーバーにあらかじめダウンロードしておくことにしたのだ。サーバーにも詳しい宏一は、その取りまとめも任されていた。

ダウンロードボタンを押そうとした宏一が目を剝いた。

「なんじゃこりゃ。連中のリソース、2テラバイトもありやんの」

「2テラ？　食堂の中継サーバーに入る？」

マモルは耳を疑った。手数と物量では引けを取らないと思っていたマモルたちのプレゼンテーションの実行ファイルは1ギガバイト。国土交通省がCDNで配布している行政データを含めても30ギガバイト程度にしかならない。（CDN：コンテンツ・デリバリー・ネットワーク。何度もアクセスされるデータを多数のサーバーに複製して、利用者が高速にダウンロードできるようにする仕組み）

「入るよ。っていうか、中継サーバー作ってよかったわ。こんなのを一人一人の端末でダウンロードしたらいくら寮のネットワークでも帯域埋まっちまう。ダウンロードっと」

ダウンロードが始まるのを確かめた宏一は、プレゼンの時間を予定表に登録した。

「俺も見とくわ。これ見とかないと卒業できん気がするからな。しかし、どこもファイルがでかいなあ。ウチらなんて可愛いもんじゃん」

宏一はずらりと並ぶプレゼンテーションの一覧をスクロールすると、リストの後半あたりで「うわっ」と声をあげた。

「なんよこんチームは。6テラもあっど」

「6テラ？」マモルの声は裏返った。「ダウンロードしておける？」

「せんでよかと」宏一は感嘆の声を漏らした。「高速CDNに置いてあっち。金あんねえ」

「どこの高校？　あ、大学かもしれないけど」

「高校だな」宏一が指差した行には「Tsinghua Univ. High School」と書いてあった。「ツィンファ大高校。ジンファかな？」

「きっと中国……だよな」

「たぶん。6番ステージの一番バッターだ。もう始まらあよ。お前《わい》の挨拶がないと始まらんぞ」

マモルは追い立てられるようにして食堂に入った。

＊

「注意があります」

食堂の入り口に立ったマモルがそう言うと、ざわめいていた寮生たちがぴたりと口を閉じた。寮長になって九ヶ月。マイクなしでも食堂の端まで声が届くようになっていた。

「ビヨンドの視聴は消灯時刻後の活動になります。近隣の迷惑になるので大声で騒がないよう。また、外出はしないでください」

そこまで言ったところで、後ろに控えていた宏一が肩をつついた。振り返ると、宏一もまた部屋の隅まで届く声で突っ込んだ。

「優勝祝賀会には行かんとか？」

絶句したマモルを寮生の囃し立てる声と拍手が包む。マモルは両腕を振って黙らせた。

「優勝、入賞ということになればお祝いをすることもあるでしょうが、外出は原則禁止です。また、ビヨンドの大会は午前四時まで続きます。視聴が終わった者はそれぞれ就寝してください。片付けをやる必要はありません。明日は午前七時からサーバーの撤去作業を行います。いいですか？」

はい！　という声が返ってくる。

「では、それぞれ見たいステージのディスプレイの前に移動して試聴してください。共用のゴーグルは譲り合って使ってください」

天井から吊った八台の大型ディスプレイには、ビヨンドの本会場があるシアトルのドローン映像と、開会時間までのカウントダウンが映し出されていた。本番が始まればこれらのディスプレイはビヨンドの八つのステージを流すことになる。

マモルは中国のチームが登場する６番ステージのディスプレイ前に移動して、寮長用のＶＲゴーグルをかけた。

「おおっ」

思わず声が漏れてしまう。

目の前に広がったのは、一面が緑で覆われたなだらかな丘陵地帯だった。昔のウインドウズの壁紙のような風景だ。地平線の描く円弧は、単純な平面ステージではなく直径六千キロメートルの地球球体ステージを使っている証拠だ。金か技術か、またはその両方があるのだろう。

マモルの立つ丘から見下ろせる平らな場所には、直径十メートルほどの小ぶりな円形ステージが配置されていた。

東の空には現実と同じ大きさの太陽が描かれていた。真っ白な輝きから黄色、オレンジ、そして天頂の青空から西の空に残る紫色まで連なるグラデーションは、ナオキが用意した空よりも現実感がある。どうやらステージは日の出直後のようだ。

あたりを見渡したマモルは、頬に「風」を感じた。徹底的に作り込んだＶＲ空間で感じる錯覚だ。蒼空寮のＶＲ空間でも四月の末頃から感じられるようになってきた感覚だが、このステージの「風」は今まで感じたことのない現実感があった。

レンダリングの工夫か、それとも光の演算を一段階深くしているのだろうか――注意深く３Ｄ

を点検していったマモルは、視界の下端で中国チームの工夫の一端に気づいた。

「鼻か」

やられた。中国のチームは「鼻」を描くことで、ゴーグルの違和感を打ち消していたのだ。

6テラバイトもの参照ファイルを作り込んで、金のかかるCDIで配信しているなんて話を聞いていたせいで、空気感も金で解決したのだろうという先入観を持っていたらしい。「鼻」を描くなんていう発想は、どちらかというと蒼空寮のようなチームが気付くべき工夫なのに。

ため息をつくと、その微かなVRゴーグルの動きが見事に再現されて、それから背後に気配を感じた。これも作り込まれたVRならではだ。雑に作ったVR空間では、正面に見えているアバターにすら気づかないことがある。

振り返ると、そこにはマモルと同じように首を巡らせたり、手を顔の前にかざしたりする何体ものアバターが立っていた。顔を正面に戻すと、目の前に広がる緑の丘にもアバターが点々と立っていた。近くにいるアバターの声も聞こえてきた。

「……嘘だろう?」

中国のチームは、視聴者一人一人がアバターで空間に入る形式を採用したらしい。

ビヨンドを視聴する方法はいくつかある。最も簡単なのが公式のカメラが中継する映像をディスプレイで見る方法だ。食堂の天井吊りディスプレイで流しているのがこれにあたる。

VRカメラで撮影する三六〇度映像をVR配信すれば、最も簡単なVRコンテンツになる。ジェットコースターのような乗り物系や体験型コンテンツには最適だ。カメラから見えるところだけ徹底的に作り込めばいいし、視点も時間も定まるのでストーリーを運ぶのも楽だ。昨年雪田が作ったプレゼンテーションがこの方法をとっていた。描き割りの背景と水盤、そしてポリゴン板に貼り付けた映像という仕掛けを隠すために、カメラの位置を固定しなければならなかったせいだ。

多くの出場チームが選ぶのは、視聴者が自分の視点で動き回れる仮想空間方式だ。ストーリーテリングは難しくなるし、メインストーリーに関係のない場所も作り込まなければならないが、自分だけの視点で体験するＶＲには圧倒的な没入感がある。

しかしこの中国のチームのように、一人一人がアバターで参加するオープンワールド形式のプレゼンテーションは、ビヨンドの過去作品でもＶＲ甲子園でも見たことがなかった。

アバターは最もコストのかかるＶＲ部品だ。宏一のプレゼンテーションでは六十人のアバターを出したが、あれは共通した部品と動作を使うことで実際の転送・描画コストを五人分程度にまで絞り込んだからこそ可能になった方法だ。中国チームは、いったいどんな魔法でアバター視聴を可能にしたのだろう。

背後から「マモル」と声をかけられて振り返ると、日焼けした大柄のアバターと、ゴテゴテした眼鏡をかけた科学者風のアバターが並んでいた。ユウキとカナタがビヨンドのマーケットプレイスで使っているアバターだ。ナオキの白衣アバターも遅れて現れた。

「自分のアバター使えるの？」

思わず聞いたマモルに、ユウキのアバターが唇を指さした。ミュート解除しろというジェスチャーだ。空間に現れたマイクのボタンをタップすると、ユウキの声が聞こえてきた。

「ビヨンドのアバターが使えるんだってよ」

「はあっ？」思わず声が裏返る。「どうやって表示してるんだよ、この人数」

カナタが眼鏡の歯車を動かして、情報表示ウインドウを宙に浮かべた。

「ログインしてるの、十五万人だねえ」

あまりの人数に驚いて周囲を見渡したマモルは声を失った。ログインした時は緑が一面に広がっていた丘陵地帯は、足の踏み場もないほどのアバターで埋め尽くされていたのだ。どこから取り出したのかタープを張って寝転んでいるアバターもいるし、テーブルセットを出して座っているものもいた。まるでロックフェスティバルだ。

「座ろうぜ」と言うユウキに従ってマモルはアバターを座らせた。

ユウキとナオキのアバターも隣に座る。他の蒼空寮のメンバーも周囲に集まってきて腰を下ろした。どうやら同じネットワークから参加していると、ＶＲ空間でも近い位置に現れるようになっているらしい。

「おい、あれ」

カナタが指差す方を見ると、一人のアバターが立ち上がって両手を上げた。何をしているんだろうと思ったら、隣のアバターも起立して同じ仕草をする。その動きに気づいたアバターたちが次々と立ち上がると、自然に発生したウェーブが丘陵を伝わってきた。マモルも一度立ち上がってから再び座る。

波が伝わってくるまでに一分ほどはかかっただろうか。四方八方に広がったウェーブは不規則に波打ってから消えた。

「どんなサーバー使ってるんだよ」

ナオキのアバターが顔を平たくしてくるくると回すと、すかさずカナタが情報ウインドウを差し出した。

「日本のCDNは5万ノードのGPU使ってるんだって」

いくらかかるか計算しようとしたマモルに、カナタが言い放つ。

「始まってから今までぐらいで二十万円ぐらいかかってる」

マモルはため息混じりに言った。

「ビヨンドは金じゃないぞ、とか言いたくなるね」

「そうそう。要は中身だよ。始まるよ」

カナタが指さしたステージには、四人の学生が立っていた。

ステージは、肉眼だと一円玉ほどの大きさにしか見えないが、背後に浮かぶ高さ百メートルはあろうかという巨大スクリーンがステージ上の様子を映していた。

ステージに立つのは「普段着」としか言いようのない格好の四人。二人が女子、二人が男子だった。五本の指が独立して動き、服の裾や髪の毛がなびく。顔の表情はモーションキャプチャーではなく自動生成らしい。手足の長さや顔の造作に美化した様子はない。特別に凝ったところはないが、生身の人間と同じバランスのアバターが普通に見えているのだから、相当の調整が施されているのは間違いない。

そんなことをチェックしていると、中央に立っていたショートカットの女子が、原稿を確かめるかのように手元をチラリと見てからステージ前方に歩いてきた。

スクリーンではアバターの胸元に「清華大高校一年生。武静玲」という文字が浮かんでいた。

Tsinghua Univ. は、清華大学のことだったらしい。

彼女はペコリと頭を下げた。

「お待たせしました。清華大高校《チンホア》一年、ウー・ジンリンです。プレゼンテーションを始めます」

ＶＲゴーグルのイヤフォンから流れてきた声に、勇ましい名前だな――と思った瞬間、マモルは目を見開いた。

日本語だったのだ。アバターの口の形もぴったり合っていた。近くで見ていた寮生たちも「日本語？」と声を上げている。

「リョウコの声だ」と、カナタが言った。「マーケットプレイスで売ってる合成音声だ。機械翻訳したのを読み上げてんだな。その声にリップシンクしてるってわけだ」

なるほど、と寮生たちが頷いた。英語を話していたアバターも聞き入っている風だった。

「プレゼンテーションのタイトルは、神龍《シエンロン》の住む星」

武は右腕を空にさしあげた。

丘陵に満ちていたざわめきが消えた。視聴者たちがマイクを消音にしたわけではなく、全員が息を呑んだのだ。誰かの呟きがマモルの耳にも入ってきた。

「……龍だ」

西の夜の空に、太陽に照らされた龍が現れていた。二本の長いツノと長い口髭を蓄えたその姿は、有名なマンガの、七つの宝珠を集めた者の願いを叶える龍にそっくりだった。しかし、その大きさは今までに想像したことのあるどんな龍よりも巨大だった。

日の光が当たっているのは頭部だけ。短い腕が生えているはずの胸には丸い影が落ちている。

地球の影だ――つまり、あの龍は大気の外側を飛んでいるということになる。

龍を指さして武は続けた。

「シェンロンは神の龍という意味です。いかにも中国風ですが、実は日本のアニメーションからお借りしました」

タネあかしに寮生が笑う。その笑い声は周囲のアバターたちの緊張もほぐしたらしく、英語を話していたグループが拳を振り上げて歓声をあげた。その拳の上を龍はゆっくりと飛んでいく。

武が説明を続けた。

「神龍の胴体は直径四百キロメートル。国際宇宙ステーションが飛んでいる高さです。長さはちょうど地球をぐるりと一巻きにできる程度――四万キロメートルです」

マイルで言えよ！　という英語のヤジが飛ぶ。武はその声が上がったあたりに笑顔を向けて、龍を見るようにと手を差し伸べた。

龍は西の夜空から紫色の領域を通り過ぎて太陽の輝く東の空へ、体をわずかにくねらせながら飛んでいく。マモルはそこでようやく、ガラスのような材質だと思っていた龍の体がさまざまな色の部品でできていることに気づいた。

武の脇に立っていた男子生徒が前に出た。

「神龍の体が色分けされているのがわかりますか？」

マモルが頷くと、周囲からは「Yeah」と声が上がった。寮生たちも負けずに「おー！」と声をあげる。頷いた男子は龍を指さした。

「神龍の体の七八・〇八パーセントは無色透明な材質でできています。鱗や手足の先端には、二〇・九五パーセントの緑色、金色の角と髭は〇・九三パーセント、真っ赤な瞳は全身の〇・〇三パーセントを占めます――」

説明を聞いていたナオキが「そうか」とつぶやいた。カナタも「やられた」と唸って頭をくるくる回す。数字の意味に気づいたらしい周囲の英語勢も感嘆の声を漏らしていた。

「さすが。おわかりのようですね」男子が笑った。「これは大気の組成です。七八・〇八パーセントは窒素、緑色は酸素、金色はアルゴン。では、赤は？」

質問された聴衆が一斉に声をあげる。

「Carbon（炭素）！」「Carbon dioxide（二酸化炭素）！」

寮生たちも負けずに声をあげていた。

「二酸化炭素！」

「正解！」

そう言ってお辞儀をした男子生徒が一歩下がると、外側に立っていた女子生徒が前に出てきた。武よりもややハスキーな声の女子は聴衆を煽るように手を広げた。

「もう一つ気づかない？　神龍の胴体は直径四百キロメートル、長さは地球一周分！　体積は？」

「4・2かける10の9乗立法キロメートル」

即座にユウキが答えると、カナタが「マジか！　そう来たか！」と声をあげた。

「なんよ」と、狼狽《うろた》えたユウキにカナタが答える。

「これは地球大気の総容積だ。正確には、一気圧の時のな」

周囲でも「total atmosphere quantities」や「amount of air around the globe」という英語が飛び交っていた。

ステージではプレゼンターがまた入れ替わっていた。武の右側に立っていた男子が、頭上を通り過ぎていく神龍を見上げて、ややもったりとした口調で語り始めた。

「その通りです、みなさん。神龍の大きさはこの地球にある大気の総量です。直径四百キロ、長さ四万キロメートル。これだけの大きさの龍を地上に置くことはできません。でもこうやって宇宙に浮かべてみると、こんなに小さいんです」

反射的に「十分大きいだろう」と思ったマモルだが、これだけだ、と思うと息苦しさを感じるのも事実だった。

「ちくしょう。うまいじゃねえか」

いつの間にかやってきていた宏一がつぶやいた。

最後のプレゼンターが、西の空を指さした。地球を一周したらしい神龍が再び地平線を越えて登ってきたところだった。

「わかりますか？　二周目の神龍は、色の割合が少し変わっています」

芝生の丘陵にどよめきと囁き合う声が立ちのぼる。マモルにも、話がどこに向かうのかすぐにわかった。

「二酸化炭素が増えてるんだな」

誰かに聞かせるつもりではなかったが、その呟きは意外と大きく響いた。

「なんでわかるわけよ」ユウキのアバターが肩をどやしつけるようなジェスチャーをしてみせる。

マモルは「目で見ても絶対にわからない」と答えた。「〇・〇三パーセントが〇・〇四パーセントになってるんじゃないかな――ほら」

プレゼンターが人差し指と中指で自分の両目を指した。

「龍の瞳が赤くなりました。目で見てわかるほどではありませんが、たったこれだけ二酸化炭素が増えるだけで、地球の平均気温は〇・二度から〇・六度上がると考えられています」

男子学生は、そこで一息ついてから重々しく言った。

「氷河を溶かし、島を水没させ、農業を破壊するには十分な変化です」

プレゼンターはいつの間にか武に戻っていた。

「――アニメに出てきた神龍は宝珠を集めた人の願いならなんでも叶えてくれる神様でした。でも、この神龍は何の願いも叶えてくれません。ただの目盛りです。私たちが生き続けられなくなるような危機に近づいていると伝えるために、神龍はこの空を飛びます」

四人のプレゼンターは手を繋いでステージの前縁まで進み出た。スクリーンには巨大なQRコードが表示されている。

「いつでもこの緑の丘にやってくることができます。神龍を見あげてください」

四人が深々と頭を下げると、スクリーンはふわりと消えた。

地を這うような拍手と感嘆の声があたりに満ちた。

マモルも手を叩いていた。だが、同時に眉を顰めてもいた。武たちが紹介したのは、温暖化モデルの中でも極端に悲観的なモデルだった。

だが、反発したいとは思わなかった。自分たちのシナリオが形になる前は、このように危機を煽るスタイルのプレゼンテーションに欺瞞を感じることもあったのだが、今はどちらかというと応援したい気持ちの方が勝る。

きれいごとを聞かせるために、武たちは力を尽くした。それも相当の。

マモルはそんなことを考えていた自分に驚いた。シナリオを書くために雪田と話し、嫌というほど過去のビヨンドのプレゼンテーションを見てきたおかげなのだろう。

龍が飛ぶのをもう一周分だけ見ようと空を見上げるマモルの隣に、背の高い男性アバターが立っていた。

「マモルだよね」

聞き覚えのある声だった。

「呉先輩ですか？」

「そうだよ。武たちのプレゼンテーションはどうだった？」

「あれ？　先輩――そうでした。清華大学に入られたんですよね。おめでとうございます」

「ありがとう。高考の点数は少し足りなかったんだけど、猛アピールでめでたく転入できたよ」

「アピールでなんとかなるんですか」

高考は、門閥や縁故を完全に排除した科挙のようなシステムだったはずだ。

「提案の内容次第だな」呉のアバターは肩をすくめた。「例えば、日本の高校ＶＲ大会で優勝したチームのリーダーが、中国で高校生のＶＲチームを指導するというのなら、考えてもらう材料にはなる」

呉に気づいたナオキが会釈してから言った。

「先輩、お久しぶりです。なかなかやりますねえ」

「何が？」

呉のアバターが懐かしい仕草で首を傾げると、ナオキは悪事を共有しているかのような言い振りで囁いた。

「いやほら、呉先輩の代は県大会でも優勝してないですよね」

ナオキのアバターを見下ろした呉は、声を上げて笑った。

「なんだ。兄貴から聞いてないのか。僕はダブってるから、志布井たちより入学年度が一つ先輩なんだ。入学した年に佐々木先生と二人でＶＲ甲子園制作チームを立ち上げたんだ」

えっ、という声が寮生からあがる。マモルもぽかんと開いた口を閉じられなかった。呉が留年していることは知っていたが、一年生の時に県内で優勝したＶＲ甲子園のチームを設立したなんて。

「色々厳しかったけど、佐々木先生に頼み込んでＰＣを揃えてもらって、上級生たちと一緒に南郷高校の３Ｄモデルを作ったんだよ。嘘をついて清華大学に入ったわけじゃない。まあいいや、それより、神龍のプレゼンテーションはどうだった？」

マモルがどう答えようかと考えていると、ナオキとカナタは顔を見合わせた。

「アイディア勝ちですね。大気の総量を見せるなんて。ああいう発想には勝てないな、と思いました」

語るカナタに、ナオキも言葉をかぶせた。

「技術はとにかくすごいです。空のモデル、後で見てみます」

二人ともお世辞でないことはその口調でわかる。

その隣に立っていたユウキが「批判とかじゃないですけど」と前置きしてから言った。

「綺麗な絵を作っただけで満足しているように見えます。このチームは、温暖化を解決する方法を提案していません」

慎重なユウキの声に、呉は頷いた。

「結《ゆわえ》くんだね。その通りだ。プロデューサーの武は高校一年生だ。九月入学だからもうすぐ二年生か。まだ子供っぽいところはある。君の意見は伝えておくよ――マモルは？」

「僕はよくやった、と思います。感動しました」

続けて、と呉が促す。

「温暖化を視覚的に表すことはビヨンドだと珍しくないテーマです。グラフをジェットコースターに見立てるものとか、棒グラフの上に立つゲームとかもありましたよね。それに、彼らが使った数値はかなり悲観的なモデルのようですが、そこまでする必要はなかったと思います」

「なるほど。他には？」

「ターゲットが狭いです。特に、英語圏のよく練られたものと比べると、明らかに粗いところがあります。例えば、大気の組成のところですが、この問題を知っている相手にしか伝わらない順番で話しています」

「なるほど。確かにな」呉は頷くと、あたりをぶらついている英語圏のアバターに顎をしゃくった。「英語圏には億単位のアクセスを叩き出すインフルエンサーがうようよいるからな。そう考えると武たちには、広くわかりやすく伝える配慮が足りない。じゃあ、マモルはどこをいいと思ったんだろう」

　マモルは、通り過ぎていく龍を見上げてから呉に言った。

「最後まで作り切ったことです。武さんも、青臭いスピーチになっている自覚はあったと思います。それでも、あれを言い切るだけの作り込みができるのが素晴らしいです」

「ありがとう」

　呉はマモルに手を差し出した。握手を求めているようだが、どうすればいいのだろう。戸惑うマモルに呉は言った。

「このワールドの隠し機能だ。自分のＶＲゴーグルのカメラに手をかざしてみて」

「はい」

　マモルが手をあげるとアバターの手が視界に入り、呉のアバターに触れた。

「いいものを見せていただきました」

「マモルたちの出番が楽しみだよ。今日の一時、いや二時か。ステージは？」

「3番です」

　呉のアバターは他の寮生たちに手を振ると、登壇者たちがインタビューを受けているステージに向かって緑の丘を下った。

　立ち上がった寮生のアバターが声をそろえる。

「呉先輩、ありがとうございました」

　振り返った呉はマモルたちの背後を指さした。

「次のプレゼンテーションが始まるよ」

＊

マモルがＶＲゴーグルを外して一息つくと、集会室にいたナオキとカナタが隣に腰掛けていた。ナオキは首にかけたタオルで汗をぬぐい、カナタはペットボトルに口をつけてコーラをごくごくと飲んでいた。

「集会室《あっち》の準備は終わった？」

カナタがペットボトルを咥《くわ》えたままで答えようとすると、ナオキが顔をしかめる。

「汚いなあ、もう。サーバーの準備は終わったよ。あとは本番を待つだけだ」

「安永は？」

口から離したペットボトルのキャップを閉めながら、カナタが力強く頷いた。

「あいつは中庭で最後の調整。いいねあいつ、かっこいいわ。モーキャプも完璧に決まってる」

マモルは、二人が手ぶらで食堂にやってきたことに気づいた。

「あれ？　お前らＶＲゴーグルはどうしたの」

「要らなくね？」ナオキが肩をすくめる。「没入までする価値ないだろ」

「そうそう。お付き合いだよ」

カナタはそう言いながら、一年生二人の前に置いてあったキーボードを引き寄せる。

「一年ごめんね。この回はディスプレイ使わせて」

「やめろよカナタ」と、マモルは叱責した。「ディスプレイはＶＲゴーグルが使えない一年生のために置いてあるんだよ。一年生のを借りるなら、ちゃんと頼んで貸してもらえ」

「倉田先輩、あの……僕らはかまいませんから」

顔色の変わった一年生たちが慌ててマモルを取りなそうとするが、マモルは首を振った。

四月にマモルが変えたルールの一つだ。下級生のものを取り上げてはならない。ディスプレイは下級生に貸し出してある。彼らが「よし」と言うまでは彼らに利用する権利があるのだ。

「ごめんごめん」カナタは頭をかいて一年生たちを拝んだ。「次のコマ、ディスプレイ借りていい？」

「はい」

「サンキュー」

カナタがキーボードを操作すると〈ワールド・ヴィレッジ〉というチーム名と、英語で温暖化に抗うための暗号資産活用、というサブタイトルが表示された。チームの所在地はサンフランシスコだ。一年生たちは別のディスプレイに向かうために席を立とうとしたが、マモルは二人に声をかけた。

「一緒に見ようよ。次のチームには日本人も参加してるよ。知り合いなんだ」

一年生は顔を見合わせ、マモルたちを尊敬の眼差しで見渡した。

「アメリカのチームにお知り合いがいらっしゃるんですか」

ナオキがニヤリと笑う。

「どっちかというと因縁のある相手だよ。お、始まったぞ。座れ座れ。どこがダメか全部説明してやるからよ」

一年生二人が椅子に座り直すと、画面にはどこか見覚えのあるステージが映し出された。

「どこだっけ?」

マモルが聴くと、ナオキが「モスコーニセンター」と即答する。「小学生ぐらいの頃に、アップルが新製品を発表してた展示会場だよ。しかし、また高い3Dモデルを買いやがったなあ。カナタ、これいくらするんだっけ?」

「あーっ、もう」

返答せずに声を裏返らせたカナタが胸をかきむしると、一年生が慌てて椅子から腰を浮かせた。

「どうしました?」

「俺じゃない。こいつらの設定が気持ち悪いんだよ。視点が椅子に座るよりも微妙に高いだろ」

言われてみると確かにその通りだった。着席しているはずなのに奇妙に浮かんだ感覚になる。

「中国チームは、自分の身長ピタリだっただろ。あれはすごかった。しかしこいつら、字幕も翻訳もないのかよ」

「ヒアリングしろよ、受験生」

突っ込んだナオキに、カナタは胸を張る。

「俺は一年のために言ったんだ」

「うそつけ、英語捨ててるくせに」

どちらに頷いていいかわからず不安そうな顔でカナタとナオキを窺った一年生たちに、カナタは笑いかけた。

「わかるわかる。不安だよな、翻訳つけてやるよ」

手元のキーボードを叩いたカナタは、ディスプレイの片隅にデバッグ用の画面を表示させて、コンテストを表示しているサイトのリソースを編集し始める。ものの数秒もしないうちに画面の下に字幕用の枠が生まれて、ナレーションの書き起こしが流れ始めた。

目を丸くした一年生にナオキがため息をつく。

「一年、今のは違法スレスレだからな。マイクロソフトの音声入力ＡＰＩを勝手に繋いだんだ。ほんとは有料だぞ」

「私的利用は公正利用《フェアユース》なんだよ」

「これが私的？」

ナオキが食堂に腕を広げるが、カナタは動じた様子もなく作業を続けた。

「寮生は家族だ。おっしゃ日本語訳も完成」

「カナタ、腕あげたなあ」

マモルが言うと、カナタは照れ臭そうに頭をかいた。

「俺、英語が読めないからな。動いてるプログラムを掘る方が楽なんだよ」

一年生たちが感嘆のため息を漏らして頷くと、ナオキがうんざりするような口調で言った。

「お前らなあ、ほんとこいつの真似だけはするなよ。ハッキングの才能を磨くよりも、英語を勉強するほうが楽なんだからな、絶対」

「ナオキもようやく俺の才能を認めたか！」

「ちげーよ」

と言ったナオキがナレーションを聞いて肩をすくめる。

「やっぱりＶＲ要らなかったな。カメラは客席中央固定。アバターなし、フィードバックなし、チャットなし、スクリーンショット禁止、セッション後にフォトセッションとインタビュータイムがある、か。ギチギチだなあ。マイクは自分達で消音にしてくれ？　手抜きだなあ」

カナタは笑いながらディスプレイを見上げた。

「あんなことがあったんだからしょうがないって。見てやろうじゃん。まずロケーションは大失敗だな」

「そうだねえ」とマモルも頷く。

客席のあるＶＲプレゼンテーションならアバターで参加できるオープンワールド方式をとったほうがいい。五千近く並ぶ空っぽの客席を見せられるのは興醒めだ。

ナオキがステージ上のスクリーンと、それを支えるトラス柱を指さした。

「舞台のセットは、全部マーケットプレイスで売ってるアセットだな。作る金も飛ばしちゃったんか」

「それぐらいにしとけよ」とマモルは割り込んだ。「先入観なしに見る一年生の感想も聞きたいし」

そう言いながら、マモルも期待はしていなかった。

海発が参加したインターナショナルチーム〈スタンフォード・ヴィレッジ〉は今年の四月に空中分解してしまったのだ。

原因は彼らの事業が大きくなりすぎたことにあった。シンプルで使い勝手のいい〈スカイコイン〉を手に入れた彼らの二酸化炭素排出量取引が、冬の間に大きく成長したのだが、その成長はチームの想定を大きく超えていたらしい。

四月末、チームを率いてきた二人組の大学生は、メンバーに黙ってチームを法人化していた。二年以内のIPOを目指すための出資も始まっていた――と、マモル宛のビデオ会議を申し込んできた海発が説明してくれた。

海発によると、法人の名前は〈アース・ヴィレッジ〉に決まったのだという。リーダー格の二人は学生の身分のままCEOに収まり、他のメンバーは大学を卒業したら管理職として入社できる手筈なのだという。入社しない場合でも貢献に応じたストックオプションが用意されるとのことだった。そんな説明にチームでも、全員ではない、という話が出て一瞬で熱は冷めた。

アメリカ国籍を持っている者は問題ない。EUから参加していた三人と日本人の海発も、太平洋の諸島国家の出身者も、法人は喜んで迎え入れるということだった。しかし、ベンチャーキャピタルの規約で、ロシアや中国、そしてそれらの国から支援を受けているアフリカや中央アジアの出身者を法人に参加させられないということだった。

そこまで話した海発は、しばらく間を置いてからマモルに「これで俺たちはビヨンドに出ない、と思っただろ」と言った。

頷いたマモルに、海発は首を振った。リーダー二人とベンチャーキャピタリストはチームを解散して法人に専念したかったのだが、炭素排出の取引トークンに使っていた〈スカイコイン〉の約款がその決断を妨げていた。ナオキが書いたオリジナルの約款には「二〇二五年のビヨンドに出場するため」という一文が入っていたのだ。

会議が繰り返された。大会が迫り来る中でメンバーたちは一人、また一人と去っていった。もはや出場が危ぶまれるほどの状況になったところで、海発は二人のチームリーダーに、プレゼンテーションと法人を切り離すことを提案した。〈スカイコイン〉と、ここまでの成果は法人が持って行っても構わないが、プレゼンチームの成果と法人は関係ない——というものだ。

自分たちの名前がプレゼンから消えるこの話をリーダーたちは受け入れなかったが、クラウドファンディングで集めた資金を使い切らなければならなかったため、最終的にはこの方向で話がまとまった。

こうして優勝候補の一つだった〈スタンフォード・ヴィレッジ〉は大きな方向転換を強いられた。

机に肘をついたカナタが、組んだ掌に顎を乗せてディスプレイを眺めた。

「まあ、間に合わせたのは立派だよ。このバカたかい3D買ったのも、金を使い切るためなんだろうけどな。お、始まるね」

カナタの言葉通り、がらんとしたステージの客席照明が落ちて、ステージが明るくなると、袖の黒幕の間から男女七名のプレゼンターが舞台の中央に進み出た。背後に吊ったスクリーンにその姿が映し出されると、退屈そうに見ていたカナタが背筋をしゃんと伸ばした。

「うひょー、金かかってんなあ！　3Dスキャン？　いや、ボタンホールとか手で作ってるな。表情までキャプチャーしてるじゃん」

一年生たちが目を丸くする。

「この人たち、3Dモデルのアバターなんですか？」

「そうだよ」ナオキがテーブルに身を乗り出した。「よく見てみ、襟の下に影が染み出してきてるだろ。あれはアンビエントオクルージョン（光の回り込みを簡易に再現する手法）で描いた陰影なんだ。見慣れるとわかる」

「映画みたいです。すごい」

「実際、映画作ってるようなプロに頼んでるんじゃないかな」

マモルは喉まで出かけた「金さえあればできる」という言葉を呑み込んだ。わずかな期間でプレゼンテーションを作り直すだけでなく、資金を使い切らねばならないという縛りまである。実写さながらの高価なアバターは、いくつかの問題を解消するために消去法で選んだ手法なのだろう。しかし、これには当然リスクもある。

参考書をテーブルに置いたユウキが画面を指さした。

「はげぇ（おいおい）、いまサンローランの部長が通らんかった？　死んだアバス（ハリセンボン）の目しとったどぉ」

まさにこれがそのリスクだ。アバターのリアリティは高ければいいというものではない。実写さながらの高品質アバターは、本人も気付かなかった欠点もスクリーンに映し出してしまう。シンプルなアバターでは描けない黒子《ほくろ》や肌荒れ、自信をなくした時の忙しない瞬きや唇を舐めるような癖まであらわにしてしまう。

実写さながらの高品質アバターは、現実のカメラよりも高精細に欠点を配信してしまうのだ。

一列に並んだ七名の中から、セルフレームのメガネをかけた男子学生が一歩前に出た。彼は背後のスクリーンを見上げて、思わず立ちすくんだ。

「……wrong（なんで）？」

流れるはずの映像が止まっていたらしい。学生は足をぎこちなく踏みかえて客席に顔を向けた。

「Please wait a moment, something wrong. It'll be better」

画面の下にはナオキが勝手に差し込んだ日本語訳が浮かんでいた。

《しばらくお待ちください。すぐに直ります》

「本番あるあるだな」いつの間にか、マモルの後ろに椅子を持ってきていた宏一が言った。「映像のソースを切り替えるタイミングで帯域が足りなくなって動かなくなる。映像を先読みしておけばいいんだけどな」

「ウチのは大丈夫」と、ナオキが胸を張る。「何度もリハーサルしてるからな。海発《かいほ》っちゃん、動いたね」

ナオキの言う通り、列の真ん中にいた海発がメガネの男子学生に話しかけていた。学生が首を振ると、海発は自分の胸に手を当てる。声は聞こえないがリアルなアバターのおかげで、アイムなんとか、と言おうとしていることがわかった。

「いけ、サンローラン！」

ユウキが拳を振り上げる。その声が届いたかのように、海発は一人でステージの前に出てきた。

「Thanks for patience everybody, something wrong, but We're gonna start our session」

《お待たせしました。問題が発生していますが、私たちのセッションを始めます》

流暢ではなかったが、海発の英語はきっと英語圏の人たちなら聞き取ってくれるだろう。

海発は、スピーチ番組の登壇者のように、ステージを左右に歩きながら口を開いた。

「どうすれば温暖化する世界を止められるのか、僕たちはずっと考えてきました。大人ならまず投票と言うのでしょうが、未成年の僕たちにはまだできません。社会をよくしている企業を応援するのも難しい」

別のメンバーが読むべきパートだったのだろう。海発の読みぶりはこなれた感じはしなかった。だが頭にはきちんと入っているらしく、つっかえたりすることはなかった。

海発は客席の方に向き直り、落ち着いた口調で続けた。

「風力発電のタービンを買って帰ったら、お母さんに怒られてしまいますし、小型原子力発電ユニットを買ったら、国から追い出されてしまいます」

一年生たちがくすりと笑ったが、カナタは「あちゃー」と言ってのけぞった。

「もったいない。観客をアバターでログインさせてれば反応もらえたのに」

「全くだ」

海発のアバターが肩を二度、三度と揺らす。無理もないが、呼吸が浅くなっているらしい。だが、気を取り直すかのように大きく息を吸った海発は客席を見渡した。

「でも、僕たちは、温暖化を少しだけ押しとどめることができました。どうぞご覧ください」

メガネの男子生徒が横に立っていた。

「二酸化炭素排出量取引トークン〈スカイコイン〉です」

このタイミングで、ようやくスクリーンに映像が映し出された。背後から光を浴びた地球を背景に菱形のトークンが青く輝くと、多声コーラスの「ツァラトゥストラはかく語りき」が荘厳に流れ出す。

「この泥棒があ！」

ナオキがスリッパをディスプレイに投げつける。

だが、笑いながら発した声はおふざけであることがはっきりわかった。スリッパも、ディスプレイに当たらず、人もいない場所に落ちるように注意されていた。

経緯を知らないはずの一年生たちも、声を上げて笑っていた。

「俺ら、ひでえ目に遭ったんだよ。なあ、ナオキ」

椅子の背もたれを抱くように座った宏一がそう悪びれてみせると、一年生たちは世界の舞台に立つ高校生と渡り合った三年生たちを、尊敬のこもった顔で見渡した。

スクリーンの動画が進行していく。メガネの学生からスカーフで髪を隠した女子学生、ナイジェリア出身だというピンクのシャツ姿の男子学生へと説明がバトンタッチされていく。

プレゼンテーションを見ていたマモルは、この場にいない学生の姿がほとんど登場しないことに気づいた。事情を知るマモルの目から見ても、二酸化炭素排出量取引市場の役員たちと交渉する場で、背中だけが映った二人組がリーダー格のものかもしれないと思わせる程度だった。

プレゼンテーションが終わると、登壇者たちは順番に、家族、学校の先生や指導者に謝辞を述べた。最後に海発は〈スカイコイン〉のトークンを映して、カメラを見据えた。

「今日〈スカイコイン〉は役割を終えます。このトークンを作ってくれた日本の友人たちに、深い感謝を捧げます」

「勝手に友達にすんなあ！」

再びナオキのスリッパが飛んだ。

笑い声の中でマモルは立ち上がった。

「さて、やるか」

*

ビヨンドのVR空間に描かれた鹿児島港の水面は、まるで重油のようにとろりと波うっていた。市街と港の灯り、そしてつい先ほど接岸したフェリーの白い船体が映っていた。フェリーが運んできたのは、空荷のトラックと通勤客。そして長い休みを終えて鹿児島に戻ってくる生徒たちだ。

栈橋から水面とフェリーを映していたカメラはゆっくりと浮上し、タラップを歩く一人の男子高校生のアバターに近づいた。

焦茶色で塗りつぶされた目と眉毛、簡単な鼻、そして穴を開けただけの口という簡略化された造形のアバターだが、長い髪の毛をヘアバンドで押さえたスタイルと、袖を折り返した制服の紺ブレザー、そしてふくらはぎの中程までめくり上げたグレーのスラックスというストリート風の着こなしのおかげで、十分な個性を感じることができた。

少年の後ろを歩く他の生徒のアバターはスーツケースや大きなダッフルバッグを抱えていたが、少年が携えているのはデイパックと使い込んだスケートボードだけだった。

挨拶をしながら生徒のアバターの間を縫って歩いた少年は、誰よりも先にフェリーの旅客ターミナルを通り抜けて、地上に降りる階段にたどり着く。

少年はターミナルを振り返った。

そこには、数百個ほどの小さな球体が浮いていた。大きさは直径三センチほどで、少年に向いた面には小さなレンズが付いている。プレゼンテーションの視聴者のカメラを表示するための、簡易アバターだ。考案時のデザインには目玉が付いていたのだが、百人、二百人もの目玉アバターに見つめられると不気味すぎるという理由で、小さなレンズに変更されている。

少年はスケートボードを足元に置くと、カメラボールに軽く頭を下げて、英語で言った。

「これから南郷高校・永興学院の合同チームによる発表を行います」

宙に浮かぶカメラボールを見渡した少年は頭をかいた。

「まさか、こんなにたくさんの人に見てもらえるなんて思っていませんでした。しばらくお付き合いください」

足首の動きでスケートボードを跳ね上げた少年は、それを宙で摑むと階段の手すりに飛び乗った。少年がスケートボードの腹で手すりを滑り降りていくと、カメラボールは少年を背後から追跡していく。

半数ほどのカメラボールがびくりと震える。ＶＲゴーグルを使って没入している視聴者たちが、突然のアクロバットに驚いたのだろう。

手すりが終わるところで少年はスケートボードごとジャンプして、一回転してから歩道に着地する。階段から飛び出してきた勢いをそのまま使って、少年は歩道を滑っていく。

姿勢を安定させた少年は、周囲を取り囲むカメラボールを見渡した。

「僕は南郷高校二年生の、安永タケシです」

バス停までやってきた安永はボードを九〇度回転させて、ホイールを路面に押しつけ、バスの乗り口にぴたりと止めた。

「僕の話を聞きにきてくれて、ありがとうございます。では、僕のプレゼンテーションを続けます。もしも他の人の話を聞きたくなったら、いつでも移動できます」

少年は足先でスケートボードを宙に浮かせ、デイパックのストラップに挟み込んだ。

「僕は高校に上がるタイミングで日本に帰ってきました。中学の時に通っていたのは、シンガポールの全寮制学校です。生徒の親は大使館や国連の職員、そうでなければ、誰でも知ってるような大企業の駐在員です。シンガポール人の生徒は二割くらい。将来国際的に活躍する生徒たちとの繋がりを作りたいと考えている財閥や官僚の子供がほとんどです。もっとも、人のことは言えません。僕の父も同じようなものです」

安永は肩をすくめて、バス停の向こうに広がる街に顔を向けた。

「鹿児島で生まれた僕の父は、祖父の地盤を引き継いで政治家になりましたが、僕に鹿児島の記憶はありません。八歳でその学校に入るまで、僕は東京にいました。僕をシンガポールに送り込んだとき、これは僕の将来のためだと父は言っていました。その言葉を疑ったことはありませんが、どちらかというと親同士のネットワークを活かして国際派の政治家になりたいという気持ちの方が大きかったのかな。公開授業の時は、国会を休んでまで出席していたほどです。ただ、評判は悪かったみたいですね。父は地元後援会の信頼を失いかけていました。国外との付き合いは国益に反する、なんて言われたようです」

安永がカメラボールに肩をすくめてみせると、笑ったのだろう。カメラボールがさざなみのように揺れた。

「そこで父は僕を鹿児島に呼び戻すことにしたわけです。愛国心と地元愛が優ったということでしょう。まあ、彼はいいんですよ。議員のままだから。僕は、なにもかもやり直しです」

いつの間にか、安永は手帳を掲げていた。開いたページには「こんにちは is not hello, not to use in morning（こんにちは、はハロージャない。朝は使っちゃいけない）」と書いてある。

「小学生が習う文字からやり直さなきゃいけなかった。何もかも捨てて勉強に打ち込んで、この国で最高の大学に入れても、僕がシンガポールで入れたはずの大学よりずっとランキングは低いんです」

安永はバッグに挟んでいたスケートボードを引き抜いて、腕の中でくるりと回す。傷だらけのデッキには、何人かの名前が彫り込まれていた。

「勉強よりもつらかったのは、ストリートスポーツの仲間と離れたことですね。ダンス、スケートボード、ＢＭＸ、パルクールに、シティ・ボルダリング。外国人の子供がたむろしてるのは白い目で見られていました。でも、日本に戻って驚いたんですが、やる場所がないんです」

安永はバス停の奥に広がる鹿児島の市街地を眺めた。

「遊びに来ると驚くでしょうけど、掃除はどこも行き届いてます。でも、それだけかな。自動車が追い出される気配はないし、歩道も狭い。公園は人がいてもいなくてもスケボー禁止。ご飯が安いのには驚きましたけど、外国人を虐待《アビュース》しているからだと知った時は心底がっかりしました。日本に戻って、高校に入るまでの何ヶ月かは、何にでも当たり散らしてました」

いつの間にか、安永の背後にはバスを待つ制服姿のアバターが並んでいた。安永は、自分と同じ制服を着ているアバターを指さした。

「日本でも僕は寮に入りました。集会室という畳敷きの部屋には士官学校で使っていた標語が掲げられていました。徴兵もない国で、笑わせてくれますよ。たった一、二歳違いの先輩が伝統だとかいう理由で第二次世界大戦の頃の軍隊のように新入生をこき使う寮でした」

安永は指を折って数えた。

「早起きして、掃除、洗濯、食事の配膳、風呂に入れば先輩の背中を流し、深夜まで学習机に齧り付いてVR開発の手伝いをする寮でした。本当にばかばかしいと思っていました」

そこで安永は間をとって、カメラボールをゆっくりと見渡した。

「そんなことをやっている間に、社会への不満を感じることは減ってきました。自分の生活が不自由すぎて、部屋の外のことを考えるヒマがなかったんです」

再びカメラボールが笑いに揺れる。安永はアバターの顔をコインのように平たくしてくるりと回し、もう一度笑いを誘ってから口を開いた。

「入寮してからしばらく経つと、寮長が替わって、寮の生活は変わりました。新入生をいたぶるのをやめて、上級生も手を動かすようになった」

揺れていたカメラボールがじわりと動きを止める。シンプルなアバターでも、話が核心に迫ったことを感じたのだろう。安永は居並ぶ他のアバターを紹介するかのように、両腕を広げて言った。

「変わろうとする場所にいられたから、僕は耐えられるようになりました。スケートボードやパルクールを披露する場所も作ってもらえました。今は、自分の環境に感謝しています」

安永が胸に手を当てて礼を言ったところで、バスがやってきた。安永は乗り口から一歩下がって、後に並んでいた制服姿のアバターたちをバスに送り込んでいく。

「みんなと一緒に行動するのはまだ苦手なんですけどね」

全員が乗り込んだところで、安永はバスの中にカメラボールを誘った。

「僕のプレゼンテーションはこれで終わります。終点で会いましょう」

安永はスケートボードを歩道に滑らせて飛び乗ると、市街地に向かう小さな路地へと飛び込んでいく。

どうしようか、と迷った風に揺れるカメラボールの前で、一人の生徒のアバターが振り返った。

「改めて、ご視聴ありがとうございます」

日本語でそう言ったアバターの胸の辺りには、視聴者の設定した言語に翻訳されたテキストが浮かび上がる。生徒のアバターはカメラボールを見渡してから口を開いた。

「南郷高校・永興学院合同チームの代表、倉田マモルです」

＊

いくつもの画面が宙に浮かぶモニタールームにログインしていたマモルは、バスの中を映し出している画面を手元に引き寄せた。

画面の中では、マモルのナレーション用アバターが走り去った安永に手を差し伸べていた。

「見事なスケートボードを披露してくれた安永さんは、僕が初めて接した外国育ちの友人です。先輩として同じ部屋で暮らしながら、僕は異なる文化で育った人と時間を共有する方法を学びました――」

録音しておいたナレーションをアバターが読み上げると、背後で見守っていたユウキのアバターが声をかけてきた。

「なかなかいいナレーションじゃがな」

「ありがとう」

「よく二十五人分書いたもんじゃや」

ユウキは空間に浮かぶディスプレイを見渡した。

このあと、安永を除く二十四人のメンバーはそれぞれの場所に向かい、同時にプレゼンテーションを始める。彼らがライブで行うプレゼンテーションとスピーチが終わると、動作を記録しておいたマモルのアバターが現れて、視聴者たちにプレゼンターの紹介をするという流れだ。

オープニングを務めた安永だけは、全員のプレゼンテーションが終わるまでスケートボードのパフォーマンスを続けることになっている。ユウキは、スケートボードで天文館通の脇道を走る安永のディスプレイをマモルに示した。

「二十人ぐらいタケシについてってると」

ユウキの言葉通り、疾走する安永のアバターをたくさんのカメラボールが追いかけていた。スピードを緩めずに路地を直角に曲がっていく安永に、ユウキがため息を漏らす。

「あれ、本当に壁が置いてあるんだろ。大丈夫かい」

「ちょっと心配だね」

ディスプレイに手を伸ばしたマモルは、VR表示を半透明モードにして、寮の中庭を映し出した。

昼間のような明るさで照らされた中庭には、スケートボードのコースとなる型枠ベニヤが敷き詰められていた。安永は肘や肩、足首などに蛍光色のピンポン玉のような反射マーカーを取り付けている。コースの脇には地図が設置されていて、ＶＲゴーグルをつけていない安永に、ＶＲ上での自分の現在位置を伝えていた。

コースの中には、あちらこちらに障害物が配置されていた。歩道のひび割れは、重ねた型枠ベニヤで再現していた。中庭を挟む寮の部屋から突き出した自撮り棒の先端に取り付けられた計三十二個のアクションカメラが、スケートボードと安永の位置を三次元的に捉えて、ＶＲ空間に描くアバターの位置と姿勢を決める。

大きな身振りを交えながら、実物の障害を易々と乗り越えていく安永に二人は安堵の目配せを交わす。

「キレッキレじゃがな」というユウキに、マモルは頷いた。

「安永のプレゼンは、全員でやったからね」

カメラを使ったモーションキャプチャーのシステムはナオキだが、中庭のコースを組み立てたのは宏一らＶＲ甲子園チームだ。アバターで再現できない技を使いがちな安永の演技指導をしてくれたのは、永興学院のチアリーダー、マユミだ。スピーチを指導したのは英語科の雪田、日本語訳はユウキが面倒を見てくれた。

鋭いパフォーマンスは視聴者を引きつけているらしい。気がつくと、安永の背後を追うカメラボールは増えていた。

「八十三人かな」マモルは、管理者用のコンソールで確かめた。「結構見てもらってるな。いま、五百人を超えたところだよ。大技くるぞ」

大きな坂のコースから高いジャンプを決めた安永は、マモルたちがモニタリングしているカメラボールを見つけたらしい。着地すると、マモルの方に手をあげた。

マモルは管理者アバターを群衆アバターに切り替えて安永のプレゼンシーンに入り込み、滑ってくる安永に手をあげた。カメラボール越しに見ている視聴者は、安永が背景キャラと挨拶を交わしたように見えるはずだ。

マモルはプライベート通話モードで安永に声をかけた。

「あと七分、頼むね」

「わかりました。先輩！」

安永のアバターが右手を掲げる。マモルもアバターの手を上げて、すれ違いざまにハイタッチをしてみせる。もちろん触れ合うことはないが、マモルは手のひらに心地よい感触を想像していた。

ゴーグルのイヤフォンから、マモルのナレーションが流れてきた。

「家族の都合で寮にやってきたばかりの頃、安永さんは自分の持っているものを粗末にしているかのようでした。英語も、寄宿舎での経験も、力のある父親のことも、彼にとってはただ重荷だったのかもしれません。しかし今日、ここで話してくれたように、彼は変わりました。彼はいずれ、僕たちを新しい世界に連れて行ってくれることでしょう」

安永が照れたような顔で振り返る。行けよ、とマモルは手を振った。

＊

フェリーターミナルからバスに乗ったジャンパースカート姿のアバターは、癖のある茶色の髪の毛を左右のこめかみの上で細くまとめてから肩に落としていた。髪の毛には耳の下あたりにゴムで縛った跡が残っている。斜めがけにした大ぶりなえんじ色のダッフルバッグには、太い筆記体の黄色いロゴが踊っていた。

運動部の印象を強く与える彼女には、パフォーマンスに期待していくつものカメラボールが追っていた。

鹿児島中央駅でバスを降りると路面電車に乗り換えて、学院前という停留所で電車を降りた。路面電車を見送ったそのアバターは、そこでカメラボールを振り返った。

「ついてきてくれてありがとうございます。私は、山中マユミ。まず、大好きなことから紹介しようかな」

左右を見渡したマユミのアバターは、低いプラットフォームの下に伸びる路面電車のレールを指差した。細いレールが芝生の中に埋まっている。マユミはその芝生に飛び降りて、ワイン色のローファーでその柔らかさを楽しむように足踏みをした。

「たとえば、この芝生。たまらないよね！　こんなところにふわふわの芝生があるなんて。おいでよ！」

呼びかけに応じて、中央駅で合流した残りの五人も芝生に飛び降りる。脱いだ靴を手に持って靴下で芝生を踏んでいるアバターもいた。芝生を楽しむ五人を見渡したマユミは、カメラボールに向き合った。

「街の中にスーッと伸びてる芝生は素敵。この街を出ていってもこの色だけは忘れないと思うんだ。じゃ、次に行こうか」

マユミと名乗ったアバターに「上がって」と言われたアバターたちは、笑い声を上げながらマユミのうしろにずらりと並んだ。

横断歩道を渡って山のほうに向かったマユミたちのアバターは、レンガ風のタイルに覆われた校門をくぐって時計のあるチャペルとマリア像の間を抜けていく。

丘の上に背の低い建物が並ぶキャンパスを横切った六人は、国旗掲揚台と演台と、吹奏楽団の演奏ピットを兼ねている校庭奥のステージに飛び乗った。

中央にマユミが立つと、背後に五人のアバターが並ぶ。

「制服でごめんなさい。三年かけて、打ち込んできました」

言い終えると、五人は「A！」と声をかけて陣形を組んだ。マユミの左右に一人ずつと背後に二人。そして大柄な生徒がマユミの前に回り込む。大柄なアバターが前後に足を広げて腰を落として、肩の上に手の甲を乗せると、マユミがその手を上から摑む。

「ヤッ！」

声を合わせた五人の中からマユミが飛び出して、大柄なアバターの肩に立つ。マユミのふくらはぎを摑んだアバターがスタンスを戻してまっすぐ立つと、周囲の三人が胸の上で手を組んで、マユミの足を組んだ腕の上に乗せる。

「これ、エレベーター。私は、ほんとはダンスをやりたくてこの学校に来ました。でも、コロナで部がなくなっちゃって。くしゃくしゃした髪の毛だって伸ばしてきたし」

マユミはそこで、髪の毛を後ろで束ねた。

「そうして信頼できる友達と一緒に大会に出て、ちょっとはいいところまで行きました。ジャンプ！」

エレベーターのトップでジャンプしたそのマユミは、伸身のまま後ろに体を傾けて、メンバーが組んだブリッジの中に倒れ込んでいく。頭の後ろで結んだ長い髪の筋が美しい弧を描いてスクラムの中に消える。

「でもね」

声と同時に、スクラムの五人は弾けるように広がって、マユミを前方に飛び出させた。前転して着地したマユミは大袈裟に肩をすくめて見せる。

「この学院には、応援しなきゃいけない部活がなかったの。チアする相手は私たち自身だった。ポーズ！」

タイミングを合わせてポーズを決めた五人から外れたマユミは、ステージの前に歩み出た。

「もしも応援する相手がいれば、なんか言い訳できたかもしれないけど、女の子だけだから、もっと強く、高く、大きくなれるように頑張れたのかもしれない。共学だったら、きっと違う見せ方になってたと思う。女子が女子を女子らしく応援したっておかしくない、って誰か言ってくれないかな。あ、そうだ。チャペル見たからわかると思うけど、この学校ってクリスチャンなの。髪の毛をベールの下に隠しているシスターの前で、ミニスカート穿いて練習するのは、いつも後ろめたかった」

マユミは手を組んで目を閉じ、首を垂れた。後ろの五人もそれにならう。見つめていたカメラボールが引き込まれていくように見えた瞬間、マユミは両手を打ち鳴らした。

「でも、今回やっとわかりました。自分を応援しなきゃいけないんです。ハイ！」

マユミは高くジャンプした。五人のアバターと共に。

「チアミーアップ！」

＊

坂を登っていた小柄な少年のアバターは足を止めて息をつき、カメラボールの浮かぶ空間を振り返った。

「聞きにきてくれたんだ。結構多いな。百人超えてる？　ひょっとして——ごめんごめん。わかったよ」

少年のアバターは、画面の外にいる人物に言ってからカメラボールに体を向ける。

「ありがとうございます。僕は有馬カナタ。このチームの技術をやってるよ。このままのペースで歩くと、ビヨンドの制限時間超えちゃうからあちこちカットして連れてくね。高校、駅から遠くてさ」

カナタのアバターは、プレゼンテーション用に途中をカットした道のりを歩いていく。県道から分かれた坂を上り、校門を通り過ぎ、そこからさらに寮に向かう階段を上っていく。寮の玄関前で立ち止まった時、カナタのアバターは大きく喘《あえ》いだ。

「ほんとお待たせ。ここが僕の高校、南郷高校。そんでこの建物が、僕と友人たちが住んでいる蒼空寮。しかし誰だろうね、こんな坂の上に高校建てようなんて思ったやつは。ひー、重かった」

カナタは背負っていたバックパックを玄関の簀《すのこ》に投げ出した。

「学校の職員室には、人生は重い荷物を持っていくようなものだからまあがんばれ、とかいう標語がかかってる。サムライの大将が言ったらしいけど、昔の人の言うことは信じなくていいね。荷物は軽いほうがいい」

寮の受付に座っていた私服のアバターが、声変わりが終わったばかりの声で「お帰りなさい」と声をかけてきた。ただいま、と答えたカナタは受付を指さした。

「受付に座ってるのが生徒なんだ。今夜の当番は一年生だけど、下級生にばっかりやらせてるわけじゃないよ。僕にも順番が回ってくる」

カナタはスリッパに履き替えて、自分の部屋に向かった。ＬｉＤＡＲのフォトグラメトリで構築されているＶＲ空間は、現実そのものだった。壁の傷や擦れた床まで再現された寮の中で、ＶＲ空間にいることを思い出させられるものは、簡略化されたアバターだけだが、彼らを照らす光は「現実」そのものだ。壁に近づけば照り返しを受けるし、スリッパの底と床の間には、接地影《コンタクトシャドウ》が現れる。

カナタは通路を進みながら、あちらこちらと指さした。

「あそこが風呂。掃除と風呂焚きとメンテナンスは僕らがやる。あれがトイレ。女子トイレはそこにしかない。掃除はもちろん僕らの仕事。食堂はあの奥。料理はさすがにしないけど、配膳と片付けは僕らがやる。どこも綺麗でしょう？　これ、ＶＲだからじゃないよ。僕らが掃除してるからね」

カナタは、玄関ホールの奥にある部屋を指さした。

「あれは集会室。四十人ぐらい入れる。僕が入学した頃は、怖い三年生が一年生をどやしつける場所だったけど、今はＧＰＵサーバーのラックが組んであって、最高のＶＲ環境を体験できる部屋になった。僕らが変えたんだ。大したことないと思うでしょ。下級生をどやしつけないのは当たり前だしね。でも、僕らの自信はついた」

中庭に面した渡り廊下に出ると、カナタはついてきたカメラボールを振り返る。

「オープニングのスケボー少年を見た？　安永。あいつがかっこいいモーションキャプチャーやってるよ。見たければ見てって。僕たちの暮らしを見たい人はついてきて」

カナタは旧館の奥の方に歩いて行った。目指す部屋は彼の１０９号室だ。部屋に着いたカナタは廊下の左右にある戸を順番に指差した。

「右が二段ベッドの寝室で、左が学習室。この二つが僕の部屋。住人は僕とスケボーの安永君と、僕と同じ三年生で、ビヨンドの技術を一緒にやってるやつと、一年生の四人」

「おい！」学習室から声がして、丸っこい顔の制服アバターが廊下に首を突き出した。「なんで俺より安永の紹介が先なんだよ」

カナタはカメラボールに手を差し伸べた。

「みんなが見たことあるのは安永だもん。はい、紹介します。これがナオキ。書かれた通りのことをやらせれば誰より上手なエンジニア。コードも書くし、設計もする。アプリ作りたければ、ナオキに声をかけるといいよ。退屈な仕事を誰より上手くやれるから」

ナオキがため息をつく。

「ひどい紹介だな」

「褒めてるんだよ！　さあさあ、部屋に入っちゃって。え？　すごく増えてない？」

ナオキが部屋の中で自分のコンソールをチラリと見た。

「いま千人ぐらいかな。ごめんなさいね、カメラ小さくさせてもらいますね」

カナタは小指の先ほどの大きさになって自分の横を通り過ぎるカメラボールに口を寄せて、内緒話をするように手をかざした。

「僕の方が技術は上だけどね」

「聞こえてるぞー」とナオキ。

「ごめんごめん」カナタのアバターは、頭をコインのように平たくしてくるくると回してから、カメラボールの浮かぶ室内に入った。「すごい数だなあ。ありがとうございます」

「お前のおかげじゃないぞ」ナオキがすかさずツッコミを入れた。「みんなが繋いでくれたからだよ。さ、やろうか」

ナオキに顔を向けたカナタは小さく頷いて椅子に腰掛け、座った勢いで窓際まで椅子を後退させた。

「わかった」カナタは手をもみ合わせる。「僕は去年の夏、大きな失敗をした」

カナタはデスクに置いてあるノートＰＣを開いてカメラに見せた。ノートＰＣの画面にはスケジューラーが映っていた。

「これは、この寮のポータルサイト。洗剤なんかの注文とか、当番の確認とか、外出の報告とか、集会室の予約とかできるやつね。寮生全員が使うアプリなんだけど、このアプリを僕はハッキングした」

小さなカメラボールにさざなみが走る。簡単な造作のアバターが発したあっけらかんとした声だが――さらに英語訳は字幕なのだが――ハッキングという言葉は衝撃だったらしい。

カナタはノートPCの画面を宙に浮かせると拡大して、胸元に浮かべると、この場にいない友人の写真を抱えるように両手で支えた。

「ここに僕は、仮想通貨の採掘スクリプトを置いた。寮生のコンピューターやスマートフォンのCPUが遊んでる時間を借りるつもりで。あと、ひょっとしたら採掘に成功するかもとかね。もちろん、怒られた」

カナタは腕の中の画面を見つめた。

「謝ったんだけど、実は、怒られた理由が僕にはわからなかった。みんなが僕に謝ってほしいことはわかったけど」

ナオキが溜息混じりに口を開いた。

「なんでダメな理由がわからないんだよ、って思ったね」

カナタは肩をすくめた。

「わからなかったんだよ。特にお前の説明はわからなかった。マジでさ、なんで悪かったわけ？」

「またこれだ」

ナオキが天井を仰ぐと、カナタはカメラボールを向いて、ナオキを指した。

「実際今でもわからないんだけど、しつこく、何度も説明してくれたことには感謝してる」

カナタのアバターは狭い部屋をぐるりと見渡してから、笑顔を浮かべた。

「きっと寮だったからだと思う。寮じゃなきゃ、あんなにしつこく話してなかったと思う。しまいには信頼を取り返すチャンスまで貰えた。こうやってビヨンドの構築に参加して、成果も出した」

カナタがアバターの手を広げると、そこには青いプラスチックのトークンが置いてあった。

「今日、炭素取引のチームが使ってた〈スカイコイン〉ね。これは僕が思いついて、ここのナオキが作ったもんだ。この時は正しくやったはずなんだけど、競争には負けた」

「難しいな」

ナオキがため息を漏らす。確かになあ、とナオキに頷いたカナタは〈スカイコイン〉を指で弾いて宙に飛ばした。

「でもさ、僕たちはこうやってプレゼンできるところまできた」

カナタはアバターの顔を平たくしてコインを回すようにくるくると回した。

「チャンスをくれてありがとう。ところで、楽しんでます？」

カメラボールがふわりと動く。頷いたように見えた。

＊

マモルと雪田のアバターは蒼空寮の屋上に立っていた。落下防止柵の向こうではビヨンドの会場があるシアトルの時刻に合わせた青空が錦江湾を輝かせて、黒く沈む桜島の巨大な量感を描き出していた。

小指の先ほどの大きさに縮小されたカメラボールの群れが屋上階段のドアを通り抜けてきた。いよいよこのプレゼンもエンディングだ。

カメラボールが所定の位置につくと、マモルと雪田は同時に頭を下げた。

「日本国、鹿児島県立南郷高校、永興学院の合同チームによるビヨンドプレゼンテーションをお送りしました。チームリーダーの倉田マモルです」

「雪田支乃です。最後まで付き合ってくださって、ありがとうございます」

マモルは腹の前で手を組んだ。いくら練習しても自然な手振りにならなかったのだ。

「お気づきかと思いますが、僕たちのプレゼンテーションではビヨンドチャレンジの課した持続可能な開発目標というテーマについて、具体的な提言や報告をしていません」

カメラボールは互いに見交わすように左右に振れた。その動きが一段落したところでマモルは続けた。

「僕たちは、いや、僕はまず、僕たちは誰でも声を上げていいんだってことを確かめたかったんです。大きな声でも小さな声でも。手の届かないような話はもちろん、そんなこと、今すぐやればいいじゃないかみたいな話でも、まず声を出すところから始めなきゃいけないんじゃないか。だから僕はチームの、できるだけたくさんのメンバーが声をあげられるような場所を作ってみました」

雪田がマモルの言葉を引き取った。

「話した内容はそれぞれ違います。新しい生活への不安と憧れを語ったメンバーもいれば、日本に戻ってきた不満に向き合っている人もいました。思わぬところでいわゆる『女らしさ』とぶつかってしまったり、コミュニケーションが上手くいかないという問題をなんとかしようという声もありました」

発言が終わるタイミングをとらえて、マモルが口を開く。

「皆さんは三、四人の声しか聞けなかったと思います。アーカイブは何度でも見ることができますので、次は違うメンバーの声を聞いてみてください。社会を変えたり、告発したりするような声はまだ出せません。でも、僕たちは変わりました。不満や不安ばかりだった声からは、違う響きが聞こえてくるようになりました。さあ、みんな」

マモルが腕を差し伸べると、屋上階段のドアをくぐって、スケートボードを抱えた安永が現れた。その背後にはマユミたち永興学院のチアリーディング部が続く。ついさっき、部屋で話していた風のカナタとナオキも顔を見せる。火山灰の問題について発表した永興学院のメンバーもその後ろに現れた。VR甲子園で発表する機会のなかった寮の二年生のチームも次々と顔を見せている。

それぞれの発表を行った二十五体のアバターが、VR空間に描かれた太陽に照らされていた。

あとはマモルの合図でお辞儀をすれば、プレゼンテーションが終わる。

マモルが息を吸ったその時、屋上を照らしていた太陽が雲に隠れた。いきなり立体感を無くした屋上で、マモルは空を見上げた。

「曇っちゃった」

マモルは肩をすくめて、カメラボールに釈明した。

「僕たちがいる日本はまだ夜なんです。雲が迫っていることに気づきませんでした」

マモルの背後でカナタが手を上げる。

「雲なら消せるよ。VRだし」

「消さなくていいよ。そういう巡り合わせだから」

雪田も首を振る。

「このままやろう。思い通りにならないこともある、ってこと」

「あ――ごめん」

原稿にないやりとりだが、永興学院のチームは即座に字幕を書き換えたらしい。カメラボールは笑いさざめくようにふわふわと揺れた。

マモルはカメラに再び向き直る。

そして、最後に搭載された機能で右隣の――雪田のアバターと手を繋いだ。雪田は右手で安永と、マモルは左手でカナタと。そうやって全員の手が繋がったところで、マモルは声を上げた。

「最後までご覧いただき、ありがとうございました」

頭を下げていると、宏一の声が響いた。

「お疲れさん、配信止めたよ」

頭を上げたマモルが雪田に礼を言おうとした時、永興学院側のアバターがびくんと肩を震わせた。雪田のアバターは右に、チアのチームは左に顔を向けている。同じ何かに反応したのだろうが、別の部屋にいるのだろう。

何か――と、聞こうとした時に空気が震えた。

「噴火だ」

ナオキが背後を指差した。

マモルも振り返ると、桜島の頂上に現れた煙がドーム状に膨れ上がっていくところだった。現実の桜島と連動する仕組みらしい。

「なんで？」

マモルはつぶやく。桜島の噴火表現なんて仕込んだ記憶はない。そんなことをするのは——。

「くっそー」

悔しそうに言ったのはカナタだった。

「お前か！」とマモルは声をあげる。

「そうなんだよ。リアルだろ？　ＧＰＵサーバーをまる二つ使って流体の演算してるからな。本番中に噴けば優勝間違いなしだったのになあ」

ナオキのアバターがへなへなと座り込む。

「最後まで……なんかＧＰＵが足りないなと思ってたら、お前か。そんだけパワーがあれば、間引きしたカメラボールを全部描けたのに——」

二人は言い合いを続けようとしたが、マモルは割り込んだ。

「もういいよ。ありがとう」

マモルは、やりとりを笑っているスタッフ全員に言った。これで終わりだ。

「皆さん、ありがとうございました」

エピローグ

煉瓦《れんが》色のタイルで覆われた校門の前にジャンパースカート姿の少女のアバターが立っていた。朝靄に霞む錦江湾を一望したそのアバターは、宙に浮かぶ銀色の球体——カメラボールに頭を下げる。

「ありがとうございます。雪田支乃です」

雪田は桜島の南側を指さした。

「あの山の向こうにある町の中学校を出た私は、この街の女子高に進学しました。学費は少し高いんですが、女子寮があるんです。英語が得意だったので、それも好都合でした。もちろん、この学校に決めた理由は寮だけじゃありません」

雪田のアバターは手を胸の前に掲げて、指折り数えはじめた。

「ネイティブスピーカーが教えてくれる英語の授業があること、県の全域から優秀な生徒が集まってくること、頑張れば東京の大学が目指せそうなこと、有名な演劇部があること。でも、最後のはあてが外れました。コロナ禍で三年間活動できなかった間に、廃部になっていたんです」

雪田は校門のレンガに手を触れた。

「一年生の時はここに来たことに自信を持っていました。演劇部に入れなかった人たちを誘って、ビヨンドの日本版に出たり、英語ディベートの大会にもチャレンジしました。このままいけば、外の世界に出ていけると思って」

言葉を途切らせた雪田はVRで再現された街を抱きしめるかのように、両腕を広げた。

「なんだかおかしいと思ったのは、二年生の中頃でした。ビヨンドを一緒にやろうと声をかけてくれた南郷高校の人たちは、科学や数学、コンピューターサイエンスを理解するために、英語に取り組んでいました。英語を上手くなろうっていうのが目的じゃなかったんですね。そういえば――」

雪田は口元に手をあてた。VRゴーグルの下でくすりと笑ったのだろう。

「南郷高校のリーダーは契約書を読むために、何度も同じ単語を辞書で引いていました。辞書に出てこない言い回しは、帰国子女の後輩に何度も意味を確認していました。英語を武器にしようと考えていなかった彼が、英語を使っていました。私よりもずっと。そして、ビヨンドのスピーチ原稿を書き始めた時にようやく気付かされたんです」

雪田はゆっくり言った。

「私にはやりたいことがありませんでした。英語を選んだのは、翻訳や通訳なら技術で食べていけると思ったから――それはどうしてなのかって言うと」

深いため息をマイクが拾う。雪田は背筋を伸ばした。

「ここから出ていけるから。それだけでした。やりたい理由じゃなかったんです」

雪田が手を振ると、丘の上の学校は掻き消えた。その代わりに描かれたのは、鹿児島港の夕ーミナルだった。

「私はＶＲゴーグルをかぶってこの場所にやってきては、このプレゼンの脚本を書き続けました。書くたびにクラウドにアップして、チームメイトに読んでもらいました。そういうことを何週間かやって思い知らされました。私には何か言いたいことがあるわけじゃなかったんです。けっこう、驚きました」

雪田のアバターは頭をかいた。

「でも、それでいいんじゃないかな。話すことができる相手がいて、必要な時にこうやって思ったことを主張できれば――そう思うようになりました。それが、私たちのプレゼンです。声をあげられる場所。でも、だけど、大変でした。結局、自分たちの住んでいる場所に決めたんです」

雪田は右腕を広げて、袖に指をあてた。

「アバターもです。制服なんですけど、みんな少しずつ違う。スケボーに乗ってた安永さんとチアのマユミ、技術をやってた有馬さんと道さん。できるだけ単純に作った顔だけど、目の位置と大きさ、肌の色は一人一人違います。個性というにはささやかすぎる差なんですけど、自分だと信じられるラインを探しました――じつはビヨンドが終わった今も、調整し続けています」

雪田が見つめる先では、もう一人のアバターが空を見上げていた。制服を着た少年のアバターは、手元のＰＣと空を見比べていた。

「あれはリーダーの倉田さんです。空を調整しているところみたいですね。気象衛星が公開している写真を取り込んで、空に貼り付けているんですけど、かなり奥が深いんだそうですよ。重苦しくなったり、軽薄な絵葉書みたいに見えてしまったり」

肩をすくめた雪田は、手を口元に上げてくすりと笑う。

「あの調整、本番の最中もやってましたよ。とにかく、彼が関わり続けることで、ビヨンドは声を上げることのできる場所になりました」

雪田は腰に手を当てて胸を張った。

「実は私はまだ、言いたいことが見つかっていません。でも、今は皆さんの前で本音を話せています。この場所を出ていった先でもこうやって話せるといいな、と思っています」

雪田は空を調整しているアバターに手を振った。

「終わったよ」

マモルは雪田に頷いてから、カメラボールに頭を下げた。

＊

「しばらく見なかったうちに、またすごくなってるね！」

雪田のアバターが興奮気味に言って気にしていた袖口を確かめた。

「四ヶ月ぶりだっけ？」

「そうだね。ハロウィンの後が最後だったかな」

その頃、雪田とのやりとりはゴーグルを使うＶＲからビデオ通話に変わり、共通テストが近づいてきた一月以降はテキストのメッセージになっていた。

四ヶ月間、マモルは受験勉強の息抜きにアバターをアップデートし続けていた。アバターも手足のバランスをより現実的なものにして、顔の造作もだいぶ立体的に作り替えている。髪の毛も、ビヨンドの時の板ポリゴンからGPUを使う毛髪シェーダーにしたので遠目には実写と見分けがつかないこともあるほどだ。

プレゼンテーションのため入れていた動きのブレを抑えるフィルターも外してあるので、ためらうような動きも、僅かな動揺も表現できるようになっていた。その効果は十分に現れていた。

四ヶ月ぶりにアバターで会う雪田が、何かを言いにくそうにしていることがわかったのだ。マモルは先に、言うべきことを言っておくことにした。

「合格おめでとう。どっちに行くの？」

雪田は出会った頃に第一志望だと言っていた京都にある私立大学の英文学部と、ビヨンド後に興味があると言い出した、東京の私大の経営学部の両方に合格していたのだ。

「経営学部の方。受験の時は反対してた親も、通ったら嬉しがっちゃって」

「よかった。じゃあ、東京に行くんだね」

うん、と力強く頷いた雪田は一呼吸おいてから先ほど聞きあぐねた質問をした。

「倉田さんは、おめでとう、でいいのかな？」

受験に苦戦したマモルは、後期日程でようやく第一志望の横浜にある公立大学に合格したのだが、一人暮らしをする費用が出せそうもなかったのだ。学資ローンを借りることも考えたが、いずれは実家のホテル経営に参加しなければならないことを考えると、無理はできない。頼みの綱は給付型の奨学金という状況だ――というところまで、知った上での質問だった。

「ありがとう」マモルはガッツポーズをしてみせる。「行けることになったよ。少ないけど、給付型の奨学金が取れた」

「おめでとう。奨学金はビヨンドのおかげかな」

蒼空寮とグレイルハウスの混成チームは、ビヨンドに参加した五千二百五十七チームの中で十四位という好成績を収めた。日本からの出場チームの中ではもちろんトップだ。人気も高く、アーカイブの延べ視聴者数は清華大学高校に次ぐ第二位にまで伸びている。

ＳＤＧｓを正面から扱ったわけではないが、メッセージの多様性はトップクラスだというレビューをもらっている。二十五人のプレゼンターの声がいまの日本の状況をよく伝えてくれているということが高評価の理由らしい。

反響も大きかった。ビヨンドの主催者や各国のニュースメディアからはお祝いのメッセージが届き、インタビューの依頼もあって、マモルは秋が深まる頃まで対応に忙殺された。何十件か掲載されたインタビューの中には、日本の技術系メディアもひとつ混ざっていた。

「一本だけあった日本語のインタビューのＵＲＬを書いたけど、寮長やってた方が効いたんじゃないかな。奨学金の条件ってわけじゃないけど、次も寮に入ることになったし」

「また寮？」

「そう、また寮。今度は百年の伝統があるバンカラ寮だよ」

マモルが行く公立大学の学生寮は「説教」のような風習があるということが学外にも知られていた。ルームメイトは同学年だが、イニシエーションも、「五省」を唱和するような慣行も、後輩いじめもある寮だ。戦前の師範学校だった時代から連綿と続いているらしい。

そんなことを説明すると、雪田は目を覆った。

「あいちゃー。またかー」

「慣れてるからいいよ」

「今度も伝統を潰しちゃったりして」

「いやいや、やらないよ。次は自分のことをやる」

「そういえば、伝統潰された蒼空寮のＯＢ、倉田さんのことを恨んでるんじゃないの？」

ないない、と首を振ってマモルは否定した。何通かは苦情がきたがＶＲ甲子園の好成績とビヨンドでの健闘は、ＯＢたちを黙らせるのに十分な成果だったらしい。連絡に感謝しながら成果を伝えると、それ以上何かを言ってくることはなかった。

「でも、どうしてその学校にしたの？」

「清華大学との交流があるんだよ」

「優勝校だね。知り合いでもいるの？」

マモルは頷いた。いずれ呉先輩のことも雪田に話すことにしよう。

「中国かあ。微妙なとこもあるけど、元気だもんね。とにかくおめでとう。他の寮生は？」

「だいたい合格してる。ユウキは医学部、ナオキは経済に通った。梓のことは知ってるよね」

「知ってる。医大なんだってね。会うことがあったら、おめでとうって言っておいて。ナオキさんの文転うまくいったんだ」

「大変だったけどね」

ナオキは夏休み合宿を終えても一向に必要科目の成績が伸びなかった。一月末の校内模試では苦手の国語だけでなく、英語でもマモルに負けてしまったほどだ。そのまま文系科目にこだわっていたら、志望校に入れなかったかもしれなかったが、ナオキは苦手科目を捨て、数学一本に絞って難関大学を突破したのだ。

マモルはふと思い出したことを聞いてみた。

「そういえば、海発さんの話は聞いてる？」

雪田は噴煙をあげている桜島を指さした。

「田舎に帰ったの？」

「田舎って――」雪田は笑った。「彼、東京じゃない。もっとずっと遠く。アメリカの大学に入ったんだよ」

「すごい。スタンフォード？」

雪田は、大袈裟に顔の前で手を振った。

「倉田さーん、それが違うんですってよ」

「妙にハマるからやめて」

「ごめんごめん」雪田は、アバターの顔を平たくしてくるくると回した。「まずお金が足りなかったみたい。海発さんのスタンフォード計画は、奨学金が前提だったから」

「あれ？　在学生のリーダーが推薦してくれたんじゃないの？　そんな話になったって聞いたけど」

「それがさ、チームを作ったスタンフォードの二人組が音信不通になっちゃったんだって。会社も傾いて、ベンチャーキャピタルが整理したんだってさ」

「ひどいなあ」

「それで海発さん、残りのメンバーに声をかけて、アメリカ受験対策チームを立ち上げたの。会社に出資してくれた人たちを口説き落として、コミュニティを組織して、なんとか全員に渡米して学校に通えるだけの奨学金を都合つけたんだって」

マモルはビヨンドのプレゼンで悔しそうにしていた海発の声を思い出した。ビヨンドで負けた彼は、最後に勝ったのだ。

「彼らしいなあ」

「ほんとほんと。カナタさんは？」

「あいつもアメリカ」

マモルは苦笑した。

「えっ？　カナタさんって英語できないでしょ。それに、東京の大学受けたんじゃなかった？」

「受験で東京に行って、そのままアメリカに渡っちゃったんだよ」

「……うわ、ひどい。ご両親泣いてない？」

「諦めてた。お母さんとは寮に片付けに来てくれた時に話したんだけどさ、カナタのやつ、僕にはマメに連絡くれるのに家にはメール一本書いてないんだよ」

雪田のアバターがしげしげとマモルを眺めた。

「どうしたの？」

「倉田さん、やっぱりリーダーだなあ」

「そんなことない。伝言板だよ」

「信用されてるからだよ。それで、カナタさんはアメリカで何するの？」

「放浪だってさ」

格安チケットでロサンゼルスに渡ったカナタは、ユースホステルで出会ったメキシコから密入国してきた移民と意気投合して、ＩＴ関連の仕事を始めたらしい。

「六月にビザ切れるけど、そのまま居座るって言ってたよ。もちろん不法滞在だよ」

「ビヨンドではあんなに立派なこと言ってたのに……」

マモルは思わず噴き出してしまう。

「笑うところ？」

「まあね。反省が一番似合わないやつだから」

「ひどいなあ」

「そっちは？　チアのマユミさんも決まったんだよね」

今度は雪田が苦笑する。ＶＲゴーグルの表情センサーをアバターの表情に紐付けただけの簡単な改造だが、やってよかったとマモルは思った。

「したたかにね」

「したたかって？」

「ビヨンドのスピーチをそのまんまＡＯの面接で使ったんだって」

「やるなあ！」

マモルは頷いた。ある意味で、誰よりもビヨンドの成果をうまく使ったのかもしれない。二人でひとしきり笑い合った後で、雪田が聞いてきた。

「蒼空寮は来年もビヨンドやるの？」

「安永はそのつもりだね。チームを組む学校を探してるよ」

「ごめんね、永興学院は下の子に繋げなかった」

永興学院のメンバーは三年生だけだったので、皆卒業してしまう。部活動でも、グレイルハウスの公式な取り組みでもなかったので、下の学年に引き継ぐことができなかったのだ。

「大丈夫。安永はシンガポール時代の友人に声をかけてまわってるよ。あいつなら言葉は問題ないし、交渉も調整もうまくてさ。ケニアとマレーシアの学校とはもう繋がってて、作業の分担を始めてる」

「すご……」

雪田がのけぞった。ゴーグルの中で目を見開いているのだろう。

「僕よりずっとリーダーシップがあるよ。そう言うと怒るけどね」

「なんで怒るの？　あ、そうか、お父さんのことか」

「そうそう」

三年生が受験のために寮から姿を消した二月ごろから、寮長になった安永を揶揄《やゆ》する声がマモルの耳にも届くようになっていた。中には、マモルが奨学金をとれたのは、安永の父親が手を回したおかげだというような噂も流れていた。いちいち否定はしなかったが、噂を流している寮生たちだって信じているわけではないので、取り合うこともなかった。だが、そんな雰囲気が一部にある中でも安永が率いるビヨンドチームは着実に進んでいる。

「今回は、下手すると優勝を狙えるんじゃないかな」

「頑張ってほしいなあ。このステージは使わないの？」

「そうみたいだよ。架空の都市をいちから作ってる」

「じゃあ――」雪田は桟橋を見渡した。「ここはメンテナンスしないんだね」

「今日の二十四時で、雪田さんのアカウントは凍結する。僕もパスワードを消すから、入れなくなる」

「わかった。じゃあ次に会えるのは、東京？」

「そうなるね。また寮の門限が厳しいけどどこかのＶＲに、場所を作っておくよ」

雪田の顔が、ぱっと明るくなった。

「じゃあ」

「また」

マモルは、雪田とアバター越しに握手をすると、彼女のアバターが消えるのを待ってからログアウトした。

ＶＲゴーグルの中で鹿児島港の風景が一点に縮んでいくと、桟橋に打ち付けていた波の音や港を行き交うフォークリフトの音、旅客ターミナルからかすかに届く喧騒も遠のいていった。代わりに骨伝導イヤフォンで伝わってきたのは、小鳥のさえずりと、集会室のサーバーが響かせる冷却ファンの高周波ノイズだった。

ビヨンド用のステージから退出したマモルは、ＶＲで再現した学習室に入った。

ナオキが作ってくれた開発用のホームエリアだ。蒼空寮の部屋と全く同じ学習机には、文房具に模したデータが置いてあった。

赤い手帳は連絡先一覧で、山積みになっている書籍はダウンロードした電子ドキュメントだ。袖机の中には、マモルたちがビヨンドのために作った書類が、分厚いフォルダーの形でいくつも入っていた。

マモルは連絡先を自分のメールアドレスに転送して、ドキュメントのダウンロード元が残っていることを確かめた後で書籍をゴミ箱に捨てた。フォルダーは、ざっと中身を確かめてから寮の共有ドライブに入れる。筆箱に入っているペンは、ビヨンドのマーケットプレイスで入手したツール類だ。これは寮のアカウントでないと使えないので置いていくしかない。

机の連絡先の隣にある平たい箱は文箱だ。中身はVRステージで交わしたメッセージだ。雪田と交わしたチャットと音声データはほとんどここに保存されている。マモルは少しだけ考えたのちに、自分のクラウドに送らずにこの場に置いておくことにした。ファイルは暗号化されているので誰も読めない。

何年か後、蒼空寮のサーバー管理者はOBたちの残したホーム領域を消すかどうか悩むだろう。眉ひとつ動かさずに捨てるかもしれないし、先送りしようと考えるかもしれない。ひょっとすると連絡をとってくれるかもしれないが、その方針はまだ見ぬ後輩に任せよう。

がらんとした学習室を見渡したマモルは、引き戸に手をかけて、システムからログアウトした。VRゴーグルを外すと、集会室に敷き詰めた新しい畳の香りがマモルを包んだ。

マモルは、除菌クロスでゴーグルのパッドを拭いて長机に置いた。マモルしか使っていなかったが本来は寮のものだ。マモルが立ち上がると仮想空間をゴーグルに送り込んでいたサーバーの

ＧＰＵも待機状態を示す点滅に変わり、甲高い音をたてていた冷却ファンも回転を止める。

静かになった集会室をマモルは見渡した。

三年前、この部屋に集められたところからマモルの寮生生活は始まった。上級生に正座させられ、彼らが壁をバンバン殴る姿に心底震え上がった。髭を剃り、毎朝の習慣をきっちりと守るわずか二歳年上の先輩たちは、中学校の先生たちよりも大人に見えた。

あの頃は、自分が寮長になるとは思ってもいなかった。

そして自室の次に長く集会室に入り浸ることになるとも思っていなかった。

食堂よりも風呂よりも、この部屋にいた時間の方が長かったはずだ。そのほとんどは、雪田と過ごした脚本執筆の時間だ。

志布井が「五省」の額を外してから一年空いたままになっていた場所には、ビヨンドの後に妙にやる気を出しはじめた佐々木先生が持ってきたパネルが飾られている。マクスウェル方程式を用いて相対性理論の展開を行う数式らしい。この程度の数学は高校でやるべきだと佐々木は言うのだが、マモルら寮生にとってはハリウッド映画の小道具と変わらない。楽しんだのはナオキとユウキぐらいだった。

最後に、ひとしきり数式に挑戦して音をあげたマモルは、私物の入ったバックパックを背負って集会室を後にした。

玄関を出ると、桜島は雪田と一緒にＶＲで見た噴煙を立ち上らせていた。

「灰が降るぞ！」

寮に安永の声が響いた。もう立派な寮長だ。

「一年も二年も干し場に出ろ。さっさと片付けるぞ！」

初出　別冊文藝春秋２０２０年11月号～22年１月号

藤井太洋（ふじい・たいよう）

1971年、鹿児島県奄美大島生まれ。2012年、SF小説『Gene Mapper』をセルフ・パブリッシングで電子出版。同年の国内Kindle市場で、最も売れた文芸・小説作品となる。13年『Gene Mapper -full build-』で文庫本デビュー。15年『オービタル・クラウド』で日本SF大賞、星雲賞を同時受賞。19年『ハロー・ワールド』で吉川英治文学新人賞を、22年「マン・カインド」で星雲賞を受賞している。主な著書に『ビッグデータ・コネクト』『東京の子』『第二開国』などがある。

オーグメンテッド・スカイ

二〇二三年六月三十日　第一刷発行

著　者　藤井《ふじい》太洋《たいよう》
発行者　花田朋子
発行所　株式会社　文藝春秋
〒一〇二-八〇〇八
東京都千代田区紀尾井町三-二三
☎〇三-三二六五-一二一一
印刷・製本　大日本印刷
組　版　萩原印刷

ISBN978-4-16-391710-8